聖者が街にやって来た

宇佐美まこと

幻冬舎文庫

聖者が街にやって来た

目次

第一章　水に浮かぶパンジー

ウィーン・フィルとのリハーサルが終わったのが、夜の八時半。

五月の今は、ちょうど日没の時間。夏のウィーンは、夜も明るい。この時間からカフェ&バーは賑わう。だが、今日は疲れ過ぎていて、とても地元民で賑わう場所に行く元気がない。いつもはゆったりと楽しんで歩く石畳の道も、固い足音がガチガチに凝った体に響く。深く考えることもなく、十三区にある自宅に直行した。

家に帰り着いて、ようやく空腹に気がつく始末。料理をする気力はない。もちろん、買い物に行く気力も。しかしウィーンでは、「夕食は簡素に冷たいものだけで」という習慣がある。いわゆるコールド・ディナーというものである。オーストリアには、「朝は王様のような朝食を、お昼は貴族のように、夜は乞食のように食べなさい」という古くからの諺があるくらいで、日本人の食習慣とはかなり異なっている。

ウィーンに住んでまだ一年とちょっとの私には、馴染まない習慣だ。なにせ、私は大食漢の食いしん坊だから。でも、今日はオーストリア風でいこうと決めた。

冷蔵庫を覗く。朝の市場、ナッシュマルクトで買ってきたローストビーフにローストチキン、子羊の冷肉、ボイルド・タン、肉のパテ。それからハムやサラミ、ソーセージ。付け合わせの野菜はパプリカとトマト。ピクルスとチーズもある。冷蔵庫から出して並べただけで、コールド・ディナーの出来上がりだ。ああ、そうだ。黒パン！　これにポークハム（七面鳥のハムがなかったのは残念）とパプリカ、ピクルスを挟んでゲーゲンバウアーのビネガーを数滴。涙ぐむほど辛いマスタードを添えれば、疲れて萎れていた体がしゃんとする。もちろん、冷えた白ワインも忘れてはいけない。

こうして手早く並べたものを、じっくり時間をかけて食べる。私の場合、生粋のオーストリア風の夕食とはならないようだ。

コールド・ディナーの起源は、キリスト教の安息日からと聞いた。日曜日は安息日と定められ、働いてはいけない日なのだ。だから日曜日の夕食は、台所で働かなくていいよう、冷肉を用意しておく習慣ができたのだろう。豊富な冷肉が手に入るのも、こうした宗教的背景のある国ならではだ。はからずも、私はその習慣に助けられたわけだ。

ラフマニノフ　ピアノ協奏曲第2番　ハ短調　作品18
ウィーン・フィルハーモニー管弦楽団

指揮　ズービン・メータ
ピアノ　ナオミ・ヨサノ
ウィーン・コンツェルトハウス

女はバスタブに身を沈めていた。

透明の氷が無数に浮かんだバスタブに。

顔色は白磁のように白く、伏せた睫毛の先には冷たい水滴が宿っていた。

バスタブの縁に腰かけた侵入者は、手を伸ばして女の髪の毛を撫でてやった。指先には、女の体温は伝わってこない。もう一時間以上も凍りつくような水に体を沈めているのだから。さっきまで浅く間遠な呼吸をしていたのに、それも今はない。きっと彼女の胸の中で、心臓がそっと動きを止めたのだ。

彼は茶色に染めた女の髪のひと房を指に絡ませて、静かに引いてみた。女の頭が少しだけ傾いた。死にゆく女は、なぜこんなことになったか、思案しているようにも見えた。

水面が揺れ、そこを埋めた氷がかすかな音をたてる。

軽やかで美しい音は、天上の音楽のように、浴室の中で反響する。

氷の下に、女の白い裸体が透けて見えた。形のよい小ぶりな乳房がふたつ。それと立てた膝。腕はだらんと両脇に垂れていた。

彼はバスタブの中に小さな花を数輪投げ入れた。パンジーの花だ。薄紫とオレンジの花が、悲しく水面に浮かぶ。

明るい色の花が水の動きに乗って、女の白い顔に近づいていくのを、彼は黙って見下ろした。濡れた手を膝の上に置き、前に向き直った。正面のルーバー窓が半開きになっている。ルーバーの隙間からは、無粋なコンクリートしか見えない。三階にあるこの部屋の浴室からは、隣のビルの壁面が見えるだけだ。

彼は立っていって、窓を閉じた。つまみを回す指にタオルを巻くことを忘れずに。それからもう一度、凍えた女を見返すと、静かに部屋を出ていった。

✽

「気をつけて。アンスリウムの茎を折らないように！」

ワンボックスカーの荷台に頭を突っ込んだ美帆(みほ)に声を掛ける。美帆は何か答えたようだが、くぐもった声は聞き取りにくい。桜子(さくらこ)は店の外に出ていって、美帆がアレンジメントフラワーを積み込むところを監督した。美帆は手際よく大きな花かごを荷台の奥に載せた。飛び出している花が天井や壁に触れないように向きを微調整して、固定する。

「どうですか？」

「いいわね。『フォーシーズンズ』は七階でしょ？　運び上げる時も気をつけてよ。台車も載せていって」

「了解！」

美帆は勢いよく荷台の扉を閉めた。白いカラーと赤いアンスリウムでできた盛花が、リアウィンドウ越しに見えていた。イタリアンレストランのフォーシーズンズは今週、開店五周年を迎えるので、めでたい紅白の花を飾りたいと注文がきたのだ。

「じゃあ、行ってきます」

美帆はにっこり笑うと、運転席に乗って発車していった。

桜子はしばらく道に立って、暮れかかる街を眺めていた。リアウィンドウに「フラワーショップ小谷（こたに）」と名前の入ったワンボックスカーが遠ざかる。

「さ・く・ら・こ・さーん」

背後から声が掛かった。振り返らなくても誰かわかる。

「レイカちゃん、今から出勤？」

「まだ早いわよー。ちょっと寄り道」

桜子は歩道にまではみ出した金属製の丸缶をひとつ持ち上げた。カスミソウがいっぱいに立てられた丸缶だ。店の奥に入っていく桜子の後ろからレイカがついてくる。

「あ、ラナンキュラス。これ、あたし、好きなんだー！」

保存庫のガラスにおでこをくっつけそうにしながらレイカが言った。

「そうなんだ。今朝、仕入れてきたばっかりなのよ」

「へえ！　このさあ、シルクのドレスみたいな花びらがいいのよねえ。上品で華やかで」

「レイカちゃんみたいに？　ラナンキュラスの花言葉は、『とても魅力的』っていうのよ」

からかい気味にそう言ってみる。

「いやだ！　桜子さん、それは言い過ぎでしょ」と応じながらも、レイカはまんざらでもなさそうだ。「今度、お店に活ける花にこれを入れてもらってって、ママに頼んでみるわ」

「いいわね。『ジュリア』にぴったり合うように活けてあげるわ。今ね、こういうロージーなお花、人気なの」

「へえ？　ロージーって？」

言いながら、レイカは自分で丸椅子を引き寄せてどっかりと座った。筋肉質の足を組む。クラッチバッグからコンパクトを取り出して、入念に化粧の出来を確認し始める。

「バラのようでバラでない花っていう意味。バラに似た八重咲の花を取り合わせるわけ。ラナンキュラスやシャクヤクや、ダリアなんかをね。本物のバラでまとめるよりも意外性があって、優雅で謎めいた——感じ？」

「うっほ！　それこそ、あたしそのものね。本物じゃないけど、優雅で謎めいてて」

コンパクトの鏡から目をはずさずに、レイカは一人でクツクツ笑った。店に出勤する前に、花好きのレイカは、ちょっとここでおしゃべりをしていくのが日課だ。たっぷりマスカラを塗った重たげな付け睫毛を人差し指で持ち上げている。

「春なのに、今日は冷えるわねえ」

「ごめんね。これでも当たって」

桜子は、小さな電気ストーブをレイカの方に向けた。

「いいって。桜子さんこそ、温まってよ。あたしは出勤したらお店の暖房でほかほかになれるんだからさ」

レイカが電気ストーブを、作業する桜子の方に戻す。

「大丈夫。私はもう慣れてるから」

「お花屋もある意味、水商売だわよねえ。手が荒れるでしょう？」

それには曖昧に笑って返す。花屋では大掛かりな暖房は入れられない。花が傷んでしまうから。店の入り口もお客さんが入りやすいように開けっ放しにしてあるので、体は冷えきってしまう。レイカが言うように、水を使う仕事が多いので、真冬には辛い商売だ。

「これ、どうぞ」

ホットティーを魔法瓶からマグカップに注いでレイカに差し出す。

「うわあ、サンキュ！」

レイカはパチンとコンパクトを閉じて、マグカップに手を伸ばした。爪のマニキュアの銀色のストーンがきらりと光った。

「どう？　最近、お店の方は」

「まあまあってとこかな。ママの顔が広いからね。あ、そういえば、こないだ櫛田さんて人が、ここでユリの花束買ったでしょう？　あれ、ママへのプレゼントなんだって。ママ――」レイカがちょっと声を落とした。「五十一歳の誕生日だったの」

大輪のユリを十本買っていったサラリーマンを、桜子は思い出した。

「ああ、カサブランカね。あれ、ママへのプレゼントだったの？　なるほどね」

レイカが勤めるジュリアというバーのママは、百合子という名前なので、花をプレゼントしてもらう時は、たいていユリの花をリクエストする。

週に一度は、桜子が店に花を届け、飾り付けもする。その時も、なるたけユリの花を入れるようにしている。華やかで香りも強いカサブランカはもとより、白く清楚なテッポウユリやスカシユリ、オレンジや黄色のセラダ、ピンクの花びらに斑が入ったソルボンヌ、ダークレッドのコンスタブルと、ユリにもいろいろな種類があって年中楽しめる。

「櫛田さん、いいとこのサラリーマンなんだけど、ここ最近よく来るの。ママに話を聞いてもらいたいのよ」

「へえ」

店の奥の作業場で、生花スタンドに花を活けながら、桜子は背中で答えた。

「会社でも家でも居場所のない男のオアシスだからね。うちの店は」

ズズズッとホットティーを啜(すす)り上げる音がする。「あー、これ、アップルティーね。おいしー」とレイカは嬉しそうに言った。

桜子は忙しく手を動かして、さっさと生花スタンドを仕上げていく。色とりどりのバルーンを多用するのは、届け先が地下アイドルのライブ会場だからだ。ここ神奈川県多摩川市から、多摩川にかかる丸子橋を渡ればもう東京都で、そこからの注文も受ける。ひまわり、アルストロメリア、ストック、ガーベラなどの配色を考えて挿(さ)していく。あらかじめ美帆が作っておいてくれた名入り札を、スタンドの前に付けた。

『萌田(もえた)ノラさんへ』という札を見て、レイカがぷっと噴き出した。

「まあまあ、センスのない名前。プレアイドルだか何だか知らないけど、こういうのが雨後のタケノコみたいに出てきて、ライブハウスにはびこってるわけね」

桜子は花鋏(はなばさみ)を腰のシザーケースに収めると、後ろを振り向いた。つくづくとレイカの顔を見る。濃い化粧に縦巻きにしたセミロングの髪の毛。いかり肩を包み込むシャネル風のスーツ。年齢不詳のレイカだが、おそらく結構年はいっているだろう。三十五は過ぎているはず。もしかしたら、四十二歳の自分の年に近いかも。

「何？」

桜子の視線をまともに受けて、レイカが問い返す。

「あのね、レイカちゃん。『雨後のタケノコ』なんて言葉を使ってると、年がばれるわよ」

「ひゃっ！」

レイカがわざとらしく首をすくめた。マグカップを口に持っていき、上目遣いに桜子を見た。

「菫子ちゃんもそのうち、どっかのライブハウスで歌いだすかもよ」

とやり返してくる。

「まさか」

またレイカに背を向ける。菫子は、桜子の高校二年生の娘だ。

「わかんないわよう！　菫子ちゃん、市民ミュージカルのオーディションに受かってからこっち、なんだか舞台人って顔してるもん」

「そんなこと……」

やや力を込めて生花スタンドを壁際に寄せた。美帆が帰ってきたら、また配達に行ってもらうのだ。

「菫子ちゃん、すっごく張り切ってるじゃん。いい役がもらえるように頑張るって」

桜子は深々とため息をついた。市民ミュージカルの話が持ち上がったのは、去年の夏のことだった。高校の演劇部に所属する娘の菫子が、友だちとオーディションを受けてみる、と言い出した時は笑ってしまった。まさか合格するとは思わなかった。結構有名な演出家や音楽家を呼んできて、本格的なミュージカルをやるという話だったから。

「きっとその他大勢のうちの一人って役よ」

「さあね。案外目立つかもよ、菫子ちゃん。歌、うまいし、スター性があるわよ。一緒にカラオケ行くと聞きほれちゃう。あたしの目から見たってかなりいい線いってると思う」

あたしの目ってどうなんだろう、と桜子は苦笑した。レイカはそれに気づかず、言葉を継ぐ。

「百合子ママもね、ミュージカル見に行くの楽しみにしてんの。あの人、音大出てるのよ。知ってた？　ピアノ科。うっそーって思ったでしょ？　今。ほんとだって。ママ曰く、自分の才能の限界に気がついたんだって。音大で。それで方向転換したわけ。夜の世界に」

「すごい方向転換ね」

桜子もホットティーのマグカップを取って、手でくるみ込んだ。

「でしょ？　でさ、今度の市民ミュージカルの音楽監督の与謝野充さんとはもうお近づきになったみたいよ。桜子さん、気がついてた？　あの人のお母さんは、世界的に有名なピアニストの与謝野直美だって」

「うん、そうらしいね」

世界を股にかけて活躍している人気ピアニスト、ナオミ・ヨサノの名前は、桜子も聞いたことはある。六十も半ばを過ぎた今も、その人気は衰えを知らない。演奏にも円熟味が加わったという高い評価を受けているようだ。でもその人に息子がいて、音楽家なのは知らなかった。菫子がオーディションに受かった時、興奮気味に教えてくれたのだ。

「与謝野直美のコンサートのチケットなんて、プラチナチケットだからね。もし日本でコンサートがあったって、なかなか手に入らないそうよ。そうママが言ってた。だから息子さんに接近したわけ。ほら、ミュージカルの資金集めを兼ねたパーティがあったでしょ？　あれにママ、出席したの。百合子ママはこう言っちゃなんだけど、あちこちの業界に顔が利くからね。東京や横浜の文化人たちとも懇意にしてるし、多摩川市にある企業の社長連中は、うちの店の顧客だからね。百合子ママが口添えしたら、きっといいスポンサーが集まるでしょ。与謝野充だって、袖にはできないって寸法よ」

だから与謝野充は、ママに乞われてジュリアに足を運んだらしい。与謝野の隣に陣取って、った。

百合子ママは、ナオミ・ヨサノにどれだけ心酔しているか、滔々と語ったのだとレイカは言った。

「あの調子じゃあ、与謝野さん、こっちにいる間はたびたびうちの店に来る羽目になるわね」

お気の毒、とレイカは肩をすくめた。

「おい！　オカマ！」

店の外から太い声が飛んできた。のしのしと入ってきたのは、乗松純だった。くたびれたスーツに汚れた革靴という格好だ。レイカがあからさまに顔をしかめた。

「オカマ！　こんなとこで何油売ってるんだ。さっさとゲイバーに出勤しろ！」

「ふん！」

レイカが盛大に鼻を鳴らして立ち上がった。百八十センチはあろうかと思われるレイカは、純と対等に睨み合う。

「うるさいわねえ。さっきからオカマ、オカマって」

「オカマだからオカマだろうが」

「ああ、気分悪いったらないわ！　どいてよ、そこ！」

クラッチバッグを抱えると、純を押しのけるようにして通路を歩いていく。店の入り口で振り返ると、「じゃあねえ。桜子さん」とシナを作った。

「はあい、お仕事頑張ってねえ」

桜子も同じように手をひらひらさせて見送る。

その様子を、純は苦々しい顔つきで見ていた。

「おい、桜子。なんだってあんな化け物みたいな奴と付き合うんだ」

レイカが行ってしまうと、彼は桜子に向き直って言った。

「あら、いい人よ、レイカちゃんは。あんたこそ、その偏見と古臭い固定観念を捨てなさいよ」

純は、「ケッ」と言うと、さっきまでレイカが座っていた丸椅子にどかっと腰を下ろした。

「ありゃあ、いいの？　刑事さんこそ、こんなとこで油売ってて」

「俺はな、あんな奴と違ってしっかり昼間仕事してきたんだ」

店の電話が鳴った。桜子が客からの注文を受ける間、純は貧乏ゆすりをしながら待っている。

「そうですねえ、今日は可愛いポピーがたくさんありますよ。春らしい花束にするなら、これにデルフィニウムを合わせたら？　ピンクの『さくらひめ』って品種が入ったところなんです。愛媛県産の」

言いながら、保存庫のガラス扉を開けて、手早く数本の花を抜き取った。桜子が花束を贈る相手の年齢や好みを訊き出し、希望のイメージを相談するのを、純は黙って聞いていた。電話を切るなり、「菫子は？」と問うてくる。

「まだ学校に決まってるでしょ？」店の壁にかかった時計は、もうすぐ六時半になるところだ。「あの子、部活してるんだから。その後はミュージカルの練習」

桜子と菫子は、この花屋の二階と三階を住居にしている。フラワーショップ小谷は夜遅くまで営業するので、便利な住環境だ。夫の憲一郎が生きている時も、亡くなってからも、ずっとこの形態で暮らしている。

純は、こういう歓楽街に住むこと自体が危ないのだと言う。女子高生が飲み屋や風俗店の連なる街を抜けて家に帰るということがよくないと、何度も忠告してきた。

どこか郊外に家だけでも移せばいいじゃないかとうるさく言う。「そんなことしたら、仕事にならないよ。菫子を一人で留守番させることになるし」と言い返すと、気に入らない様子でだんまりを決め込む。元同級生のこの刑事は扱いにくい。

「純は？　今日はもう仕事終わりなの？」

「いや、まだ署に帰ってすることがある」

そう言いながらも腰を上げない。小うるさい刑事を無視して、桜子は仕事に戻った。

桜子は、もともとフラワーアレンジメントの仕事をしていたから、花束や生花スタンドを作るのはお手のものだ。夫の憲一郎とも花が縁で知り合った。この街で花屋をしていた憲一郎が届ける花を使って、あるイベントの花を活けたのがきっかけだった。新鮮な花や珍しい花をいつも用意してくれるので、桜子がアシスタントを務めていたフラワーアレンジメント教室の先生がいたく気に入って、よく注文を入れるようになった。

花屋なんだから、プロポーズの時には、どれほど大きな花束をくれたの？　と人には言われたけれど、彼が差し出したのは、一輪のカワラナデシコだった。その時多摩川の土手を二人で歩いていた。薄いピンクの花を受け取って、桜子は頷いたのだ。その素朴さがそのまま憲一郎を表していると思った。

結婚して、二人でこの店を経営していたが、夫は呆気なく肝臓癌で死んでしまった。一人娘の菫子が小学四年生の時だ。一時は茫然としていたが、花から離れては暮らしていけないと思い直した。これだけが自分に残された生きがいであり、生計を立ててくれる唯一のものだと。以来七年間、一人でこの店を切り盛りしている。アルバイトで通ってきてくれる美帆の力を借りながら。

ピンクのデルフィニウムの茎を潔く切り落とすと、小さな花がふるふると揺れた。可憐な花たちは、いつも桜子を支え、励ましてくれた。多摩川べりのこの街で、夫が残した花屋を続けられるのは幸運なことだと、桜子は思っている。

「ただいまあ！」

店の前に車が停まり、美帆が元気よく降りてきた。

「あ、また来てるんですか。乗松さん」

ずばずばとものを言う美帆に、純が口をへの字に曲げた。

「大丈夫。湧新署（ゆうしん）の刑事さんがここで時々サボっていることは、誰にも言いませんよ。あたし、こう見えて口、堅いですから」

「お前なあ――」

とうとう桜子は笑いだした。

強面（こわもて）の刑事も、この二十五歳、独身の女性にはお手上げらしい。美帆は高校を卒業してすぐにフラワーショップ小谷で雇われた。憲一郎が亡くなったばかりだったから、アルバイト待遇でないと雇えないと言ったのに、「それでいい」と答えた。「私、お花が大好きなんで。特に桜子さんの作る花束が」

ここで修業して、自分の花屋を持つのが夢だと言った。時間がある時は、桜子がフラワーアレンジメントを教えている。

「美帆ちゃん、今度はこの生花スタンドの配達、お願い」

「わかりました！　じゃあ、軽トラに乗り換えてきますね」

美帆は配達先のメモを見ながら、さっさと店を出ていった。

美帆が幌付きの軽トラックの荷台に生花スタンドを載せて行ってしまうと、純は桜子にコーヒーを淹れてくれと頼んだ。

「思いっきり濃いやつ」

「あのね、うちは喫茶店じゃないんですけど」

「あんな不気味なオカマには淹れてやってたじゃないか」

「口が過ぎるわよ、純。よくそんな物言いでセクハラだのパワハラだの言われないもんね。警察だって最近はそういうの、うるさいんじゃないの？」

純は「なんで正真正銘の男の俺がオカマを差別したらセクハラなんだ」と噛みついた。

桜子は、カウンターの端の電気ケトルのスイッチを入れた。

乗松純は、桜子の高校時代の同級生だ。東京都台東区の谷中にある高校だった。桜子の実家は谷中銀座商店街の中で洋品店を営んでいたが、純は、もうちょっと遠くから電車通学をしていたと思う。どっちにしても下町の出身で、気取ったところのないざっくばらんな気質の街と学校だった。

高校を卒業して、何度か同窓会で会ったくらいの仲だったのに、たまたま二人とも神奈川県民になっていた。そのことがわかったのは、三年ほど前のことだ。純がこの近くの湧新署に刑事として勤務するようになって、桜子の店を偶然訪ねて来た。それまで純が警官になったことも知らなかった桜子は、大いに驚いたものだ。

　以来、純は暇を見ては、フラワーショップ小谷を訪ねて来るようになった。

「ここら辺は、犯罪の温床だからな」と純は言う。

「そんなおおげさな。住んでみればどうってことないわよ」と桜子は言い返す。結婚するまでこの地域のことは何も知らなかったけれど、夫と暮らした愛しい街だ。

　亡くなった夫によれば、昔はのんびりした住宅街だったそうだ。畑もぽつんぽつんとあるようなのどかなところだったらしい。「自然の池を利用した釣り堀まであったんだ」と言っていた。

　神奈川県多摩川市の中央に位置する湧新地区。新しいものが湧いてくるという意。名前の由来は、多摩川が水害を起こすたびに流路が変遷したためという説や、幕末から明治にかけて、封建制の解体を促す草の根の勢力が次々生まれたためという説など諸説あるが、定かではない。

　憲一郎が闘病していた頃から、この地区は少しずつ変わっていた。ＪＲ横須賀線に湧新駅ができた。それまでは、横浜まで素通りしていた人々が、より東京に近い土地の利便性に目覚めたわけだ。なんせ、品川まで十数分で行ける街なのだから。多摩川市を縦貫する高速鉄道「タマガワエクスプレス」の計画も持ち上がった。これが湧新駅を経由するルートを取ることになり、さらに湧新は交通結節点として重要度が増してきた。

多摩川市の誘致努力もあり、東京都内からいくつもの企業が越してきた。本社ごと移った電機メーカーも、事業所を展開した食品大手も、研究所を開設した製薬会社もある。もともと湧新駅からそう遠くない地域には化学薬品や自動車部品の工場などがあったし、一方で古くから花苗の生産が盛んだった。土地にはゆとりがあった。世界的に有名な光学機械メーカーやソフトウェアの会社も移ってきた。それに伴い、社員寮や借り上げマンション、厚生施設も増えた。道路も整備され、交通事情は格段によくなった。

街は急速に発展した。病院やホテル、大学も新設された。発展というよりも、膨張しているといった方が合っているかもしれない。

「いったいどんなふうになってしまうんだろうね」

そう呟いていた憲一郎は、生まれた街の変遷を最後まで見届けることはできなかった。

彼の祖父の時代に、小谷家は花苗を取り扱う業者から、花屋に転身したのだという。もっと前のことはわからないが、もしかしたら、土を耕して花や野菜を作っていた農家だったのかもしれない。

花を扱うというこの土地に根ざした商売を続けてきた夫を亡くして、実家の両親や兄弟は、谷中に帰ってくるよう勧めたが、桜子はそれを振り切ってここで生きるという決断をした。憲一郎が愛していたフラワーショップを潰したくはなかった。

「なんかまとまりのないざわざわした街だよなあ、ここ」

純も下町の人情味のある谷中と比べているのか、そんなことをよく口にした。

急発展した街の常で、混沌とした風情が拭えないのだ。新しく来た企業は、流通のことを考えて第三京浜道路の周辺に集約されているので、湧新駅からはやや離れている。そこへ勤める人々や、東京都心へのアクセスのよさから移り住んできた人々のためにタワーマンションが林立しているのは、駅の東口に当たる湧新一丁目と二丁目だ。まだ建設途中のものもあって、多摩川の向こうから眺めると、副都心もかくやと思えるような景観である。もちろん、人口は爆発的に増えている。

タワーマンション群の真ん中には、スーパーマーケットや衣料品店、レストラン、美容院、保育所までが入った複合施設がある。「レインボーシティゆうしん」という名前の施設ビルには、屋上庭園まであって、昼間はおしゃれな親子連れで大賑わいだ。

「お前はのんびり構えてるけど、犯罪率も高いんだぜ」

ぼそりと呟いた純の言葉に、聞こえなかった振りをする。

「そりゃあ、そうだよな。地元民の受け入れ態勢が整う前に、どっと流れ込んできた奴らが好き勝手にやりたいこと、やってるんだ。土地に対する愛着もない大人たちも知らん顔だ。おかげで俺たちが大忙しってことになる」

純が言っているのは、この辺りで幅をきかせているストリートギャングと呼ばれる少年たちのことだろう。桜子もそれは気にせずにはいられなかった。ちょうど董子と同じくらいの年の少年たちが、窃盗や暴力事件を引き起こしているのだ。学校や社会からドロップアウトした十代の少年らは、持っていきようのない憤懣や意味のない高揚感に突き動かされ、犯罪を重ねていると聞いた。

「この辺では見かけないわよ。そういうの……」

だんだん言葉が尻すぼまりになる。桜子の不安を感じ取ったのか、純はさらに畳みかける。

「だからな、せめて駅の向こう側に移れって。こっちは治安が悪いんだから」

「あんなタワーマンションばっかりのとこに住めるもんですか」やっとのことで胸を反らして言い返した。「うちは西口だからこそ、成り立つ商売なんだからね」

「で、董子は、堂々とネオン街を闊歩して学校へ通うわけだ」

「あのね、あんたにうちの子の心配してもらわなくてもいいんだけど」

純が明らかに傷ついた表情を浮かべたので、桜子もちょっと言い過ぎたと反省した。

「そりゃあね、うちのお客は歓楽街のお店が多いわよ。酔っ払いも買いに来るし。でもそれで稼がせてもらってるの。住宅街にある花屋とは違うってわかってる。だけど、花は花よ。花を買う人に悪人はいないって」

「ふん」

二人が居心地悪そうに黙り込んだところに、さっき花束を注文した客がやって来た。桜子はほっとして、花束を渡した。思い通りの花束だったのだろう。年配の女性は顔をほころばせた。

「今日は孫の入学祝いをするんですよ。ちょっと遅めのね。男の子だけど、どうしても花束を贈りたくてね」

「それはおめでとうございます」

「孫は慶学館高校に入学したのよ」

「うわあ、優秀なんですね。お孫さん」

女性はいくぶん得意そうに、だが品よく微笑んだ。慶学館は、横浜にある神奈川県で一番の進学校だ。偏差値の高さは全国の高校の中でも十本の指に入ると言われている。東京大学を始めとする難関大学の合格者を多く輩出しているのだ。そういう事情は、高校生の娘を持つ母親として知っていた。

歩き去る女性の後ろ姿を見送って、純に目配せした。

「ほらね、ああいう素敵なお客さんもいるのよ」

「ああ、そうかい。慶学館に受かるくらいなんだから、たいした孫なんだろうよ。俺らが追いかけてるクソみたいなガキとは大違いなんだろうな」

純は立ち上がって伸びをした。カウンターにマグカップをゴンと置くと、「ごち」と小声で言った。

「さて、もうひと働きしてくるかな」

「うちも遅くまでやってるけど、純も夜昼なしの仕事だね」

「因果な商売ってとこだな」

ようやく和んだ顔を見せた純に、桜子はほっとした。気心の知れた元同級生には、ついぽんぽんと言いたいことを言ってしまう。だけど、それがお互い息抜きにもなり、忙しい生活を活性化させるリズムにもなっているのだ。夫を亡くした後、彼に出会えたことには感謝している。

店を出ていきかけた純が、入り口のところで、ふと足を止めた。すっと腰をかがめて取り上げたのは、手押し車を模したオブジェの上、小さなブリキのジョウロに売れ残ったパンジーを活けたものだ。

「これ……」

「何？」

「これ、何て花だ？」

「パンジーだよ。知らないの？　多摩川市の花だよ」

古くから街道近くの農家で作られているパンジーは、品質がよくて市の特産品になっている。それでなくてもパンジーほどありふれた花の名前を知らないとは、と桜子はあきれた。

「ああ、そうだった。名前、聞いたんだった。今、咲く花か？」

「時期的にはもう終わりだね。花屋が扱うのは、秋からだいたい四月くらいまで。一般家庭の庭なら、もうちょっと長く咲いてるかも」

「そうか」

「どうかした？」

純はちょっと考え込んだ。

「あのな――」すっと険しい顔になり、桜子までがやや緊張する。「この間、この近くのマンションで死んだ若い女がいたろ？」

「ああ、あのお風呂に浸かったまま見つかった人？　あれ、自殺だって新聞に書いてあったじゃない」

「そう断定されたけど――」

「けど?」

「なんか気に入らない」

病院以外で死んだ者は、全部不審死として扱われる。だから警察が臨場するのが決まりだ。その日、交番の警官からの連絡で、現場に急行したのは純ともう一人の刑事だったそうだ。バスタブに身を沈めた女性は、すでにこと切れていた。死後硬直が始まっていたらしいから、もう手の施しようはなかったようだ。

「特に目立った外傷もないし、犯罪性はないと踏んだわけだ」

桜子は、新聞の地方面に出た小さな記事を思い出そうとした。

「わざと冷水に浸かって、自殺したんだったよね」

死因は低体温症と書かれていたのだった。そんな方法で自殺したのなら、珍しい死に方だとその時に思ったのを、すっかり忘れていた。

「自殺する理由はないこともなかったし、眠れないと訴えて、医者から睡眠導入剤を処方されてたんだ。それを大量に服んで、朦朧としたまま、冷水に長い間浸かってたらしい。ご丁寧に大量の氷まで入れて」

「可哀そうに」

何があったか知らないが、若い女性が自分から命を断つほど痛々しいことはない。

「だが、何か気に入らないんだ」

　また同じ文言を、純は口にした。

「一応検視をしたのは、一緒に行った警部なんだ。そいつが自殺だと断定して、医者に死体検案書を書いてもらった」

　四十二歳の純は、現場にこだわり続け、忙しさを口実に昇進試験を真面目に受けないので、未だに巡査部長だ。だから、同年代でも警部にまでなった刑事には従わなければならないのだろう。

「何かおかしいことがあったの？」

　もう一回純は、手にしたジョウロのパンジーに目を落とした。

「このパンジーの――」人差し指で花びらに触れた。「花の部分だけが三輪、バスタブの水に浮いてた……」

　その光景が桜子の頭の中に浮かんだ。誰にみとられることもなく、命の火をそっと消した女性のそばに浮かんでいたパンジーの花。

　店の前の道路を、けたたましい音楽を流しながら改造車らしき車が三台、連なって通った。そっちの方には目もくれず、純はじっと可憐な花を眺めていた。

「死のうとする者が、花のことなんかに気がいくかな？」

「あるかもしれない。好きなものを眺めながら死にたいと思ったのかも」

言いながら、声が震えた。あまりに悲しい最期だ。

「でも、あのワンルームマンションの部屋には、パンジーなんかなかった。花瓶も、鉢植えも」

純は、ピンクや紫のパンジーを挿したジョウロを元の位置に戻すと、小さく手を挙げて去っていった。


菫子は、練習場のドアをそっと押し開いた。広々としたフローリングの真ん中辺りに、数十人の人々が腰を下ろしている。通学カバンを壁際に置いて、集団の一番後ろに滑り込んだ。皆に倣って体操座りをする。あがっている息を、何とか整えた。高校の部活に顔を出した後、湧新駅からここまで駆けに駆けてきたのだ。

誰も菫子の方には注意を向けない。学生は、小学生から大学生まで。ＯＬ風の女性に壮年のサラリーマン。主婦や商店主に見える男女。白髪の老女から、インテリ風の眼鏡の男性。ありとあらゆる年代、様々な職種の人々が目を輝かせて、正面を向いて座っている。

　前にふたつ並んだ長机には、市民ミュージカルの運営スタッフが陣取っていた。中央には多摩川市の西川市長が丸い顔に満面の笑みを浮かべている。隣に多摩川市文化振興事業団の長である鳥居がいた。彼は文科省の元官僚で、市民ミュージカルの企画を起ち上げた中心人物だ。プロデューサーともいえる立場で、今ここに集まっている出演者たちのオーディションにも立ち会うほどの熱の入れようだった。

「発展著しい湧新地区を芸術文化の拠点として多摩川市をまとめあげるには、何かの目標を定めて、市民がひとつになることが一番だと、このように考えるわけであります」

　西川市長は市議会でそう答弁した。

　それがミュージカルの制作というのは疑問だという声が、一部の市民や組織から上がったこともある。だが、鳥居は揺るぎない信念でそれを貫き通した。来春には、多摩川べりの緑地に多摩川市民ホールが完成する予定だった。そのお披露目も兼ねて、市民主体のミュージカルを一週間、通しで上演したいというのが、彼の希望だ。

　西川市長は来年の任期満了をもって市長を勇退する心づもりなので、最後の花道を飾るために、鳥居の提案に乗ったという説もある。

　資金的な問題をクリアするために、舞台装置や衣装、音響、照明などの裏方のスタッフも市民から募ったボランティアということになっている。舞台監督も兼ねる演出家と音楽監督、振付師だけはプロスタッフを招聘した。彼らとの共同作業が多摩川市の演劇シーンの活力につながるのだと、市長や鳥居は考えているようだ。

ミュージカルが上演されるまで、演出家の桐田裕典と音楽監督の与謝野充、それに振付師の武士末カスミは、東京と多摩川市を行ったり来たりすることになるが、一応、練習場の近くにマンションの部屋を市の借り上げで与えられていた。

鳥居は、遅れてきた菫子が座るのを待って、立ち上がった。

「皆さん！」よく通る声で言う。「お忙しい中、今日も練習に来ていただき、ありがとうございます。さて、皆さん、ご存知の通り、今日は特別な日です」

さっと全員の背中に緊張が走った気がした。

今日は配役の発表があるのだ。菫子も背筋をぴんと伸ばして首を持ち上げた。昨年末に市民を対象としたオーディションがあり、合格者は年明けから基本的なレッスンを受けてきた。発声練習から基本動作、ダンス、歌、与えられたシチュエーションでのセリフ回しなど。菫子も一日も休むことなく、週に一度の練習に参加してきた。

台本をもらった時には興奮した。先月のことだ。まだどの役を自分がやることになるともわからないのに、気持ちが浮き立った。全部の役にのめり込んで読み込む菫子を、母親の桜子があきれ顔で見ていた。

もうすっかり頭に入っているストーリーを思い浮かべた。

タイトルは『聖者が街にやって来た』。

舞台は未来の都市とも異世界ともとれる街、ルキア。無駄なことを極力そぎ落とし、エネルギーを節約することだけに心を砕く人々の街。生きるために必要のない芸術も否定された灰色の世界と化している。食べるということすら必要なくなった人々は、味覚というものを忘れてしまっている。

人々はだんだん無感動になり、幸せを感じられなくなる。一人の少年タビアスは、年をとった元料理人ジンゴと出会い、彼が語る食材や料理、味わいの話に夢中になる。そんな時、彼らが住む都市に聖者がやって来るという噂が立つ。聖者は大食いで、彼を満足させなければ、都市は滅びるとされていた。

ルキアは大騒ぎになる。老料理人が引っ張り出され、料理を作って聖者をもてなすように命じられる。ひょんなことから彼の助手を務めることになったのは、マージというドジな女の子。ジンゴが言いつける食材を、タビアスと共に探し回る。都市を存続させるために、住人たちも協力する。揃った食材を使って、ジンゴの記憶の中の料理を再現しようとするが、マージは失敗ばかりして、老料理人を苛立たせる。

気が気ではないルキアの人々は、ジンゴが取り組んでいる料理の情報を聞いては一喜一憂する。必要な栄養素は薬で摂取することが一般的になって、食べるということ自体が無駄な行為だと思われていたのに、皆の想像の中で、食物への期待が膨らみ、形を成してくる。

飲み物、食べ物、命をつなぐもの。だんだんと五感が鋭くなり、人々の眠っていた能力が目を覚ます。人々はレシピが出来上がるたびに歌を歌い、踊りを踊って全身で喜びを表現する。やがて絵を描く者も現れ、体を鍛えてスポーツに打ち込む者も現れる。

獣肉、魚、野菜、果物が集められ、調味料や香辛料が調(ととの)えられた。味覚、視覚、嗅覚を刺激する数々の料理が完成していく。根を詰めていたジンゴは亡くなってしまうが、マージとタビアスが彼の残したレシピを継いで、かつてこの街で食べられていた伝統的な料理を再現していく。

すべての料理が出来上がり、大食いの聖者がやって来るのを待つばかり。大広間の円卓には、湯気をたてる料理が並び、鼻腔(びこう)をくすぐるいい匂いが充満している。だが、いくら待っても聖者は現れない。料理は冷え、大広間は暗闇に包まれるのだった。

誰かがカプセルの中で目を覚ます。虚ろな表情で辺りを見回す男。彼はルキアにたった一人残された住人だった。すべては彼の夢の中の出来事だったと気づき、絶望する男。すでにルキアは滅びたのだった。

その時、遠くからいい匂いが漂ってくる。男はカプセルから出る。彼は己の空腹に気がつく。匂いに釣られて暗闇を進む。

「ほら！　とうとうやって来た！」

「聖者が来た！」

周囲からの声に戸惑う男。光に照らし出された大広間。テーブルの上には溢れんばかりの料理。いつか見たことのある料理。ひとつひとつに愛着を覚える。

いつだったか――苦労して作り上げた料理だ。

「さあ、そこに座って。聖者様」

一人の美しい娘が進み出て手を差し伸べる。

「聖者はあなたよ。タビアス」

夢を見ていたのは、成人したタビアスだった。何千年も前に一度滅びたルキアは、タビアスが人工的な眠りについているうちに復活し、彼が目覚めるのを待っていたのだった。かつて人々の五感を刺激する料理を作ることに奔走した少年こそが、聖者として迎え入れられた。

人々は笑い、歌い、踊りを踊って聖者の生還を祝い、共に美味しい料理に舌鼓を打つのだった。テーブルについたタビアスの隣には、どこかマージの面影を宿す娘が微笑んで座っていた。

台本を書いたのは、演出も手掛ける桐田裕典。自分で劇団も持っているベテラン演出家だ。彼と、音楽監督の与謝野充がアイデアを出し合って練り上げたものだと説明があった。忙しい二人だが、まだ中央官庁に顔が利くという鳥居の熱意にほだされたのかもしれない。

「新しいホールのある地区にちなんで、新しいものが湧き起こるムーブメントを予感させる物語にしたいと思いました」と桐田は最初に出演者を集めて話した。

続けて変動の激しい湧新駅周辺を見て、インスピレーションを受けたと語った。一丁目と二丁目のあっけらかんとした明るさ、スタイリッシュさ。それに相反するように三丁目の持つ刹那（せつな）的な享楽、退廃的なざわつきの対比が面白い。奇妙な熱を内包した街だと評した。

「無感動になった人々がまた心を動かすきっかけは、食欲だったというアイデアは、与謝野君が提案したものです」

「まず人間の本能を揺り動かすものが必要だと思ったんです」与謝野が後を引き取った。

「食物を口にするということ。それはただ単に栄養を摂（と）るだけではなくて、人間の根源的な楽しみを蘇らせることだと思います。音楽やアートも、その延長線上にあると。それらは生きていく上では必要のないものかもしれない。でも生活を豊かにする。人生に意味を与える。絶対的なものではないが無駄ではないもの。そこを追求するには、まず失われた食欲を刺激することが重要かな、と」

それからちょっと照れたように、「これは母からの唯一の教えでもあります」と付け加えた。「母は偉大過ぎて手が届かないけれど、食を共にする時だけは一個の人間でした。彼女は食べることには貪欲で、そうした自分の欲求には素直だったので」

母と同じピアニストの道には進まず、でも音楽からは離れられなかった与謝野の率直で真摯な感想だと思った。

桐田と与謝野は、今、穏やかな表情を浮かべて座っている。五十年配の桐田からすれば、三十代の与謝野は息子ほどの年代だ。ミュージカルの演出依頼がきた時、桐田は音楽監督に与謝野を推薦した。初めは尻込みしていた与謝野を、桐田が是非一緒にやりたいと説得したらしい。与謝野のオフィスに桐田が半ば押しかける格好で、脚本を書き上げたのだと、広報紙に書いてあった。演劇界の重鎮である桐田裕典は、強引に自分のやり方を押し通すというので有名だ。

「では」と鳥居に促され、桐田が立ち上がった。

「今から配役の発表をします」

「うっ」と思わず誰かが声を漏らす。慌てて口を押さえる気配と、その周囲で密やかな笑いが起こる気配。さざ波のような一連の揺らぎはたちまち収まった。

誰もが固唾を呑んで、桐田を見つめていた。菫子の胸腔で、心臓が飛び跳ねた。これまで三か月ほど続いた基礎レッスンの様子を見て、桐田と与謝野が配役を決めたのだという。

何とか少しでもセリフの多い役をもらいたかった。それほど、心を奪われる物語だった。立った桐田を見上げている与謝野充に目を移す。彼の手によって、もう音楽もすべて出来上がっているということだった。早くその歌も聴きたいし、歌いたい。

「少年タビアス、倉田昴さん、間宮竜太郎さんのダブルキャスト」

「おお！」というふうな叫びに似た声。賞賛と羨望の声。誰かがパチパチと小さく拍手した。

「少女マージ、鬼頭菜々美さん、小谷菫子さんのダブルキャスト」

「ええ!?」

最後尾で叫んだ菫子に、出演者たちが振り返った。この三か月ほどのレッスンで、大方の人の顔は憶えてしまったが、彼らが好意的な笑みを送ってきた。

「ええ!?」

もう一回菫子が声を上げたので、桐田が苦笑気味に「君のことだよ、小谷さん。他に同じ名前の人はいないだろ？」と言い、わっと笑いの渦が広がった。

その中に、ダブルキャストで指名された鬼頭菜々美の顔を見つけた。菜々美は、確か地元劇団に所属する二十一歳だと言っていた。童顔で、菫子と同年齢か、もっと年下と言われても頷ける。だが、さすが劇団に入っているだけあって、発声も演技も堂々としたものだった。どうして自分なんかが彼女とダブルキャストで選ばれたのだろう、と菫子は、ぼうっとした頭で考えた。

その間にも、次々と配役が発表されていく。ジンゴもダブルキャストだったが、その他は、一人にひとつずつの役だった。でも桐田の口から出る名前は、もう菫子の頭には入ってこなかった。

私が選ばれた。新しい大きなホールに立てる。それもたくさんのセリフのある主要な登場人物として。夢を見ているんじゃないだろうか。こんなキセキ、ある？　同じ演劇部に所属する親友の瑞穂(みずほ)に早く知らせたい。あの子も一緒にオーディションを受けたのに、不合格だった。それでも腐ることなく、私を応援してくれている。このことを聞いたら、どんなに喜んでくれることか。

「小谷さん！」

名前を呼ばれて、菫子ははっと我に返った。

「何をぼんやりしてるんだ？　練習が始まる」

桐田にそう言われて周りを見回すと、役をもらった人々は台本を手に、円陣を組んでいた。

「セリフ合わせをしてみるって、僕の言葉、聞いてなかった？」

畳みかけるように冷淡な声で桐田が言い、周囲の人々の視線が菫子に集まる。

「あ、すみません。えっと――」

菫子は慌てて通学カバンに走り寄り、台本を手にした。どうやらセリフのある役の人が台本を読み合わせ、セリフのない人々も自分の動きを考えながらそれを聞くということになったようだ。

円陣に加わろうとして、誰かの荷物につまずいた。台本を胸にしっかり抱いていたこともあって、無様に転んでしまった。

「おいおい大丈夫か？」

「あ、はい！　何でもありません」

あちこちから笑いの漏れる中、身を縮めて座った。床に打ち付けた左肩が痛んだが、平気を装う。

「あ、小谷さんと鬼頭さんは並んで座って」

指示されて菜々美を探す。小柄な彼女が体をずらして隣を空けてくれた。

「すみません」

隣に腰を下ろすと、菜々美が小さな声で「頑張ろうね」と囁いた。

ようやく喜びがこみ上げてきて、「はいっ！」と思わず大声を上げ、また桐田に睨まれた。

台本で顔を隠して、それでも笑みがこぼれた。

さっきから店先に立っている痩せっぽちの男の子のことが気になってしょうがなかった。ずっと客が途切れず、声を掛けることができなかった。今日は母の日だ。一年で一番花が売れる日と言ってもいい。歓楽街にある花屋でも、この日ばかりはカーネーションを大量に仕入れて備えている。朝からてんてこまいの忙しさだ。

花に関連した行事とか記念の日のことを、「物日（ものび）」と呼ぶ。母の日、父の日、敬老の日。それにクリスマスとか、卒業、入学シーズン、バレンタイン、盆や彼岸がそれに当たり、花屋は売れ筋の花を仕入れて売り上げを伸ばそうと躍起になる。

最近では、母の日もカーネーションだけではなく、目を引く取り合わせの花束を好むお客も増えた。そこは桜子のセンスの見せどころでもある。バラやフリンジ咲きのチューリップ、ヒヤシンス、トルコギキョウ、ミモザなどをラッピングにも凝って花束に仕上げる。ガラス器やカゴと合わせてプレゼントしたいという人のために、雑貨や花瓶も用意しておく。

誰もが笑顔で花束を受け取って帰っていく。食事をする間もないほどの繁忙ぶりでも、桜子がやりがいを感じる日でもある。それでも午後九時を過ぎると、やっとお客もまばらになった。ようやく男の子に声を掛けることができた。

「ごめんね。お花、買いに来てくれたの？」

一樹（かずき）という名の男の子は、小さく頷いた。

「どれにしようか。カーネーション？」

それにも声を出さず、頷く。

「赤がいいね。お母さんにプレゼントするんでしょう？」

「うん」

小声で返ってきた。

「何本？」

赤いカーネーションを丸缶から抜きながら尋ねる。一樹はごそごそとポケットを探った。百円玉と十円、五円。全部で四百七十五円。一樹の眉がすっと下がった。一本三百円のカーネーションが、一本しか買えないということに気づいたのだ。

手のひらにいくつかの硬貨を載せて、花と見比べる。桜子もすばやくお金を数えた。

桜子は赤いカーネーションを三本引き抜くと、セロハンで手早く包んだ。赤いリボンを巻く。

「今日はもうおしまいだから、お負けしとく。それにこれ、ちょっと花が小さいから」

そう言って手渡すと、一樹は嬉しそうににっこり笑った。

「ありがとう」

「こちらこそ、ありがとうね。また買いに来て」

痩せた男の子の後ろ姿が闇にまぎれていく。

「やれやれ。小さい花なんて仕入れるもんかね。桜子さんは人がいいねえ」

一樹とのやり取りを店の奥から見ていたトキさんが、首を振り振り出てきた。村松時夫(むらまつときお)という名の七十年配の男は、元は生花市場の仲卸会社で働いていた人で、引退した後、繁忙期にはフラワーショップ小谷を手伝ってもらっている。憲一郎とも親しくしていた人だし、市場の中では顔が利く。何より目利きが確かだ。今日のカーネーションをセリ落としてきたのは、トキさんなのだ。

「ごめんなさい。トキさんが仕入れてきてくれた花にケチをつけるつもりはないけど、ああでも言わないと、もらってくれないと思って」

トキさんは、また「やれやれ」と嘆息した。

憲一郎が亡くなった後、生花市場で花を仕入れるやり方を、手取り足取り教えてくれたのは、彼だ。花の扱いやアレンジには詳しい桜子だが、買参人(ばいさんにん)になって市場で花を仕入れることは、ずぶの素人だった。店の経営や仕入れはすべて憲一郎まかせだったから。だからトキさんの存在は大きかった。彼がいなかったら、フラワーショップ小谷はとうに潰れてしまっていただろう。

商品としての花は、不確実性の塊と言える。生産地の気候によって、出荷量や品質が大きく変わるし、需要と供給の関係で相場も変動する。トキさんから学んだことは多い。最近はネット上での取引も増えたとはいえ、やっぱりその日、市場に出てきた花を見て買うセリ取引は重要だ。これを極めていくと、亡くなった夫が、自分の店に合った花をいかにうまく仕入れるかということに心を砕いていたかがわかった。

花の種類、品質、産地ブランド、季節感、目新しさ、価格、客層を複合的に判断して、その日、その日の花を仕入れていたのだと実感できた。

母の日のカーネーションなどは、その最たるもので、それこそ、日本中の花屋がいいカーネーションを取り合うのだ。数を仕入れるために、あらかじめ卸売会社に注文しておけばいいのだが、それでは高くつく。仕入れのプロだったトキさんにセリ落としてきてもらう花は重要だ。

そのトキさんの機嫌を損ねたのではないかと桜子は、気になった。滅多なことではお客さんにお負けをしたりはしないのだが、あの子は特別なのだ。

再開発が進み、しゃれたタワーマンションが林立する湧新駅東口とは違い、西口の湧新三丁目は昔のままの風情だ。古い雑居ビルや木造住宅がごちゃごちゃと立ち並んでいる。もともと駅裏ということで、地元民が集うこぢんまりした飲み屋横丁はあった。二人が並んで歩くのもやっとというような細い路地が入り組んでいた。三丁目付近はやや享楽的な空気を初めからまとったところだったのかもしれない。

人口が爆発的に増えるに従い、そこにスナックやキャバクラやガールズバー、風俗店が入り込んで、けばけばしいネオンサインが瞬く街に変わっていった。幹線道路沿いは、都会の歓楽街と変わらない繁栄ぶりだ。一方、奥まった路地の飲み屋はまだ肩寄せ合っていた。妙なバランスで両方が存在している。夜の街に繰り出した人々は、そうした背景も知らず、両方を気楽に行き来している。

企業が増え、流通が盛んになり、人が流入してくる場所には、こういう一角は必要不可欠ということか。

気がつけば、居住者はどんどん減っていった。純が言うように、住宅地には適さない土地柄になってしまったのだろう。

「スマートに暮らす一丁目と二丁目の住人が掃き出したゴミ溜め」と彼は口汚く言い捨てる。

それでも、この騒々しくて猥雑な街から離れずに住み続ける人もいる。桜子のように職住近接が都合のいい住民と、安い家賃に惹かれている住民。低層階のマンションや木造モルタルのアパートも路地を入った奥にまだ残っている。

古いビルは、外壁も塗り替えられることなく、設備も老朽化し、人気のない物件になってしまっている。そういうところから動けずに居場所を決め込んでいる人々は、純に言わせると、ろくでもない輩ということになるのだろう。

中村（なかむら）一樹と母親の光代（みつよ）もその一組だ。五階建てビルの最上階の、狭い一室に住んでいると聞いた。風俗店や得体の知れない商売の店がごちゃごちゃ入った雑居ビルだ。彼らが住んでいる部屋は、元は外国から来たホステスが集団で寝泊まりしていた部屋らしい。不法滞在者だった彼女らが一斉に検挙されていなくなった後を、安く借りて住んでいるという。

一樹は今年、中学二年生だと思うが、小柄で痩せ細っているせいで、その年齢には見えない。小学校の高学年の頃から学校には行っていない。光代は、ホステスをしている。この歓楽街でも場末の店だ。

「ひどいもんさ。あの子の母親の生活ぶりは。ああいう輩は子供なんか作っちゃいけなかったんだ」

トキさんは、カーネーションに蒸散抑制剤をスプレーしながら言った。きっと妊娠に気がついた時には、始末するには遅すぎたんだろうよと続ける。その言葉には毒はなく、悲しみに満ちているように聞こえた。

　トキさんもこの近くに住んでいるから、三丁目の住人の事情には通じている。年季の入った木造住宅の一階で、奥さんと娘さんが安い大衆食堂をやっているのだ。「マルセイ食堂」という名の食堂は、夜遅くまでやっていて、ホステスや風俗嬢、バーテンたちが常連になっている。奥さんが耳にする噂話から、二階に住むトキさんはいろんな情報を仕入れるようだ。

　光代は、結婚せずに一樹を産んだ。その頃から水商売の世界にもうどっぷりと浸かっていた。男関係も派手だったようだ。もしかしたら、一樹の父親も誰だかわからないのではないか。二部屋しかない家に情夫を連れ込んでしばらく生活するようなこともたびたびだった。酒好きでだらしないので、いつも男に愛想をつかされて出ていかれるのだが。

　桜子も深夜、嬌声を上げながら、男と肩を組んで歩く光代を見かけたことが何度かある。濃い化粧でも隠し切れない目尻の皺や、崩れた体の線が見ていて痛々しかった。

「一樹が学校へ行かないことなんか、何とも思ってないんだから。学校の先生が家庭訪問に来たってガーガー鼾(いびき)かいて寝てるって話だ」

「あの子、ちゃんと食べてるのかしら？」

　花を受け取る時の細過ぎる腕を思い浮かべた。

「さあねえ。母親の姉っていうのが、小料理屋をやってて、時々覗きに来てるみたいだから、まあ、飢えるってことはないんじゃないかねえ」

自信がなさそうなトキさんの言葉に、桜子は顔を曇らせた。

桜子が中村一樹のことを気にかけるのは、たまに彼が花を買いに来てくれるからだ。小学生の時から、硬貨を握りしめては花を買いに来る。たいした金額ではないから、安い花を一本か二本というところだ。小学生の時は、今よりは無邪気で口数も多かった。

「誰にあげるの？」と問うと、「お母さんに」と答えた。

優しい子だと思った。トキさんの話によると、育児放棄に近い状態で育ったのに、母親に花を贈るなんて。きっと母親が好きなのだ。どんなにひどい母親でも、母親は母親だから。もっとかまって欲しいだろうに、黙って花を買いに来る子が不憫だった。だからついつい余分に花を持たせてやる。小遣いだって不自由しているのを、少しずつ貯めて花屋に来るに違いないのだ。

中学生になってから、一樹には困った習慣がついた。深夜徘徊だ。学校へ行かないのは相変わらずで、その代わり夜にふらふら出歩いているようだ。母親が夜の仕事で留守にした後のことだろう。そのことを思うと、心が痛む。

寂しい子の寂しい習慣だ。近頃問題になっているストリートギャングとやらに絡まれたり、犯罪に誘い込まれたりしなければいいが。

「気になるのはわかるが、あんまり肩入れしない方がいいよ」消沈した桜子の心を読んだように、トキさんが言う。「それがこの街でやっていくコツさ。いちいち気持ちを持っていかれてたんじゃあ、やれんよ。なんせここには、いろんな事情を抱えた人間がごまんといるんだから。憲一郎さんもさらりと受け流して商売だけに没頭してたよ。大きく変わっても、あの人にとっては生まれ育った街だからさ。嫌いにならないでおくやり方だ」

はっとしてトキさんを見返すが、いつものように飄々とした様子だった。

「そうね」

「桜子さーん、『モモエ』に持っていく生花スタンド、これでいいですかぁ？」

店の奥の作業場で、美帆が大声を上げた。こんな時間でも花の配達の注文がくるのが、歓楽街ならではだ。店の前にずらっと並んだ名入りの生花スタンドを見た常連客が、競争心を掻き立てられて注文してくることが結構ある。

「いいわね。美帆ちゃん、腕を上げたわね」

美帆が嬉しそうな笑顔を浮かべたところで、サラリーマン風の男性が二人店に入ってきた。口々にカーネーションの花束を注文する。

「よかったよ。よその店はもう閉まってたから」

「今日は母の日だもんなあ。カーネーションでも買って帰らんことには格好がつかんよ」

もうどこかで飲んできたらしい二人連れは、少しだけふらつきながら、陽気に言った。

「はい、いらっしゃいませ。カーネーションだけでいいですか？　それとも何か他の花も入れます？」

桜子は、気持ちを仕事モードに切り替えた。


瑞穂が派手にくしゃみをした。手に持った紙コップの中のアイスコーヒーが、ボタボタと歩道にこぼれた。もう一回、体を折り曲げるようにしてくしゃみをする。今度はうまく紙コップを捧げ持っていた。
二、三歩先で振り返った菫子は、ズズズーッとコーラを吸い上げた。
「どした？　風邪？」

「違う。花粉症」

瑞穂はティッシュで鼻を拭いながら答える。

「今頃？」

「私のは、イネとかカヤの花粉に反応するやつ」

「ほう！」

「何が『ほう！』よ。ああ、苦しい。鼻、つまってる。鼻つまった時って、ストローで何かを飲むの、ちょー苦しいんだから」

瑞穂は大股で歩いて小さな公園の中に入り、ベンチにどかっと腰を下ろした。

「ねえ、台本見せてよ」

菫子は通学カバンを開けて、『聖者が街にやって来た』の台本を取り出した。何度も何度も読み返したせいで、ページはよれよれだ。赤や青のペンでいろいろと書き込みもしている。

「いいなあ」いつもの言葉を瑞穂は繰り返す。「桐田さんに演技指導を受けられるなんて」

うっとりしたように言い、丸っこい字の書き込みを指でなぞっていく。

「感情を抑えて淡々と……。振り向きざま……。うん、そうか。そうだよね、ここは」

うつむいた親友の頬にぱらりと髪の毛が被さっている。その様を見ていると、ちょっと複雑な気分になる。市民ミュージカルのオーディションを受けようと言い出したのは、瑞穂だった。同じ演劇部から五人が受けた。合格したのは、菫子一人だけだった。その上に準主役級の役をもらえるなんて、夢のようだ。

歌うことは好きだけど、ダンスを習っているわけではない。演劇部に所属してはいるが、演技に秀でているわけではない。一年生の時なんて、裏方ばっかりやっていて、舞台に上がることすらなかった。そんな自分がなぜ選ばれたのかわからない。演劇部員の中には、菫子を悪しざまに言う人もいる。

「気にしない、気にしない」瑞穂は落ち込んでいる菫子を励まして、肩をポンポン叩くのだった。「妬(ねた)んでんのよ。菫子のこと。ばっかじゃないのって顔してりゃ、いいって」

市民ミュージカルの練習のために、演劇部の練習を途中で抜ける菫子を送り出しながら、そんなふうに笑う。

「きっとさ、菫子には、選ばれる理由があったんだよ。だからもっと胸を張ればいいんだよ」

「それ、何だと思う？」と問うと、「さあ、わかんないけど」と答える。

将来は女優になる、と公言して憚(はばか)らない瑞穂に背中を押されて、勇気づけられると共に、申し訳ないという気がいつもする。

今日はミュージカルの練習はないから、二人で寄り道をしている。ミュージカルの練習は、まだ週に一回だけ。公演が近づくに連れて、回数は多くなる予定だ。出演者は素人ばかりなので練習期間も長くとっていて、一年三か月がかりの大計画だ。練習を終えるたびに、瑞穂はどんなことを桐田に言われたか、細かく聞きたがる。彼女は、演出家、桐田裕典の信奉者なのだ。

彼は前衛劇やオペラで役者としてのキャリアを積み、演出家に転身してからは自前の劇団を起ち上げて、演劇シーンで名を馳せた。ミュージカル専門の演出家というわけではないが、それでもオペラ出身だけあって、音楽監督や振付師などのスタッフに恵まれれば、話題性のある舞台を作り上げる。

今回は、多摩川市文化振興事業団の鳥居の口利きで、市民ミュージカルの演出を手掛けることになった。「ひとつの目標を持つことで、市民の気持ちをまとめたい」という西川市長にも熱心にかき口説かれたようだ。

実力者で超多忙な桐田が、市民レベルのミュージカルの演出を引き受けたことは結構話題になった。多摩川市はこの僥倖に快哉を叫んだものだ。だから彼が一緒にやりたいと音楽監督に与謝野の名を挙げた時、特に反対する者もなく受け入れられた。

与謝野は作曲家、編曲家として地道に活動をしているものの、突出した作品には恵まれていない。彼の評には、常に母親である与謝野直美の名前がついて回るから、いい仕事をしても目立たないという不利な点があって気の毒だ。

ミュージカルへの出演が決まってから、菫子は中心スタッフであるこの二人に関していろんな情報を仕入れたし、瑞穂とも盛んに意見を交換した。

なぜ桐田は与謝野を音楽監督に推薦したのか。彼は若い頃、与謝野直美の愛人だったという噂だ。与謝野直美は多情な女性で、ピアノに打ち込むのと同じくらい、愛欲にも素直な人だ。結婚したのは一回だけ。フランス人のバイオリニストだった。充はその時の子供ではなく、父親は日本人の指揮者だとも香港在住の実業家だとも言われている。世界中を演奏で飛び回る生活で、充は母親について各国を渡り歩いた。住居もあちこちと定まらなかった。オーストリア、フランス、アルゼンチン、日本、ドイツ、チェコ——彼女はパートナーが変わるたび、その男が拠点にする街で暮らした。相手が既婚者だろうと気にしなかった。

食べたいものを貪欲に口にするように、愛しい男を手に入れて生活を共にした。いつしかナオミ・ヨサノは「情炎のピアニスト」と呼ばれるようになった。与謝野充は、母親からピアノの手ほどきを受けることはなかった。息子をピアニストにする気など、直美にはさらさらなかったようだ。

「でもそれが却って、僕を音楽に近づけた。僕の前に立ちはだかる母を超えられるとは思わなかった。でも音楽と離れてはいられなかった。音楽は母そのものだったから」

いつだったか、瑞穂は音楽雑誌に掲載された与謝野充の言葉を見つけてきて読み上げた。多摩川市の市民ミュージカルの音楽監督に抜擢された後、桐田裕典と二人でインタビューを受けた時のものだ。

「お母さんがこれほどビッグだと、複雑な気持ちでしょうね」

そんな感想を瑞穂は口にした。

彼は母親から離れて、苦労して作曲を学んだとあった。息子が葛藤の末、自分の人生を切り開いた後も、与謝野直美は若い頃と変わらぬ生活を続けている。つまり、世界中を股にかけてエネルギッシュに演奏して回り、各国の食を堪能し、常に愛するパートナーを持っている。確か今はスイス、レマン湖のほとりで暮らしているはずだ。自分の欲求に耳を傾け、それに素直に従う生活。そんな奔放な母を、充は尊敬していると断言していた。

「しかも、今度は母親の元愛人と仕事を共にするわけよね。私たちには想像もつかない状況だね」

「きっとそういうことにはこだわらないんだよ。切り離して考えるの。アーティストだもん」

「だよね。桐田さんと仕事がしたい人はいっぱいいるよ。このチャンスを逃す手はないって」

「わかる。だいたい桐田さんが市民ミュージカルの演出を引き受けたのだって、あり得ないことなんだから」

「それに出演できる菫子はラッキーなんてもんじゃないよ。菫子もこのチャンスを逃したらだめだよ。きっと評論家さんだとか、雑誌記者さんとかが見に来てるよ。あ、芸能事務所のスカウトマンも」

「まっさかあ！　ないない」

から元気で否定するが、気持ちは沈んでいく。瑞穂みたいに女優を目指しているわけでもないのに、ただ雰囲気で市民ミュージカルのオーディションを受け、たまたま受かって、たまたまいい役がもらえただけなのだ。そうだ。何もかもたまたまなのだ。瑞穂にこんなに羨ましがられることなんかない。

そんな気持ちを知る由もない瑞穂は、菫子の肩を拳で軽く小突いた後、台本に目を落とした。

「歯でものを噛み砕くってどうやるんだろう。舌で味わうってどういうこと？」

マージのセリフを口にする瑞穂を、コーラを飲みながら、横目で見た。

瑞穂の方がうまいよ、なんて言うと、親友を傷つけることになると知っているから、黙っている。役をもらって、練習の回を重ねるごとに、菫子は自信をなくしていた。そのことも、まだ瑞穂には言っていない。

「どう？　桐田さんの指導は？」

「うん？　まあまあ厳しいよ。私なんか、怒られてばっかり」

「そっか」

怒られるどころか、「やめろ、やめろ。そんな下手くそでよく演劇なんかやってるな」と怒鳴られ、挙句の果てに口もきいてもらえない日もある。ダブルキャストの鬼頭菜々美が褒められると、もう本当にやめたいと思う。

「どうしたの？」

いつの間にか、ガジガジとストローを嚙んでいた。

「ううん。何でもない」

選ばれたくせに、こんなことで弱音を吐きたくなかった。でもいつまでもつか。

「ねえ、何で味覚にこだわったミュージカルにしたのかなあ。難しいよね。音楽やアートと違って、味を表現するのは。目にも耳にも訴えられないもの」

飲み終わった紙コップを屑籠に捨てに行って、また瑞穂は大きなくしゃみをした。

「あ、それはね、与謝野先生のアイデアなんだって」

「へえ」

歌の指導をしながら、その意味を説明する与謝野の言葉は、頭にすんなり入った。演技よりも歌が得意な菫子は、知らず知らずのうちに与謝野の言葉に心酔するようになっていた。

「味覚は生きることに直接つながっている感覚なんだって。五感のうちで。これを失うということは、死ぬに等しいことだって」

「そうかな」

瑞穂は首を傾げた。

「だってそうじゃん。食べないと死ぬでしょ」

「まあね。ものっすごいストレートな言い方だけどさ」

「ルキアでは、無駄をはぶいて生きているわけ。音楽や絵画や舞踏なんて、生きていくのに全く必要ないって考えがはびこった味気ない世界。最後に残された、食べたいという欲望さえも否定した時、人はもはや生きているとは言えなくなってる」

「そっか。それを取り戻すために聖者はやって来るわけね」

「そういうこと。でも聖者のために忘れ去られた料理をすることによって、人間としての根源的な欲が刺激されるってわけ。それが突破口になって、人は楽しむことを思い出すんだよ」

「でも聖者は来ないんだ」

「聖者とは、生きる意欲そのもの。誰の中にもある本能を表しているんだって」

「ふうん」

瑞穂は、わかったようなわからないような顔をした。

「ほんとはね――」菫子は含み笑いで続けた。「これ、与謝野直美さんから受け継いだ生き方をなぞっているだけだって」

「ピアニストの？」

「そう」

与謝野充の話を聞き、より深く歌詞に込められた意味を追求しようとして、菫子は与謝野直美の食に関するエッセイを読みふけっていた。彼女は音楽やピアノについての著作はないのに、食に関するエッセイは何冊か出している。そこから役を演じる上のヒントを見つけたかった。

「ピアニストである自分は表現者だから、常に自分の中の感性を研ぎ澄ましておかなければならないって」

「それが食べること？」

菫子は大きく頷いた。

「人間の一番の感覚は、味覚によって鍛えられるっていうのが、与謝野直美の持論」

「へえ」

「口に入れるものに妥協してはいけないんだって。それが感覚を刺激し、常に戦闘態勢でいられる自分を作り上げるんだよ。生きることを支える食への欲があってこそ、次の段階へ進むことができる」

「次の段階って？」

「ものを味わい、お腹に入れて、生きることが安定した人間が次に求めるのは、心の豊かさでしょ。それがすなわち芸術なわけ。芸術へ向かう意欲とかそれを味わう感性は、満たされたお腹が生むんだよ」

「ほう」

また瑞穂は曖昧な表情を浮かべた。

菫子だって、すべてを理解しているわけではない。もしミュージカルに出演していなかったら、訳わかんないよね、の一言で済ましていたかもしれない。食べることからすべてが始まる、という与謝野直美の主張は、ミュージカルのテーマに食を盛り込むアイデアを出した音楽家の与謝野充の意図に絡んでいるに違いない。人生の一時期を直美と共にした桐田もその感覚を共有していたからこそ、台本を書いたのだろう。そう思うと、ミュージカルの背後には、一度も会ったことのないピアニスト、ナオミ・ヨサノの影を色濃く感じるのだった。

与謝野直美が各地の伝統的な、あるいは斬新な料理を味わい尽くすという貪欲な姿勢には圧倒される。「一食たりともないがしろにしない」と書いているピアニストに通じるものが『聖者が街にやって来た』の中には確かにある。

与謝野充は、幼い頃から母親について世界を転々としていた。だから、彼女と食も一緒にしてきたはずなのだ。直美は、ただ贅沢なものを食べるというのではない。その時、その土地の旬の食材、得難い食材を求める。もちろん自分の欲求もある。体調もあるだろう。それに合致した最善のものを見つける能力、それにかけるエネルギーには脱帽するしかない。

廃(すた)れかけた料理があれば、料理人を探してきて、場末の薄汚い食堂にでも出かけると書いてあるのを見て、それこそがジンゴが作る料理だと感動したものだ。

直美は文章力にも秀でている。彼女は書いている。するりと喉を滑っていく生牡蠣(なまがき)の豊潤な味わいや、雪の下から掘り起こした野菜の持つまろやかな甘味を表現し、とがった酸味、強い苦味さえもうま味とする料理人の腕を賞賛する。食べたこともないのに、菫子の舌の上で生きたシラウオが跳ね、かぼちゃのムースが溶け、挽いたばかりの黒コショウがぴりっと刺すのだった。

与謝野直美は本物のグルメであり、真の美食家(ガストロノム)であるとわかる。貪欲に自分の好みを追求することで、彼女は芸術も成立させているのではないか。エッセイに載っている直美のプロフィール写真を思い浮かべた。決して美人ではない。おしゃれでもない。目鼻立ちはくっきりしているものの、その配置はややアンバランスだ。頬や下瞼(したまぶた)の肉も年相応に垂れている。白髪混じりの髪の毛も無造作に後ろでひとつにくくっただけ。しかし、こちらをぐっと射抜くような視線には力がある。ある種のカリスマ性の持ち主だと知れる写真だ。

「つまり、自分に正直なんだ。欲求に素直に従うってことよね。その楽しみを手放してしまったルキアの人々に、もう一回生きることを思い出して欲しかったんじゃない？　要するに母親から受け取ったメッセージを与謝野さんはこの物語に込めたのかもね」

「そう！　それよ、瑞穂。いい解釈だね。そういうことを、私も言いたかったわけ」

「深いねー。きっとうまくいくよ。このミュージカル」

急に元気が出てきた菫子は、ベンチから立ち上がった。途端に瑞穂のスマホが鳴った。

「あー、瑛人？　うん、今菫子と一緒にいるよ。え？　うん、いいよ。じゃあ」

瑞穂は勢いよくスマホをバッグに放り込むと、

「瑛人が駅前のスタバで待ってるんだ。行こうよ、一緒に」

「え？　いいよ。私は」

瑛人は瑞穂の彼で、慶学館高校の生徒だ。中学の時からの付き合いだという。

「いいじゃん。今日はミュージカルの練習ないんでしょ？　瑛人も友だちと一緒みたいだから、気にしなくていいよ。ちょっとだべってから帰ろうよ」

ミュージカルや与謝野直美の話を彼にしてやってよ、という瑞穂に引っ張られて、菫子は公園を出た。

夏に向かう宵の街は、まだ明るかった。瑞穂が大きなくしゃみを立て続けに二回したのを合図に、二人は駆けだした。追い抜き追い越されながら、意味もなくゲラゲラ笑う。

多摩川市は、平穏な住宅街である北部と、治安の悪い工場地帯である南部とに分かれている。フラットで清潔な街に住み慣れた昔からの人々は、南部に足を踏み入れたがらない。海に面した地区はドヤ街もあり、低所得者層が多く住んでいる。韓国人やブラジル人、フィリピン人など外国人市民も増加の一途をたどっている。

再開発されて、都会の別の街と寸分変わらない大型商業施設ができても、そのすぐ裏が簡易宿泊所の寄り集まりになっていたりもする。荒れた学校の様相も時々耳にする。先輩が後輩からカンパという名の上納金を巻き上げる。多摩川河口の河川敷は、中学生同士の喧嘩やリンチの場となっているという。

これほどきれいに分けられる市はないと思えるほどだ。

そこへきて、多摩川市の真ん中に位置する湧新駅周辺が活気づいてきたので、今ではニュータウンの北部と臨海工場地帯の南部という分け方ではなく、湧新地区周辺は多摩川市の中部という位置づけになっている。相反するふたつの地域の真ん中で、中途半端で混沌とした地域ということか。まだカタチの定まらないマグマみたいな地域だ。先入観も固定観念もない菫子たちのような若い世代は、流動的に両方を行き来する。

北部に住んでいる瑞穂を訪ねて、整然と並んだおとなしい住宅街にも遊びに行く。北部のしゃれたショッピングストリートや大型ライブホールへも足を向ける。高校があるのも北部だ。ただ遊ぶところはやっぱり湧新駅周辺か南部のショッピングモール化した地域と決まっている。ふたつの相反する地区を結ぶのが、湧新地区なのだ。どちらの要素も持ち、どちらとも違う街。まだまだ変わりつつある街。

初めて菫子の家に来た瑞穂は、賑やかな歓楽街の中にあることにびっくりしたようだった。花屋という商売から連想する、閑静な住宅街にあるしゃれたお店とは違って、夜の十一時まで営業するフラワーショップ小谷は、彼女の目にはどんなふうに映っただろう。

よその地域ではあり得ない、夕方からが大忙しの花屋だ。経営者である母親は、あちこちのバーやクラブの花を活けて回る。注文を受けた生花スタンドや花束を作り、配達をする。店先にはひっきりなしに客がやって来て、お気に入りの店の女の子の誕生日だの周年祝いだののために花を買っていく。どうせ店の多くはいずれ看板を下ろし、女の子はよそに移っていくのだけれど。

もっと夜が更けると、酔っぱらった男が連れの女性のために花束を求める。明らかにその筋の男性が、分厚い札入れから札を出して派手な盛花を注文する。店の前には、色とりどりのバラの花束がずらっと並べられている。バラには、ラメのスプレーがかけられていて、ネオンの瞬きに怪しく光っている、という具合だ。朝、学校に行くために店の前に出ると、酔いつぶれたホストが歩道で寝ていたことも何度かあった。

「新しき力、湧きいづる、ゆーしーん」

駆けながら、菫子は卒業した湧新中学の校歌を口ずさんだ。

「何？」先を行く瑞穂が振り返った。

「何でもなーい！」

空の青が何重にも重なって、夜の闇として落ちてくる寸前の街で、菫子は叫んだ。

「やっほう！」

瑞穂がスタバの店の中に向かって手を振った。誰かがそれに応えて手を振り返した。


「遅いぞ、菫子。今何時だと思ってるんだ」

「八時二十四分。まだ宵の口だよ」

嫌みっぽく刑事に教えてやっている菫子の声が下から聞こえた。

「宵の口だと？　ほら、それがもうお前の感覚がずれている証拠だ。だいたい高校生が宵の口なんて言葉、使わねえだろ。酔っ払いのサラリーマンみたいな言葉遣いしやがって」

「おかえりー、菫子ちゃん」

美帆が乗松純の小言に被せるように大きな声を出す。

「ただいま。お母さんは？」

「二階。もうすぐ下りてくると思うよ」

純の存在を無視して、二人は会話を続けている。桜子はトントンと階段を下り、店へ続く引き戸を開けた。

「あ、菫子。おかえり。夕飯、用意してあるからね。チンして食べて」

「了解。サンキュー」

「今から晩飯か」純が割って入った。「生活の規律がなってないな」

「あのねえ、今どきの高校生なんてこんなもんなの。部活に塾。お友だちとの交際。忙しいんだから」

「何が交際だ。子供はさっさと家に帰ってだな――」

「高校生は子供じゃありませーん」

とうとう菫子は純に言い返した。

「高校生はガキだよ。知恵もついてない」

「だよねえ」桜子は口を挟む。「あんたが高校生の時なんか、ほんっと子供だったもんね」

「ふん」

嫌な風向きになったと思ったのか、純は口を閉じた。

「なになに？　どんな高校生だったんですか？　乗松さんて」

美帆が食いついてきた。

「変わった子だったよー。冒険部とか作ってさ」

美帆も菫子もぷっと噴き出した。

「冒険部？　なにそれー」

「でしょ？　活動内容ときたら、近くの川を手作りの筏で下って溺れかけたり、おかしな羽を背中にくっつけて屋上から飛び降りようとして先生にねじ伏せられたり」

「こどもー」

美帆と菫子が声を合わせて言った。

「あ、そうそう。その頃のあだ名がくり坊だった」

「おい、お前！」

そっぽを向いていた純が慌てて椅子から立ち上がった。

「くり坊？　どういう意味ですかぁ？」

「あのね、何で冒険部なんか作ったのかって訊かれて、この人、こう答えたの。『それが男のマロンだ』ってね」

美帆はきょとんとした。

「つまりさ、『男のロマンだ』って言いたかったのを間違えちゃったわけ。で、以来くり坊って呼ばれるようになったんだよ」

「それ、ちょーうける！」

美帆と菫子は、体を折り曲げて笑いこけた。

「お前だろ？　そのあだ名つけたのは」

真っ赤な顔をして純は怒鳴った。

桜子は、さあね、ととぼけている。

「いいコンビですよねえ。桜子さんと乗松さん」

笑い過ぎて滲んだ涙を拭いながら、美帆が言った。そこに急にバタバタと続けてお客がやって来た。桜子と美帆だけではさばききれないので、菫子もカバンを置いて、対応した。手慣れたもので、中年男性に言われるまま、好みの花束を作り上げる。結婚記念日だという男性のために、八重咲の赤いアマリリスを中心にして、ピンクのカーネーションや白いスノーボールを合わせたシックでゴージャスな花束が、ものの十分ほどで出来上がった。

男性は満足そうな笑みを浮かべて花束を受け取った。

お客が去ると、また美帆は乗松をからかいにかかる。

「乗松さん、桜子さんのことが気になってしょうがないのよね。それでちょいちょいここへ来るんでしょ？」

「ばか言え。俺はな、菫子のことが心配で来てるんだ。治安が悪い土地柄のとこに、親の都合で住まわされて」

「何それ？　私のせいにしないでよ。お母さんとしゃべりたくて来てるんでしょ？」

カウンターの上に散らばった花の茎やリボンの切れ端を片付けながら、菫子が言った。

「誰が!?　ここは職場への通り道なんだ。ついでだ、ついで！」

慌てふためいて否定する純が、バケツを蹴ってひっくり返す。

「ああ、ほんと、乗松さんてわかりやすい人だよねえ」

「そんなこと言っていいの？　菫子ちゃん。このいかつい刑事さんをお父さんって呼ぶ日が来たりして」

「やめてよー、美帆ちゃん。そうなったら完全、グレるから私」

若い二人に口々に言いたい放題言われて、純は唸り声を上げた。

「はいはい、美帆ちゃん、配達に行くんでしょ」

桜子は三人の会話を気にせず、優しい色合いのブーケを保存庫から取り出して美帆に渡した。バラとアネモネ、ヒヤシンス、ライラックにオリーブを合わせ、白とイエローのペーパーで包み込んだブーケだ。店を今夜限りで辞めていく女の子にと注文が入ったものだった。

美帆が配達に出てしまい、菫子も二階に上がると、桜子は空になった丸缶を流し台で洗い始めた。容器が汚れていると雑菌が繁殖して花によくない。ザーザーと流れる水道水の音に、純は気まずそうに黙り込んでいた。

「何で結婚しないの？　純。いつまでも独りでいるから若い子にからかわれるんだよ」

桜子が作業の手を止めず、背中で問う。

「大きなお世話だ」

ぼそりと呟き、純はまた丸椅子に腰を下ろした。

細い雨が降りだした。歩道も車道もしっとりと濡れそぼる。桜子は、純のそばに立って外を眺めた。さっきの会話から、クラスが一緒だった時の純のことが思い出された。クラスの中心からちょっとずれた場所を自分の居場所と決め込んでいた。リーダーシップを発揮するタイプではなかったが、じっとクラス内のことを観察し、言うべきことはちゃんと言っていたような気がする。クラスメイトも、彼には一目置いていた。

冒険部などという突拍子もないクラブを作ったかと思うと、一年上の美人優等生に熱を上げ、告白して見事に玉砕したという話が伝わってきたりもした。高校一のマドンナ的存在に気後れもせず突撃したことで、振られても一種の尊敬の念を持って見られていた。存在感はあったが、あの頃の桜子にとっては、ただのクラスメイトの一人だった。離れてしまっても特に思い出すこともなかった。

高校卒業後、純は都内の大学に進学したと思う。桜子は受験に失敗して浪人していたが、その間に方向転換してフラワーデザインを勉強するようになった。この街でばったり再会してから、どうして警察官になったのかと問うた。純は「別にたいして意味はない」とぶっきらぼうに答えたものだ。後になって、彼の父親も警察官をしていて、高校の時に癌で亡くなったのだという事情を聞いた。

高校時代、そんな素振りはちっとも見せなかった。剛毅で一徹で、でもちょっとずれたところのある憎めない奴。そんな印象しかなかった。

「純はさ、やっぱり刑事が似合ってるよ」

ついそんなことを口にした。

「どういう話のつながりなんだよ」

銀色の雨に車のライトが反射している。

母親は都内に置いて、純は湧新地区のマンションで一人暮らしをしているという。もちろん、部屋に行ったことはない。タワーマンションなんかじゃなく、年季の入った賃貸しマンションだとは聞いたけれど。

ふらりとこの店に立ち寄るようになった純の方も、桜子の家庭の事情は承知している。夫を亡くした元クラスメイトが、一人で花屋を切り盛りしているのが気の毒なのだろう。何かと気にかけてくれている。ちょっとうざったいと思うこともあるが、昔の関係に戻って憎まれ口や冗談を言い合える貴重な存在だ。彼の前だと、肩に入っていた力もすっと抜ける気がする。

純が、緊張や重労働を強いられる職場から抜け出して、しょっちゅうフラワーショップ小谷に足を向けるのは、同じ理由なのだろう。それ以上でもそれ以下でもない。

「あ」道路の向こう側を一樹が通った。「あの子――」

また夜の街を歩き回っているんだ、と思ったが、言葉は呑み込んだ。椅子に座る純が鋭い視線を送っているのが気になる。

一樹はこちらを見ることなく、夜の闇にまぎれていった。

「あいつの母親は、今、家にいないらしい」

「え？　そうなの？」

つい純を見返す。彼が一樹のことを知っているのも驚きだ。

「この近くの交番にあいつの伯母に当たる人が来て、相談していったそうだ。妹が家を空けていて、その子が一人取り残されているって」

「知らなかった」

「お前、あいつのこと、知ってるのか？」

その問いには力なく首を振る。

「時々、うちに花を買いに来てくれるの。それだけ」

「花を？」

「お母さんにあげるんだって言ってた。ついこの間も。ほら、母の日にカーネーションを買いに来た」

「そうか」

純は考え込んだ。今年の母の日に、菫子は素敵な化粧ポーチを贈ってくれた。もったいなくてまだ使っていない。母親でいられる幸せを噛み締められる日だ。一樹の母親もそんな思いを味わったはずだ。

「いや、その時期にはもういなかったんじゃないかな。そういうふうに聞いたがな。交番勤務の巡査から」

そこまではトキさんも把握していなかった。一樹が住むビルの廃れた様子を思い出して気分が塞ぐ。

「じゃあ、あの子、今一人でいるってこと？」

「その伯母って人がちょくちょく通って面倒は見ているみたいだ」

純によると、光代が姿を消すのは、これが初めてではないらしい。いい男ができたら、子供のことなんか頭からすっかり消えてなくなるのだという。男が転がり込んでくることもあれば、彼女が追いかけていって家に戻って来ないこともある。ただでさえかまわれない一樹は、特に騒ぐこともなく、伯母に頼りつつもおとなしく母親の帰りを待つ。そういうことが何度かあって、長くなると伯母が交番に来て、妹の行方を調べてくれと言い募るのだそうだ。

「ほら、イナリ横丁の『ふみ』っていう小料理屋だ」

「ああ、『ふみ』ね。そうか、あそこの女将さんが一樹君の伯母さんだったんだ」

三年ほど前にひっそりと開店した小料理屋の名前を思い出した。小さな稲荷の祠が入り口にあるので、イナリ横丁と呼びならわされている路地の奥の。確か、女将さんの名前が富美子だった。

「知ってるのか？」

「開店の時にお花を届けた。それからもたまにうちに花の注文をくれるから」

苦労して小さな店を開いて手堅くやっている彼女は、自堕落な妹に手を焼いている様子だという。

「中村光代は、一回ヤクで挙げられてるからな」

「ほんと？」

「知っている奴は知ってる話だ。二年半ほど前。その時は初犯だったから執行猶予で済んだけどな」

　耳ざといトキさんも知らなかったのか。知っていて、桜子には伏せていたのか。

「それだって男がらみさ。惚れた男から勧められて軽い気持ちで応じたとか。とにかくだらしない女だからな。男次第なんだ」

　暗澹たる気分になった。そんな家庭とも呼べない家で暮らしている一樹のことを思うといたたまれない気がした。

「あれは――」思わず口をついて出た。「お母さんを探しているのかしら」

「深夜徘徊することとか？　いや、あれは奴の習慣というか性癖というか、そういうもんだよ、たぶん。母親がいたっていなくたってああやってうろついてるんだから」

　桜子は、純を睨みつけた。

「どうにかならないの？　一樹君はいい子なのに」

「あいつの生活環境のことか？　それは児童相談所の仕事だろ」

　冷たく言い放つ純をもう一回睨みつけた。純は無視して、大あくびをする。ううん、と伸びをした。

「俺が交番からこんな話を聞いたのは、あいつの性癖のせいだ」

　どういうこと？　というふうに目で先を促す。

「つまり、あいつも警察のお世話になってるってこと」

「うそ」

「ほんとさ。あいつ、つまらん盗みをするんだ。ああしてうろつき回っては」

「つまらん盗みって？」

「戸締りの甘い家や店が多いだろ？　この辺。そういうとこに忍び込んでは、ガラクタを盗み出す。いや、盗むって意識もないかもしれないな。黙って持ってくるって感覚か。ちょっとそこに置いてあった老眼鏡だの使い古した手提げバッグだの、新聞受けの新聞だのを拝借していくんだ。ほんとに何の価値もないもんなんだ。本棚の本一冊、縁の欠けたガラスの灰皿、観葉植物の鉢、壊れた電卓。盗られた方も困惑するようなもの。この前なんか、生まれたばかりの子猫を連れて帰って家で飼ってたって」

　それは寂しさを埋める行為なのだろう。そう思ったが、あまりに切なくて言葉にはできなかった。純は膝に手をついて勢いよく立ち上がった。

「いつまで降るかな。この雨」

　彼は濡れるのもかまわず、外に出ていった。大股で道路を横切る大柄な男の影は、すぐに見えなくなった。

――これは何？　とてもいい匂い。朝の光の匂いだわ。唇をつけてみて。ひんやりした丸い果実。赤い皮にしずくが宿る。さあ、歯を立てて、がりりと嚙んで。ほとばしる水。いいえ、そうじゃない。甘くて冷たい。喉を滑り落ちてゆく。これが果汁よ。果肉はもっと豊かで弾む。歯を押し返すみたい。ああ、これこそが味わうってこと。私たちが忘れていたこと。

――ほら、ほら。穂の中の粒を取り出して。たくさん、たくさん集めてそれを挽くのよ。ああ、違う。そうじゃない。石臼を回して。水でこねて打ち付けて。何度も何度も。丸めてごらん。手で優しくね。あなたはそれを。あたしはこれを。窯(かま)の火はいい？　まだまだ。ここが肝心なの。じっと待って。鼻がひくひく動いてる。世界で一番幸せな匂い。パンを焼く匂い。唾(つば)が口の中に溜まってくる。まだよ、まだまだ。お行儀が悪いわ。舌なめずりをするなんて。

菫子の歌声が練習場に響き渡る。スコアを見ている与謝野も満足そうな笑みをたたえている。演技に歌唱が加わるようになって、菫子は自信を取り戻してきた。小さい頃から歌うことが大好きだった。成績も音楽に限ってよかった。ただ歌うだけでない。感情を乗せて表現するということも得意だ。

「地声が大きいだけだろう、お前は。怒鳴ることなら誰でもできるんだ」と桐田に言われてきた特性を存分に生かせる場面だ。ピアノ伴奏してくれている女性と目でコンタクトを取る。視界の隅に、練習場の端っこで腕組みをしている桐田をとらえた。彼も感心したように目を見張っている。だんだん興に乗ってきた。何度も何度も家で練習したから、楽譜は頭の中にある。

目を閉じて、両手の指を絡ませ、一番高いオクターブまで上りつめた。高い天井に自分の声が反響しているのがわかる。

今、私はルキアのマージになり切っているんだ、と思えた。知らず知らずに体が揺れた。これでダンスが入ったら、こういうふうに歌えるかどうかわからないけど、でもきっと乗り越えてみせる——強い気持ちでそう考えた。このキャスティングが失敗だったなんて言わせないから。

「いいね」

菫子の独唱部分が終わると、与謝野はただそれだけ言った。そして、さっと気持ちを切り替えるように手をパンパンと叩いた。

「次は場面12のB。『豊穣の歌』だ」

十数人が立ち上がり、きびきびと立ち位置につく。合唱の場面だ。

あがったままの息を整えながら、菫子はその輪に加わった。親しくなった出演者の一人がそっと、「よかったよ。聞きほれちゃった」と言ってくれた。思わず笑みがこぼれたが、すぐに表情を引き締める。

六月に入り、ミュージカルの練習は週に二回に増えた。仕事をしながら、学校に通いながらの出演者がほとんどなので、毎回出られるとは限らない。主要な登場人物はダブルキャストになっているので、どちらかは必ず出るようにと言われている。だが、菜々美も菫子も一度も練習を休んだことはない。一週間ある上演日のうち、どの日に出演するかはまだ決まっていない。できれば千秋楽は出演したいと二人とも思っている。最終日のカーテンコールで歌う自分を想定しているのだ。

そのせいで、どうしても練習には熱が入る。この前など、菜々美は三十八度の熱があるのに練習場にやって来て、ろくに声が出ず、桐田に怒鳴りつけられていた。体調を整えるのも、出演者の役目なのだと。でも菜々美の根性には、敬意を払うしかない。

練習場は、市の体育館だ。別に壁一面が鏡張りになったレッスン室もあり、そちらでは振付師の武士末カスミの指導で、ダンスの練習が行われているはずだ。体育館の片隅では、舞台装置が組み立てられている。桐田が描いたイメージ画から、建設会社に勤める男性が設計図を起こしたという。それをその建設会社や工務店の社員、市の職員が中心になって作っている。何もかもが手作りだ。まだ部分だけなので、どういう装置になるか全くわからないが、少しずつ形になっているという実感がする。

与謝野がピアノに寄っていって、いくつかの基本和音を弾いた。今度の合唱曲は、三つのパートに分かれている。それぞれのパートが確かめるように音を取る。与謝野が作曲した曲はどれも素晴らしい。桐田が書いたという歌詞にマッチして、場面を盛り上げる要素が簡潔に、だが奥深く詰め込まれている気がする。劇的で詩的で絵画的。耳に心地よい彩りに溢れた音がひとつひとつのタペストリーのように編み込まれている。

ひとつずつのパートを指導する与謝野は、しだいに熱が入り、伴奏者を押しのけて、ピアノの前に陣取った。指が軽やかに鍵盤の上を滑る。片手で指揮をしながら、彼も大きな声で歌ってみせる。その声もよく響く。

この人は、きっとピアノの才能にも恵まれているんだろう。菫子は与謝野の手の動きを見ながら思った。でも母親があまりにも偉大だから別の道を選んだのかもしれない。それでも音楽からは離れられなかったのだ。この親子が送った生活はどんなものだったのだろう。きっと音楽にどっぷり浸かった生活だったろう。

気まぐれで生命力旺盛な母親に振り回される生活は、目まぐるしくも楽しかったに違いない。

――聖者が街にやって来た。聖者が街にやって来た。我らの街に。腹を空かせた聖者が。さあ大変だ。海から魚を。山から獣を。木から果物を。畑から穀物を刈り取ろう。さあ、料理しろ。聖者を唸らせるうまいものが必要だ。聖者はそれを口に放り込む。噛み砕く。舌を鳴らす。飲み下す。聖者の腹を満たせ。聖者の腹を満たせ。

聖者を迎える歌が堂々と歌われた。誰の目にも生き生きとした光が宿っていた。誰もがルキアの住人になっていた。

練習は午後九時に終わった。菫子は心地よい疲労感に浸っていた。身支度を整えて、体育館を出た。ここから湧新駅の向こう側までは、歩いて二十分ほど。まだフラワーショップ小谷は営業中だ。母は忙しく働いているだろう。

菫子はスマホを操作した。ラインで晃に連絡を入れる。

『練習、今終わったよ』

すぐに返事がくる。

『おつかれー』

『晃、どこにいるの？』

『ゲーセン』

『まだ遊ぶ？』

『いや、疲れたからもう帰るとこ』

一瞬指が止まった。少しだけ逡巡（しゅんじゅん）した後、すばやく文字を打ち込んだ。

『会える？』

『いいよ。どこへ行こうか？』

青白いスマホの光に顔を照らされて、ふっと微笑んだ。疲れ果てていたはずなのに、弾むような足取りになる。

晃は、瑞穂の彼である瑛人の友人だ。慶学館高校に通う同学年の男の子。この前、瑞穂が瑛人に会うというスタバにくっついて行ったら、そこに晃がいた。一時間ほどしゃべっているうちに、なんとなくラインを交換した。以来、瑞穂たち抜きで時々会っている。

瑛人によると、晃はエリート校である慶学館でも超がつくほどの秀才らしい。常に成績は学年トップだと瑛人は言った。

「何がすごいって、こいつの勉強してるとこ、全然見たことがないんだよ。それでいつでも全教科、とんでもない点数を叩き出すんだからな」

興奮気味に言い募る瑛人のそばで、晃は伏し目がちに微笑んでいたのだった。まるで他人の噂話でも聞いているみたいに。

今日もこんな時間までゲームセンターで遊んでいる。彼には、高校の勉強なんて取るに足りないものなのだろうか。それとも、菫子が練習を終えるまで、時間を潰していたとか。そう考えてスマホをぎゅっと握りしめた。

そんなわけないじゃない。自分に言い聞かせる。慶学館には、育ちのいい優秀な女の子がいっぱいいるはずだ。彼にふさわしい知的な美を備えた同級生が。そういう子たちが、背も高くて見栄えもいい晃を放っておくはずがない。慶学館でトップの成績の男の子を。

もう付き合っている子がいるかもしれない。知り合ってまだ三週間かそこらの菫子に、いちいち教えるわけがない。私はよその公立高校に通う平凡な女の子なのだ。親しい友人に紹介されたから、流れで少しの間だけ会って話すだけの存在。菫子は、浮き立つ気持ちを戒めた。

それでも、繁華街の明かりを背にして立っている晃を見つけると、ぱあっと笑みが広がる。ついつい駆け足になってしまう。

「ごめん、待った？」

「いや」

さりげない会話を交わす自分たちは、きっと恋人同士に見えるだろう。それだけで心が満たされた。

「家、まだ帰んなくていいの？」

ばかなことを訊くと思われるだろうか。

「うん、いいんだ、別に。親、まだ帰ってないと思う」

「そう」

「菫子は？」

はっとしたが、さりげなさを装う。この前までは、「小谷さん」と呼ばれていたのだ。晃の中で、自分に対する気持ちが変わったのだろうか。親密な方向に？

「いいよ。うちはさ、湧新三丁目にある深夜まで営業してる花屋だから。前、言わなかったっけ？」

「花屋だってのは聞いた。ふうん、駅の向こうなんだ」

歓楽街の真ん中で深夜営業している花屋と知ったことが、晃の気持ちに作用するだろうか？　そっと寄り添いつつあった気持ちに。

つまらないことを考えていると自分でも思う。今まで、あの場所に対して偏見なんか持っていなかったのに。宵の口にバーやクラブを回って花を配達して回り、夜遅くまで酔客の相手をしている家業のあり様が当たり前だと思っていた。菫子も平気でネオンサインが瞬く歩道を闊歩し、店の手伝いをし、オカマの百合子ママやレイカと気安く口をきく。そんな自分に違和感なんかこれっぽっちも持っていなかった。

だけど――こんな家の子なんかとは付き合いたくないと晃が思ったら？　隣を歩く彼の横顔を盗み見る。なんの感情も現れていない、飄々とした風情だ。晃はいつもそうだ。瑛人といる時も、同年代の男の子らしくふざけ合ったりはするが、それがエスカレートしていくことはない。ある地点まで来ると、すっと畳み込むように感情を押し込めるのだ。大人びているというか、どこか醒めたものを感じる。

でもそこが、私がこの人に惹かれる理由かもしれない。惹かれる？　そうだ晃に興味があるなんて域を超えて、私はどんどん彼に惹かれていってしまっている。

晃の家は、湧新地区の隣の音無地区にある。もともとは田畑が広がっていた場所らしく、都市化した今は、敷地の広い一戸建ての家が並んでいる場所だ。ごちゃごちゃした態の湧新三丁目とは真逆の高級住宅街と言う人もいる。晃の父親は事業家で、観光業や広告業を手広く展開しているのだそうだ。母親は宝石デザイナーで、自分のブランドを起ち上げて店を都内に持っているらしい。

瑛人からの受け売りを菫子に伝えたのは、瑞穂だ。晃は自分の家のことはあまり話さない。

「すごいお金持ちなんだって」と瑞穂は囁いた。

経済的には恵まれているかもしれないけど、あまり家にいないという両親や、一人っ子ということを考え合わせると、晃は寂しい人なのかもしれない。菫子の勝手な想像に過ぎないのだけれど。

そういう人が、ちょっとした気まぐれで、変わった家庭環境の女の子に興味を持ったというところか。でも傾いてきた気持ちも、すっと退いてしまうのではないか。あまりに騒々しく猥雑な場所で生まれ育った子に対しては。時折垣間見せる、くるりと裏返るような感情の変化で――あれこれ考える自分に驚く。

コンビニからドヤドヤと人が溢れ出してきた。大声で談笑する人の流れが晃と菫子の間に入り込む。慌てて晃の後を追おうとした菫子は、誰かとぶつかってしまった。

「おい！　なんだよ」

「ごめんなさい」

不穏な声につい足が止まる。顔を上げた菫子の前に立ち塞がる一人とまともに目が合う。すぐに目を逸らしたくなるような輩だ。後ろ向きに被ったキャップの両脇から金髪が伸びている。下唇を貫いた銀のピアス。上腕部に異様に目を剝いた鯉のタトゥーを入れている。彼の声に振り向いた周囲の少年も、スキンヘッドだったり素肌にじかに革ジャンを羽織っていたりと完全アウトローな雰囲気だ。普段慎重に避けているストリートギャングと呼ばれる少年たちだと、遅ればせながら気がついた。

「何？　付き合う？」

キャップ男に手首をつかまれた。下卑た笑いが周りから漏れ、体が硬直した。

「一回ヤラしてよん」

誰かが猫なで声で言い、手首に食い込んだ指に力が込もる。

その時、スキンヘッドの大男を押しのけるようにして、白いシャツの腕が伸びてきた。たたらを踏んだスキンヘッドが勢いをつけて振り返る。首の後ろの肉が三段ほど重なり合っているのを、菫子は震えながら見た。

「悪い。俺の彼女」

そう言ったのは、確かに晃の声だった。晃は、つかまれてない方の菫子の手を握って引き寄せた。キャップ男の手がするりとほどける。

「こいつら、知り合い？」

そう投げかけられた晃の問いに、思い切りかぶりを振った。

「――だって」

ふいをつかれてリアクションできないでいるストリートギャングたちに向かって、彼は冷静に言い放った。

「あのな――」

たぶん年齢はそう変わらないはずのアウトローな少年たちが、何かを言い返す前に、晃は、菫子の中から菫子を引っ張り出した。そのまま二人揃って背を向ける。晃の顔には、いつになく緊張が感じられた。

ちらりと振り返ると、黒い影のように立ちすくむ集団は、遠ざかる二人を凝視していた。並んだ店からの照明の中を、晃に引っ張られるまま速足で歩いた。いつあの集団が追いかけて来るかと思うと、背中の産毛が逆立つ思いだった。晃も同じことを考えていたのかもしれない。ある程度遠ざかると、ふいに晃が小声で言った。

「走れ！」

途端につないだ手がぴんと張った。晃を追って菫子は駆けた。背中のリュックが右に左に狂ったように飛び跳ねた。晃とつないだ手だけは離さなかった。

細い路地に飛び込んでも、晃は足を緩めない。背中のリュックと同じくらい、菫子の心臓も飛び跳ねている。走っているせいだけじゃない。

俺の彼女、と言った晃の声だけが菫子の頭の中で反響していた。

第二章　結び目のマリーゴールド

　薄汚れた暖簾（のれん）をくぐる。コンクリート打ちっぱなしの床、壁際に木のテーブルが三つ。あとはカウンターに椅子が七つ、八つ。私は迷わずカウンターに座った。愛想の悪そうな大将が、俎板（まないた）の上に丸々と太った蟹を何匹も置いた。漁港に揚がったばかりのガザミと呼ばれる蟹だ。でもここ浜名湖産のものは、どうまん蟹と呼ばれている。

　ガス台の上の蒸し器から、勢いよく湯気が立ち昇っている。大将がおもむろに蓋を取り、太ったどうまん蟹を並べていく。蟹目当てで来ている客たちの視線が、蒸し器に集まる。

「なんでどうまん蟹っていうんだい？」

　鉢巻を締めた大将が蓋を置くと、客の一人が口を開いた。大将は、ちらりと彼に一瞥をくれたきりだ。

「形が胴丸でしょ？　だからそういう名前になったんですよ」

　代わって女将さんが答える。蒸し器が盛んに湯気を噴き上げ、蟹が蒸される匂いが店中に充満する。こうして三十分は待たなければならない。誰もが舌なめずりをする。

「ハサミがでかいね」

「そうでしょう。あれに挟まれると大変ですよ。挟む力は一トンもあって、骨までいきますから」

「そんなに？」

「ええ、ええ。どうまん蟹は気も荒いからね、あのハサミを使って喧嘩するんですよ」

「だからああしてハサミを縛ってあるんだね」

会話をしながらも、客は気もそぞろだ。どうまん蟹は幻の蟹と呼ばれている。漁獲量が非常に少ないからだ。東京の築地市場へ出ると、高値で取引されるという。地元でも、漁次第で食べられる機会が限られている。

ようやくふたつの蒸し器でどうまん蟹が蒸しあがった。鮮やかな赤色に誰かが唸り声を上げる。客の前に蟹がひとつずつ供された。まずハサミをはずす。それからお腹の袴を取る。メスはここに卵を持つ。オスならミソを楽しめる。誰もが黙って蟹の肉にしゃぶりつく。店の中に、身を啜る音が満ちる。ねっとりした濃厚な甘さ。独特の湖（うみ）の香り。

私は、ちゅうちゅうと脚の肉を啜り出す。顎に汁が垂れるのもおかまいなしだ。隣に座った男と肘が当たる。お互い無言だ。何度も何度も当たる。無骨な男だ。太い指で蟹の甲羅をぐわしゃ、と剝ぎ取っている。舌の上の官能的な味。そして隣の男。今日会ったばかりの名も知らない男と、同じ行為をしているという不思議。

まさに官能。食欲と性欲との見分けがつかなくなる瞬間。

プロコフィエフ　ピアノソナタ第7番
ピアノ　与謝野直美
アクトシティ浜松

女は柔らかな枕に顔を埋めていた。へこんだ白い枕に覆い隠され、その表情は窺い知れない。鼻と口を塞がれて、息が止まってしまったのだ。寝心地のよさを考えて求めたはずの枕に、命を奪われた格好だ。

ひどくもがいたので、シーツは乱れている。黒く長い髪の毛が、シーツの上によじれて広がって抽象画のようだ。女の両腕は、肘のところで折り曲げられ、上膊と下膊とはきっちりくっつけてロープで縛られていた。右腕と左腕を縛ったロープは、背中で十字になるよう体に掛けられている。腕を奇妙に縛られたせいで、女はうまく体を起こすことができなかったのだ。

侵入者は、女の後頭部を押さえつけていた手のひらを、ゆっくりと持ち上げた。

苦しかったのだろう。タオル地の部屋着が乱れている。直してやりたいが、死んだ女はもうそんなことは気にしないだろうと思い直した。

その代わり、腕を縛った細いロープの具合を確かめた。何重にも巻いたロープは、小麦色の肌にぐっと食い込んでいる。右腕を折り曲げて縛る時、女は抵抗して暴れた。だから仕方なく殴っておとなしくさせた。傷をつけたくはなかった。あれは不可抗力というものだ。女は黙って涙を流しながら、左腕も縛られた。

侵入者が自分に仕掛けようとしている意図がわからず、女は目をいっぱいに見開いて震えていた。ロープの両端を伸ばして背中で交差させる間、女はもぞもぞと腕を動かした。折り畳まれたせいで、左右それぞれの手のひらが、自分の肩に届いていた。

そして今は命の輝きは失せ、うつぶせでベッドに転がっている。

侵入者は、ポケットから一輪のマリーゴールドを取り出して、右腕のロープの結び目に置いた。黄色のマリーゴールド。死の部屋の唯一の救い――。

ベランダでレースのカーテンが揺れている。掃き出し窓は少しだけ開けられていた。まだエアコンを入れるほどではない陽気だから、女は風を入れようとしたのだろう。一人暮らしにしては不用心だ。だが、ここはマンションの五階。そんなに深く考えることもなかったろう。

侵入者はもう一回だけ女の死体を見下ろすと、寝室から出ていった。毛足の長いラグが、足音を消した。

❊

「恋してるって顔してるわ」

「うそ」

「ほら、引っ掛かった。え？　菫子ちゃん、ほんとに恋してるんだ」

レイカが喉の奥で小刻みに笑った。菫子はふくれてベランダに出た。レイカが住むマンションは、湧新三丁目のメイン通りから道を一本入ったところにある。フラワーショップ小谷からも近い。湧新駅から自宅へ通じる道路に面していることもあり、歩いていると、二階のベランダからレイカが時折声を掛けてくる。

「菫子ちゃん、寄ってかない？　時間ない？」

「あるよー」

こんな調子で気軽に部屋に上がり込む。中三の時、人生最大の失恋をして、毎日ここで泣いたものだ。

「あー、ほんとに菫子はバカ！　なんだってそんな男に入れ込んだのかねえ」

一年先輩の男に二股を掛けられていたと知った菫子は、自分で自分を罵(ののし)りたかった。でもそうすると、あまりに惨めで余計に落ち込む。レイカにズバズバと言われて、「だって、すごく優しかったんだよ。別の彼女とそんな関係になってるなんて、全然わかんなかったんだから」と元恋人と自分を擁護した。そうしながら涙が溢れ出た。

「だからあんたはまだ男ってもんがわかってないのよ。いい？　男はね、基本的に今相対している女とだけ恋に落ちるの。そういうことができるのよ。生理的にそういう精神構造になってるわけ。女だってさ、美味しいパフェを食べている時、薄皮饅頭が食べたい、なんて思わないでしょ。別々に見れば、どっちも好きなのに」

「なによ、それ。じゃあ、あの女がパフェで、私が薄皮饅頭ってこと？」

「そういうことじゃなくて――」

「もう、レイカさんの言ってること、意味わかんなーい！」

さらに声を張り上げてわんわんと大声で泣いた。レイカの部屋のティッシュペーパーを全部使い果たすほど。レイカは黙って放っておいてくれた。それですっきりした。頭の中が清明になると、レイカが言わんとしたことが、なんとなくわかる気さえした。

高校へ進学した先輩が、そこで新しい恋に落ちても、菫子と会えば優しい気持ちを抱いてくれるであろうことが、そう理不尽でもないと思えてきたから不思議だ。もうその恋を思い出のガラス瓶の中に閉じ込めることができそうだった。

「でもさ、まあ、そこを押さえておくことは肝心よ。目の前の女に誠実だということは、男はシンプルで正直だってことよ。女なんてさ、もっとずるいよ。二人でも三人でも、男を手玉に取るんだもんね」

時々、レイカは古い言い回しを使う。ようやく笑えた。

以来、ここは菫子の「泣き部屋」だとレイカは言うようになった。

「いつでもおいでよ。あたしは誰でもウェルカムなんだから。門戸が広いのよー、この部屋は」

「うん。レイカさんは、男の気持ちも女の気持ちもよくわかるもんねえ」

「あ、それいい。お店でのキャッチフレーズにしよう」

レイカは明るくガハハと笑った。

ゲイバーでもう古株になったレイカは、後輩の面倒見もいい。オカマさんだけでなく、ホステスやホストにも人望があると百合子ママが言っていた。お店では、小さなショーの時間があって、百合子ママを始め、きれいなオカマさんが歌ったり踊ったりした後、レイカが登場して、盛り上げるらしい。ドレスからはみ出すほどのごつい体格を強調し、わざと男声で歌ったり下品な言葉を連発して笑いを取る。ゲテモノ芸と呼ばれるものだ。そういう汚れ役を受け持つことも厭わない、心の広い人なのだ。

フラワーショップ小谷にしょっちゅうやって来て、菫子にもうるさく口出しをする乗松純が聞いたら、目を剝いて「オカマの家に行くだと？　とんでもない。いいか、絶対禁止だからな」とでも言いそうだ。

実際深く付き合ってもいないくせに、夜の街で働く人たちを差別するな、と菫子は言いたかった。この街で生まれ育った彼女からすれば、偏見もいいとこだ。特に乗松が毛嫌いしているオカマさんたちは、ここに至るまでの人生で苦労しているせいもあり、人の痛みや悲しみがわかる人が多い。それは母の桜子も時折口にすることでもある。

百合子ママを慕って店に足を運ぶ人たちは多いらしい。深刻な相談ごとを持ち込む人もいれば、ただママと話して気持ちが晴れて帰っていく人もいるという。そういう場がないと、社会はぎすぎすしたものになってしまうわよ、というのがママの持論だ。

「あたしたちはね、社会の潤滑油なの」

いつか、レイカがママの言葉をそのまま使ったら、居合わせた乗松が早速嚙みついた。

「おい、オカマのどこが潤滑油なんだ。お前らが怪しい夜の雰囲気を作り上げるせいで、警察がどれほど忙しいかわかってるのか」

「あらそう。じゃあ、あたしたちに感謝しなさいよ。あんたらが食べていけるのは、オカマのおかげだってね」

捨て台詞を残してレイカはフラワーショップを出ていった。しばらくは出くわすたびに大喧嘩をしていた。

ベランダから見る湧新地区は、相変わらず雑然としていてまとまりがない。昼間の今は、活気がないし、だれた雰囲気を醸し出している。レイカのマンションは、飲み屋街の裏を見渡す位置にあるから余計だ。表通りに面した店は看板やネオンサインで飾られてきれいに見えるが、ひとつ通りを入るともう舞台裏という感じだ。ミュージカルで言うと、合板でできた背景セットを裏から見るようなものだ。

それこそ、看板の裏は錆びた鉄骨で支えてあるし、煤けたビルの外壁はくっつき合っているし、飲み屋の裏口には、青い蓋つきペールが何個も出してある。カラスがやって来て、ペールから溢れ出しそうなゴミをあさっているという具合だ。

「で、誰なの？　菫子ちゃんをフォーリンラブさせた相手は？」

「フォーリンラブって何よ。いつの言葉？」

ついぷっと噴き出してしまう。

「ごまかすなー」

部屋の中からレイカがクッションを投げてきた。

「まだ秘密だよー」

「何よ！　そのうちまたここが泣き部屋としての力を発揮するんじゃないでしょうね」

「そんなことないよ」

ベランダの手すりに重ねた手の上に顎を載せて、菫子は呟いた。

この前、絡まれた不良グループに向かって「俺の彼女」と言った晃の言葉を、また胸の中で反芻してみる。あの後、路地を抜けて明るい繁華街へ出た。マックの上階でマックシェイクを飲んだ。向かい合わせで座るのが照れくさく、外に向いたカウンター席から夜の街を眺めながらストローをくわえた。

いつもと同じような会話に終始し、董子が期待した発展は全くなかった。もしかしたら、聞き間違いだったのかと思うくらいにありきたりな言葉だった。あの場を切り抜けるためだけの口実で、晃の本意ではなかったのか。いや、そんなことはない。彼も思わず口から出た言葉に戸惑っていて、心を整理する時間が必要なのでは。あれこれと思い悩む。

「ねえ、レイカさん。男はその場限りの心の込もらない言葉をさらりと言っちゃうのかなあ。言っといて自分でも忘れちゃうみたいな？」

振り返って言う。

「そうねえ」

レイカはからかうかと思いきや、じっと考え込んだ。店に出勤する時とは違い、ピンクのスウェットの上下に身を包み、髪の毛はヘアバンドで押さえている。化粧もしていないけど、すっぴんでも肌はきれいだ。素肌のお手入れには念を入れていると言っている通りだ。すっぴんで花を買いに来るホステスなんか、肌荒れでガサガサの人もいる。老け顔から誰だかわからず、声を聞いていつもよく来る人だと思い当たることもある。

「薄汚え（うすぎたね）オカマ」と乗松はよく罵るけれど、レイカや百合子ママは、いつも身ぎれいにしている。この部屋だって、いつ来ても整然としている。湧新の新参者の乗松には、表面しか見えていないのだ。まあ、あの人は、水商売に関わる人々と懇意にしようなんて思っていないだろうけど。

「そういう振りをして本心を言っちゃうってこともあるよ。で、忘れたって顔して、相手の出方を見ているとか」

「ほんと？」

菫子は部屋の中に駆け込んで、レイカの前でひざまずく。

「で、こっちはどういう出方をすべき？」

「そりゃあ、あんた、知らん顔をするに決まってるでしょ。あの時の言葉はどういう意味？なんて問い詰めるのは、愚（ぐ）の骨頂（こっちょう）よ」

「そうよね！」

レイカの古臭い言い回しすら、励ましの言葉に思える。

「ありがとう！　レイカさん！」

勢い込んで立ち上がった拍子に、レイカのパソコンデスクに体が当たった。置いてあったフクロウの形をしたガラスのペーパーウェイトがごろんと転がる。

「おっとー!!」

回転レシーブをするみたいにレイカが飛び込んできて、デスクから落ちたフクロウを受け止めた。

「あ、ごめんなさい」

「あっぶなかったぁ」

レイカはガラスのフクロウをひと撫でした。そして大事そうにそれを飾り戸棚の中に戻した。

「昨日、ここで眺めて、しまうの忘れてたのよ、これ」

「ほんと、ごめん。大丈夫だった?」

「セーフよ。気にしなくていいよ」

飾り棚の中に鎮座したフクロウは、精巧な美術工芸品らしい。羽の部分に金箔が貼ってあるし、森の賢者であることを示す両目には、ダイアモンドが嵌め込まれているのだ。レイカは「この部屋で一番の金目のもの。火事の時は、これだけは持って逃げなくちゃ」と常々言っていた。

でも本当は、大事な人の形見なのだと菫子は知っていた。あるホストが亡くなって、彼の思い出の品をレイカが受け継いだのだ。ホストは身寄りがなかったので、儀光寺という市内の寺の納骨堂にお骨を納めた。そのすべての手続きを、レイカがやったそうだ。

フクロウの由来を尋ねた時、そこまではレイカが教えてくれた。恋人だったのだろうか。はっきり言わなかったが、どうやらホストは自殺したらしい。もし、レイカと何もなかったとしても、レイカなら彼のお骨を引き受けて、菩提を弔ってやるだろうなと思う。そういう人なのだ。

さっき自分で投げたクッションを拾いに行っているレイカを見ながら、菫子は思った。レイカだって、家庭に恵まれているようには見えない。家族や、生い立ちの話は一切しない。ゲイにはそういう人は多いという。人の身の上話は聞いてやるが、自分のことになると口を閉ざす人がたくさんいる。性的少数者で生まれたことで、家族と疎遠になり、一人で寂しく生きているのだと推察はできるが、そのことで愚痴を言う人はあまりいない。

ゲイバーに勤めて自分の居場所を見つけたと思うのか、それとも忸怩たる思いでそうしているのか、本人にしかわからないことだ。ここでは、ゲイに限らず、自分から言わない限り、そういう事情を根掘り葉掘り訊くことはタブーなのだ。

ただ湧新三丁目の人々は、明るく生きている。いつも笑っておしゃべりして、お客さんを気持ちよく送り出す。お客さんも食べて飲んで、意気揚々と帰っていく。刹那的な喜びの街。それが歓楽街。きっとそういう雰囲気が気に入って、桐田もミュージカルを仕立てたのではあるまいか。なら、この中で生きている私がその表現者になるのは、ぴったりだと菫子は思った。まだ不確定だが、自信の片鱗みたいなものが生まれつつあった。

レイカは、下の道路を通った誰かと軽口を叩いている。食材を配達するお兄さんか、酒屋のご主人か、そんなところだろう。狭い街では、住んでいる人はたいてい顔見知りだ。がっちりした肩幅のレイカが、手すりの上から身を乗り出すようにしている。ああやって世間話に興じている人だって、気のいい陽気なゲイのことは、何も知らない。

菫子がレイカのことで知っていると言ったら、中学、高校と柔道をやっていたことか。だから、さっきのように身のこなしが俊敏なのだ。体格は、そこいらのちゃんとした男よりもずっといい。もっともガタイがいいのは生まれつきで、それを見込まれて柔道部に勧誘されたらしい。

「汗臭い格闘技なんか、やりたくなかったんだけど、好きな先輩がいたのよねえ、柔道部に」

レイカはうっとりとした目でそう言った。

「先輩と組み手をやると、満たされた気持ちになれたわぁ。きっと彼もあたしのこと、憎からず思っていたに違いないの。だから、彼に気に入られようと必死で練習したものよ」

だいぶレイカの妄想が入っていると思えるエピソードだった。おかげで強くなり過ぎて、高校の県大会まで進み、決勝戦でその先輩と当たってつい負かしてしまった。レイカの初恋はそれで終わったそうだ。もしかしたら、作り話かもしれないが、柔道をしていたのは本当のようだ。どこの県の話かは、レイカは明かさなかった。

「レイカさん、帰るよう」

話が弾んでいるようなので、レイカの後ろ姿に言う。

「あ、そう？　ミュージカルの練習、頑張ってねえ」

レイカは振り返って手を振った。ドアを閉めかけたら、「菫子の恋も応援してるからねえ」という声が追いかけてきた。

「ふみ」には、まだ暖簾は出ていない。引き戸に鍵はかかっていなかった。桜子は、「ごめんください」と一言声を掛けて、店に入っていった。

今日、美帆が風邪をひいて仕事を休んだので、店番をトキさんに頼んで配達を桜子がしている。いつも通り、開店前の店に行って、花瓶に花を活けて回る仕事もあるので、注文に応じて花束や生花スタンドを配達するのは、開店ぎりぎりになってしまった。

珍しく「ふみ」から花束の注文があった。顧客の一人が今月いっぱいで定年退職するので、プレゼントするとのことだった。

「あー、ありがと」

顔見知りの富美子が、割烹着を着てカウンターの向こうにいた。一人で仕込みをしているようだ。

「いいね。あんたんとこの花束はセンスがいいよ」

「ありがとうございます」

富美子は濡れた手を拭いて、花束を受け取った。年配の男性に贈る花束と聞いていたので、落ち着いた仕上がりにしてある。ボブキャットという種類の深い臙脂（えんじ）のオンシジウムにトルコギキョウ、スプレーバラ。ローズゼラニウムのグリーンで締めたものだ。

「ちょっと待ってよ」

富美子がレジを開けて、お金を取り出そうとしていると、店の奥から一樹が現れた。店に桜子が立っているのを見て、ちょっと驚いた表情を見せた。

「こんにちは、一樹君」

桜子が掛けた声にもぞもぞと口元を動かす素振りはしたが、結局何も言わず、すっと桜子の横を通って外に出ようとした。

「ちょっと、一樹、どこへ行くの？」

カウンターの端から呼びかける富美子も無視して引き戸を開け、外に出てしまう。

振り返って見送る桜子に、カウンターを回ってきた富美子が、花束の代金を渡した。

「やれやれ、あの子には手を焼くよ」

そのままどっかりとカウンターの前の椅子に腰を落とした。

「一樹君、ここで暮らしているんですか？」

それに答える前に、富美子は何であの子の名前を知っているのかと問うてきた。たまに花を買いに来てくれるのだと言うと、「花を？」とさも意外そうに富美子は片眉を持ち上げた。

「ええ、お母さんに」

付け足すと、また驚いた顔をした。

「光代はいなくなっちゃったんだよ。何で花を――」

最後は独り言のように呟いた。

「いなくなった、んですか？」

配達先の店では、立ち入った話はしないと決めているのに、つい訊いてしまう。

「どうせ男とどこかで暮らしているんだろうよ。捨てられたら、のこのこ戻って来るんだろうけど、今度はちょっと長くてね」

「じゃあ、一樹君たちが住んでいたあの部屋は？」

「部屋なんて言えるもんかね。物置部屋みたいなとこを改装しただけさ。窓もろくにありゃあしない」

殺伐とした一樹の暮らしを想像すると、暗澹たる気持ちになる。

「光代が姿を消してもうそろそろ三か月になる」

そうすると、やっぱり母の日には、もう光代はいなかったということか。あのカーネーションを少年は誰にあげたのだろう。

「一人であの部屋に置いとくわけにもいかないから、ここに引き取ったの。この――」額を上に向けて、階上を示す。「上があたしの住処だから。狭いけど、あんな豚小屋みたいなとこよりはましだからね」

光代が借りていた部屋は、誰か借り手がつくまでは、家財道具を置いたままにしておいてくれるという約束を取り付けたらしい。

「あんなとこ、よっぽどの事情を抱えたもんじゃないと入らないよ。トイレは部屋の外の廊下の先にあるし、風呂はないし」

「あの、一樹君はやっぱり学校には？」

富美子が眉を寄せて頷く。

「中学の先生は一回だけここにも来たけどね。生活の様子だけ尋ねて帰っていったよ。もうあの子に関しては匙を投げているんだろうよ。ろくでもない親が育てたろくでもない子ってね。学校に来られても困るのかも。このまま、そっと様子を見ようって魂胆じゃないかねえ」

「そんな——」

「その気持ちはわかるよ。あたしだって、どういうふうに接したらいいのか皆目わからないもの。ああやってほっつき回るにまかせているんだ。あたしは店があるし、その方が楽だから。一樹は誰にも心を開かない。光代とだってたいしてうまくいっていなかったと思うよ。ま、あんな親じゃあ、しょうがないか。子供より、男だもんねえ」

富美子はゆらりと体を揺すり上げるようにして立ち上がると、億劫そうにカウンターの向こうに入った。

「あの子、いったい何をしてるんだか。こないだなんか、この先の中国人の男が怒鳴り込んできてね。わーわーって何を言ってるんだかわからなかったんだけど、よく聞いてみたら、その男たち三人でやってる事務所を、一樹が窓から覗いたって文句を言いに来たらしいの」

「覗いた？」

「そう。だからね、窓からひょいと家の中を見ることなんか、誰だってあるだろう？　って言い返したんだ。そしたら――」

そしたら男は、自分の事務所はビルの四階にあるのだと言ったらしい。一樹は大人が入ることができないようなビルの隙間に体を押し込め、壁についた手足を使って、そんな高いところまで行ったようだ。小学生にしか見えない小柄な一樹だから可能な芸当なのだろうか。

「帰ってきた一樹を叱ったけど、ろくに返事もしやしない。なんでそんな危ないことをするのか、あたしにはさっぱりわからないよ」

それからあの子が悪いことをしたら、責任を取るのは自分になるのだろうかと真顔で桜子に尋ねてきた。言葉に詰まる。

「うちの亭主が生きていた時にはさ、あの子を引き取って料理人にしようか、なんて言ってたんだけど。うち、子供がなかったから」

「ご主人、お亡くなりになったんですか？」

それは初耳だった。

「そうさ。洋食のコックをしてたんだ。一樹が小さい頃は、よく厨房に来てうちの人が料理をするところを見ていたもんさ。亭主も可愛がって、あれこれ教えたりしてたんだけどねえ」

四年近く前にその夫が虚血性心不全で死んでしまった。富美子は洋食屋を畳んで、自分一人でもやっていける小料理屋をここで始めたのだと語った。

「そんなだから、あたしも余裕がないんだ。開店資金として借りたものを返すのに必死なもんでね。あの子の面倒なんて見てられない。今度光代が帰ってきたらようく言って聞かせるつもりだけど、さあ、どうだろうね。この前まで付き合ってた男が輪を掛けてろくでもない奴だったから」

富美子は、自分の頬を斜めにしゅっと切るような仕草をした。光代がついていった男はヤクザ者だったということか。二人同時にため息を吐いた。

イナリ横丁の入り口に駐めてあったワンボックスカーに乗り込む。見渡せる範囲には一樹の姿はない。夜の帳（とばり）が下りた街には、ネオンサインが瞬き始めていた。どんな気持ちで、十四歳の少年は、この街を徘徊しているのだろう。暗闇の中を歩き回り、路地や空き地に入り込み、ビルとビルの間をすり抜ける。身軽に壁面の凸部に手足を掛けて、よじ登る。窓があれば中を覗いてみる。ふと心を引かれたものがあれば、勝手に入り込んで盗んでしまう。たいして値打ちのないものを。

夜になると活気づく湧新三丁目という狭い街が、一樹の居場所なのだ。悲しい徘徊の場であり、母の匂いを求める場所。

まだ三件配達が残っている。桜子はゆっくりと手を伸ばしてエンジンをかけた。

光代はどういうつもりで一樹を産んだのだろう。トキさんは堕胎するタイミングを逸したのだと断じたが、果たしてそうだろうか。子供を持てば、変われると思ったのではないか。自堕落な自分を律することができると。光代にもそうなりたいと思ったことがあったはずだ。ほんの一瞬だったとしても。

車を運転しながら、桜子は思いにふけった。菫子を産んだ時のことを。

陣痛が始まっても、なかなか赤ん坊は生まれてこなかった。陣痛促進剤を使っても、まだ子宮の中に留まっていた。生まれてくることを頑なに拒否しているみたいに。苦しかった。憲一郎の手を折れるほど力を込めて握りしめていた。彼もどうしていいかわからず、上ずった声で励ましていた。

「大丈夫だ。きっといい子が生まれてくるよ。それだけは確かだ」

どこにそんな確証があるのよ、と言いたかったが、痛みと疲労とで口がきけなかった。結局普通分娩は無理と判断した医師が、帝王切開に踏み切った。陣痛が始まって三十二時間後に生まれてきた菫子を抱いて、憲一郎はわんわんと泣いた。桜子の方が恥ずかしくなるくらいに。

桜子が産んだ子だから、菫子にしようと言い出したのは、憲一郎だ。さくらにすみれ、いいだろう？　と。それではあんまりにも少女趣味的だからと、「すみれこ」ではなくて、「とうこ」と読ませるようにしたのは、桜子の提案だ。

「そうかなあ、すみれこの方が断然いいと思うけど」

憲一郎は、役所に出生届を出す朝までそう言っていた。あの時、菫子を産んでおいて本当によかった。夫を亡くしてみて、思いは特に強くなった。女の子だけど、娘の中に夫の存在を感じるのだ。娘を通じて、ここにはいない夫とつながっていると思える。

誰の子かわからないまま産んだとしたら、一樹は光代にとってどんな存在なのだろう。愛しい男を感じることもない、ただのお荷物でしかないのか。運転しながら、気をつけて夜の街を見ていたが、やはり一樹はいなかった。


配達を終えて店に帰り着くと、トキさんと純が並んで座っていた。

いつも身だしなみには気を配らない純だが、久しぶりに会った今日は特に憔悴して見えて、ぎょっとした。目は充血していて、髪の毛は撫でつけられずにぱさぱさしたまま。無精ひげは顎全体を覆っている。そういえば、五日前に湧新地区で起こった事件の捜査をしていると聞いた。

「コーヒー淹れようか？」

頼まれる前についい言った。純は、疲れ切った態で「頼む」と答えた。

「トキさんは？」

「俺はいいよ」

立って店の奥に行ってしまった。

湯を沸かしながら、事件の詳細を思い出そうとしてみる。最初にニュースで報じられた時のこと。場所は湧新四丁目。繁華街に隣接した区画で、やっぱり古いビルや木造住宅が並んでいる。そこは一応は住宅街ということになっているが、落ち着いた雰囲気ではなく、三丁目で働く人が多く入居する賃貸し住宅が多い。よって人の出入りも激しい。隣人が何をしているのか、よくわからないような薄い人間関係だ。

そんなマンションの一室に住む若い女性がベッドの上で死んでいた。事件と事故と両方を視野に入れて捜査しているという微妙な言い回しだったことを思い出した。

「体の一部を縛られていたことから、警察は殺人事件の可能性もあると見て捜査を始めました」

そんな報じ方だったような気がする。捜査に純が携わっているのは直後に聞いたが、以来、彼は姿を現していなかった。きっと捜査にかかりっきりなのだろうと推察していた。

ようやくここに立ち寄ったのに、捜査が一段落したというふうではない。

「花――」

「は？」

コーヒーの入ったカップを手渡すと、純が呟いた。

「花なんだ。また」

「どんな？」

短い言葉で応じる。

「マリーゴールド」

それきり黙り込んで、純はコーヒーを啜った。桜子は、黙って店の前に突き出したオーニングを畳んだ。力を込めてハンドルを回すと、歩道の上に差し掛かっていたモスグリーンのオーニングが巻き取られていった。

「マリーゴールドが一輪だけ。殺された女の体の上に」

桜子の背中に向かって純が言う。

「どういう意味だと思う？」

「ちょっと待って。じゃあ、この間の自殺した人と関係があるっていうの？　だって今度は殺人なんでしょ？　だから警察が捜査してるんでしょ？」

「殺人とは言い切れない」

わからない、というふうに頭を振った。

「事故死かもわからんというのが、警察の見解だ」

「事故死？」

「いいか――」純は声を落とした。

トキさんは、作業場にいる。鮮度の落ちた花を新聞紙でくるみ、バケツに張った水にどっぷりと浸けているのだろう。「深水（ふかみず）」という作業で、水揚げをしても元気のない花を回復させる効果がある。

「ガイシャは腕の自由が利かないよう、縛られていた。詳しくは言えないがな。だから、SMプレイの最中に事故死したとも考えられる」

「どういうこと？」

「お前、こんなとこで商売やってて風俗のこと、知らねえのか」

純のいつもの調子がだんだん戻ってきた。

「あのな、女の体を縛る緊縛師（きんばくし）って奴がいるわけ。アダルト業界でSMショーとかSMビデオとかでそうやって女を調教するとこ、見せるんだけど、個人的な趣味でやってる奴もいるんだ」

「うへ」

「子供みたいな反応すんな」

「つまり、その緊縛師とかの仕業なわけ？」

「ＳＭ趣味のカップルが、見よう見真似でそういうことやって、事故って相手を死なせてしまったのかもしれん」

「で、怖くなって逃げた？」

「そういう見方もあるってことだ。プロの緊縛師に結び方を見せたら、これはど素人の縛り方だと」

「へえ」

「緊縛は芸術なんだとほざきやがる。いかにきれいに安全に縛り上げて苦痛の表情を引き出せるかってとこが腕の見せどころなんだとよ」

「芸術――ね」

「そんなことはどうでもいいんだ。はずみだとしても、人が一人死んでることには変わりない」

「で、また花なのね？」

純はまたコーヒーをぐびりと飲んだ。

「偶然かもしれん。でも違うかもしれん」

「自殺と事故。人が死んだ現場に花が残されていて――」

「死んだ女の部屋には、他に同じ花はなかった。明らかに持ち込まれたものなんだ」

「パンジーとマリーゴールドねえ」

「どうだ？　花屋の意見を聞こうじゃないか。共通点は？」

桜子は考え込んだ。作業場から、トキさんがパチンパチンと花の茎を切る音がする。

「パンジーは秋から春にかけて出回る花で、マリーゴールドは春から秋にかけての花よね。でもあんまりうちでは扱わない。どちらも切り花よりも園芸種として流通してる」

「園芸種？」

「つまり、鉢物よ。ポット植えで買ってきて、自分の家の庭に植えるとか」

「ああ」

二人とも黙り込んだ。パチンパチンと小気味のよい花鋏の音だけが響いている。

「じゃあ、通りがかりのどこかから持ってきたとか？」

多摩川市は、かつて花苗の生産が盛んだったこともあり、街中は努めて花で飾り立てられている。公園にも、歩道のプランターにも季節の花が植えられている。

仕事帰りのＯＬ風の女性が店に入ってきて、ミニブーケを買っていった。丈の短い花をまとめた可愛らしいミニブーケはいくつも作って千円以下で売っている。カジュアルユースとして、気軽に買ってもらうためだ。

桜子は、腰をかがめてミニブーケを挿したガラス瓶を整えた。

「故意に死体のそばに花を置いた人物がいたとしたら？」

純の呟きに、はっとして身を起こす。

「だったら、自殺は自殺じゃなくて、事故は事故じゃないってこと？　殺されたわけ？」

純はコーヒーカップを置き、勢いをつけて立ち上がった。

「俺はそう睨んでる」店を出ていきながら、「それ、俺だけの見解だけど」と付け加えた。


ミュージカルの舞台で用いる小道具は、多摩川市内にある大学の美術部が担当することになった。食べ物が主題なので、ミュージカルに出てくる料理をまず作ってくれるよう、桐田は依頼した。観客席からもよく見えるよう、いくぶん大き目に作るように注文をつけた。それが出来上がってきた。

オムライス、ハンバーグ、グリーンサラダ、鯛の活けづくり、ウィンナー、スパゲッティ……。

大きく作っただけではなく、特徴をデフォルメして、わかりやすくしてある。それらをプラスチックの皿に盛りつけると、本当の料理が並んでいるようだ。どれもこれも苦心の作とわかる。造形の制作を、美術部員たちは嬉々としてやっている。

　衣装担当の服飾専門学校の学生、音響を手掛ける音響機器メーカーで働く人たちの仕事も進んでいる。すべてが手作り感満載だ。今まで知り合いではなかった人々が、共同作業を通じて一体となっている気がする。

　物事が形になると、菫子の中で、期待と嬉しさともう後には退けないという思いと、いろんな感情が交錯した。

　実際に作り物の料理を持ち上げる菫子の仕草が軽すぎると、桐田は注文をつけた。

「重さを表現してくれよ。それも演技のうちなんだ。実際の重量だけじゃない。初めて目にした料理というものに込めた重さも！」

「はい」

「もう一回」

　菫子は立ち位置に戻った。桐田の指導にも馴染んで、怒鳴られることも少しずつだが減ってきた。菜々美をお手本にやってきたが、彼女との違いを出せるような工夫もするようになった。この半年ほどで随分進歩したと、自分では思う。余裕とまでは言えないけれど、前向きになれた気がする。

今の課題はダンスだ。体を動かすことが好きでスポーツも得意な菫子だが、歌いながらのダンスは難しい。途端に声が出なくなる。これは菫子に限ったことではなく、出演者全員に言えることだ。本番では、小さなマイクをそれぞれが装着して歌う。マイクが声を拾ってくれるとはいうものの、歌詞がしっかり伝わるかどうかは、発声の良し悪しにかかっている。

「もっと声を前に出して！　ぽーんと投げるように」

与謝野に言われて四苦八苦している出演者は多い。

「人前で演じることにかけては、プロも素人もないよ」

桐田も言う。練習は厳しい。だからこそやりがいがある。彼らに否定されても、へこむのではなくて、食らいついていく気概が一人一人に生まれてきた。目の輝きが違う。私も負けていられないと菫子は思った。いつかこの経験を生かせる仕事に就けたらいいのに。ミュージカルには、それだけの魅力がある。

彼女を支えているもの。それはもうひとつある。晃の存在だ。

相変わらず彼との間には、何の発展もない。でも、そういうことでくよくよするのはもうやめようと思った。気持ちの切り替えがうまくいくのも、ミュージカルの練習のおかげかもしれない。

特に発展はなくても晃と会っている時間は楽しい。たとえほんの短い時間でも、菫子の都合に合わせて会いに来てくれる晃の気持ちが嬉しい。彼には慶学館高校でトップの成績をとる優等生の雰囲気は全くなく、平凡などこにでもいる男子高校生という風情だ。瑛人が言うように、テスト期間中でもがりがりと勉強をしているふうでもない。

話していると、単に学校の勉強ができるだけの人間ではないとわかる。興味のあるものが次々現れても、難なく上達する。知識や技を取り込む才に秀でているのだ。きっと物事を吸収する要領や仕組みみたいなものが、彼の中に構築されているのだろう。だから一度聞いたことはたいてい憶えている。だけど、それをひけらかすことはない。スポーツ万能で、ゲームもうまい。時々、とんちんかんなことも言う。

今は菫子が語るミュージカルの話を面白そうに聞いてくれる。ようやく覚えたミュージカル用語を、菫子は教える。舞台上の照明演出を表す暗転、明転（あかてん）。キャストに関するアンサンブルとかアンダースタディ。役者ごとの舞台の出入りを一覧表にした香盤表（こうばんひょう）。本番同様にすべてを行う通し稽古はゲネプロ。

まだ菫子も戸惑うことの多い専門用語を、晃はすぐに憶えた。

「すごい本格的だなあ。プロの舞台みたいだ」

無邪気にそんな感想を言う。

「見に来てくれる？」

「もちろん。早く見たいよ。菫子が舞台の真ん中で堂々と歌うところ」

ただひとつだけの発展は、お互いを「菫子」「晃」と名前で呼ぶようになったことだ。

少しずつ相手のことも知り合えた。料理や味覚がテーマになったミュージカルなので自然にそういう話になるが、意外なことに晃は料理の名前をあまり知らなかった。あんみつも鰻のかば焼きも食べたことがないと言う。ミネストローネやシシカバブや北京ダックなどという外国の料理に至っては、どんなものかも知らなかった。

菫子の口から出たそれらの料理をすぐにスマホで検索してみて、「へえ、こんなのか。見たこともないな」と言ったり、「どんな味がする？」と尋ねてきたりした。瑛人から晃の家は裕福なのだと聞いていたので、毎日手の込んだ美味しい料理を食べているとばかり思っていた菫子は、意外な気がした。

「うちはお袋が料理なんかしないからな」

特に隠そうともせず、そんなことを言う。両親ともに仕事が忙しいので夕食は別々にとる。父も母も都内のホテルに宿泊して帰ってこないことがたびたびあるという。だから通いの家政婦がいて、小さい頃から晃の面倒を見てくれているのだという。料理もこまめにしてくれるらしい。

「小さい頃はそれを食ってたけど、中学の頃からそういうの、めんどくさくなって食べなくなった」

「何で？」

思わずそう尋ねてしまった。

「手料理とか。そういうの食うのめんどくさいじゃん。だいたい、俺一人なのに、食べきれないくらい作るし。残すと悪いし」

今はもっぱらコンビニで買ってきたものを食べていると言った。

いつもは屈託のない晃が、屈折した感情を抱いているような気がした。きっと家庭的には恵まれていないのだろう。お金があって、勉強もできて、でも寂しい人なのかもしれない。その思いが、ますます菫子の心を彼に引き寄せるのだった。

そんな環境に馴染んでしまっているせいか、食に関する欲もない。ミュージカルの話を聞いても、「腹減ったなあ」とも「そんなもん、食べてみたい」とも言わない。菫子と別れて家に帰る途中で、きっとコンビニに寄って食べ物を買うのだろう。

時には、どこかのレストランかしゃれたカフェにでも行こうかと思うけど、誘っても「いいよ」と断られそうな気がする。あんな話をして同情されたのかもと勘繰られるのは嫌だった。そんな気遣いをせず、何でも話して欲しかった。だからせいぜいマックかスタバに立ち寄るくらいだ。

それに、どんなに遅くなっても家でご飯を食べるというのが、母と交わした約束なのだ。父が死んで、一人で子育てをする母は、フラワーショップ小谷の経営者でもある。決して順調な経営とは言えない。それはよくわかっているつもりだ。

朝早くに生花市場に花の仕入れに行き、美帆と一緒に水揚げの作業をして花を店に並べる。夕方からは契約している店を回ってフラワーアレンジメントで飾り付けをする。生花スタンドや花束の配達、店にも大勢のお客さんが来るから、その応対。息をつく暇もないくらい、くるくる働いているのだ。

時間があれば菫子も手伝うけれど、それを強いることはない。娘にはやりたいことをやらせようと思っているようだ。

「ここはお母さんの城なのよ。好きなお花に囲まれた素敵なお城。お父さんが残してくれた場所」

そんなふうにあっけらかんと言い、花屋の仕事を特に苦にしている様子はない。けれど、花屋の仕事は母が言うほど楽なものではないと知っている。不定休で、年末年始以外は基本、営業している。立ちっぱなしで冷たい水は使うし、母は相当無理をしていると思う。

だから、家でご飯を食べるという約束だけは守りたい。

母の方も、手抜きせず、美味しい夕食を用意してくれている。娘とつながる聖なる食事だ。

そんな食事を口にすることができる菫子と、一人寂しくコンビニの食べ物を口にする晃。彼はそれが特に不幸だとも思っていないだろう。それぞれが抱える食に関する事情。それを思う時、『聖者が街にやって来た』を発案した与謝野が表現したかったことが見えてくるような気がした。

晃と連れ立って、夕暮れの街を歩く。たわいのない話で笑い合い、ただ目的もなく歩く。この時間が菫子にとっては充実したひと時だ。ほんの三十分かそこらでも。

雨が降り始めている。歩道の上には屋根があるので、濡れる心配はない。歩道に並べられた白いプランターに、紫色のトレニアが植えられている。

道の反対側を歩いているレイカに気がついた。向こうはこちらを見ることはないが、菫子はいくぶん晃の陰に隠れるようにした。レイカに見つかったら大変だ。大仰な態度でからかわれるに違いない。まだ晃とのことは、母の桜子にも告げていない。瑞穂と瑛人に伝えただけだ。瑞穂は「やっぱり！　そうなると思った」と言い、瑛人は「珍しいな、晃が女の子と付き合うなんて」と驚いた。

レイカがふと足を止める。彼女の視線の先に一樹がいた。ここのところ、母が気にしている不登校の中学生。ビルとビルの隙間から、するりと抜け出してきたようだ。痩せた男の子は、レイカに声を掛けられて身をすくませている。レイカは、おかまいなしに近づいて、一言二言、話しかけた。一樹は何も答えない。ただ口を一文字に引き結んで、大柄なレイカを見上げている。戸惑ってはいるが、場を離れる様子はない。スカートを穿いてきっちり化粧したオカマさんを怖がってはいない。

レイカはすぐそばのスタンドからホットドッグを買って、一樹に渡そうとした。手を出さない一樹に無理やり持たせる。一樹のぼんやりした表情がこっち側からも見て取れた。お礼を言ったふうではない。店の前に立っている一樹を菫子もたまに見ることがあるが、あの子は極端に無口なのだ。レイカは、そんな一樹を気にする様子もなく、手を振って場を離れた。一樹はちょっとの間、押し付けられたホットドッグを見ていたが、口に持っていく。

パラフィン紙に包まれたパンを齧りながら、一樹がレイカと反対の方向に歩き去った。優しいオカマと孤独な少年を、束の間つないだのも食べ物だ。この一瞬は小さなショーでもあった。『聖者が街にやって来た』のワンシーンのような。

歩を緩めていた菫子に気がついて、晃が振り返る。

「どうかした？」

「ううん。何でもない」

晃の後を小走りで追う。今日の晩ご飯は何かな、と菫子は考えた。

百合子ママが、小さく咳払いをした。菫子は横目でママを見た。珍しく緊張しているようだ。

「ねえ、菫子ちゃん、あたしの格好おかしくない？」

さっきも同じことを訊いた。

「全然。今日もきれいよ、ママ」

「昼間、お陽様の下に出るのって落ち着かないのよね」

ママはもぞもぞとお尻を動かした。白いタンクトップに白のブラウスを重ね着し、踝（くるぶし）まであるベロアのロングスカートを穿いたママは、大人の女という感じだ。ゴールドのネックレスが胸で揺れている。お店に出る時は和服だけだそうだから、きっと今日会う人は目を見張るだろう。

菫子も目いっぱいのおしゃれをしてきたはずなのに、ママの隣にいると、子供っぽさが強調される気がする。オープンショルダーのブラウスは相当冒険をしたつもりだったけど。

今日は気楽なガーデンパーティだ。カジュアルな格好の出席者が目立つ。

梅雨明け後の日曜日、多摩川市文化振興事業団主催のパーティは、ホテルの屋上ガーデンで市民ミュージカルの出演者とスタッフ、支援者を招いて行われた。練習に明け暮れる出演者の慰労と、結束を高めるためのものだと、鳥居会長から挨拶があった。ジュリアの常連客となった桐田裕典から招待されて、夜の女百合子ママも俄然張り切って出席したというわけだ。

「桐田さんのおかげで与謝野充さんに会えたわけだから、あの人には感謝してるの」

ゲイバーのママがもともとピアニストを目指していて、ナオミ・ヨサノの熱狂的なファンだと知った桐田は、それをたいそう面白がって、多摩川市に滞在している間にはたまに店に来て、上機嫌で与謝野直美の話をするという。彼女がどんなピアノ演奏をしたか、どんな曲をどういうふうに解釈したか、どれほど聴衆を唸らせたか。それから若い頃、どうやって自分と直美が出会ったか、どんなふうに愛し合ったかということまで語った。

桐田に誘われて、与謝野充も来店したことがあるらしい。能弁な桐田の話を、口を挟まず穏やかに聞いていたそうだ。

パーティ会場へ来る道々、百合子ママは興奮気味にそういうことを董子に語って聞かせた。与謝野直美の演奏が入ったCDをママから借りて、董子も聴いていた。

「ねえ、まさか与謝野直美がミュージカルを見に来るってことはないわよね」

「え？　それはないんじゃない？　さすがに」

そんなことになったら、まともに歌えなくなりそうだ。

「そうだよねえ。与謝野さん、お母さんのことは尊敬してるけど、あえて離れてやっているんだって言ってたもん。音楽の勉強を始めた時からそう決めてるって。母に認めてもらうために生きていた時もあるけど、それは無意味なことだって気がついたって」

「ピアニストになりたかったってことかなあ？」

歌の指導をする時、ピアノを弾く与謝野を思い浮かべた。

「そうかもしれない。あれだけの環境で育てばね。だけどね、音大のピアノ科出たってピアニストなんてなれるもんじゃないわよ。ピアノを弾く技術は練習さえすれば誰だって身につくけど、プロの演奏家になろうとしたら、それ以上のものが必要なのよ。表現力とか解釈の仕方とか感性とか、うまく言葉で言い表せないけどね」

タクシーの中で、二人はずっとそんなことをしゃべっていた。ゲイバーの美しいママの語りを、運転手はハンドルを握りながらも全身耳にして聞き入っている様子だった。

「ちょっと聞くけど、ママ、ピアノの勉強してた時、ドレスを着て舞台に上がってたの？」

ママはしなやかな指で口を覆って笑った。エメラルドを小粒のダイアモンドが囲んだ指輪が似合っている。

「ばかねえ。その頃はまだあたし、黒いスーツに蝶ネクタイの、見た目、完全男だったんだから」

そういう意味でも、当時のことは人に言いたくないのだとママは続けた。

「でも、憧れるわねえ。裾を引きずるようなロングドレスで舞台に立つの。自分のリサイタルで」

「でしょう？　絶対その方が似合うよ、ママ」

そう返すと、そんなこと言ってくれるのは菫子ちゃんだけよ、とぎゅっとハグされた。運転手はその瞬間、もう少しで後ろを振り向くところだった。

百合子ママは博学だ。洞察力にも判断力にも優れ、好奇心も旺盛で話題も豊富だ。だからママの魅力に惹かれてやってくる客はバラエティに富んでいる。芸術家のようにクリエイティブな職に就いている人から、市内の企業のトップや政治家も来る。若いサラリーマンやセレブな主婦や飲食店の経営者と客層は雑多だ。

ゲイバーのママというよりも、百合子ママそのものの人柄に惹かれて通ってくるのだろう。度量も大きい。公の場にも気後れすることなくこうして出てくる。

「いやあ、誰かと思ったよ。洋装のママを初めて見たから。よく来てくれたねえ」

桐田がママと菫子のところに寄ってきた。

「そりゃあ、桐田先生にお招きいただいたんですもの。すっ飛んで来るに決まってます」

「おやおや、小谷さんじゃないか。ママの知り合い？」

桐田は、百合子ママの隣に立っている菫子に気がつくと、大仰な仕草で驚いてみせた。まるでオペラに出ている役者のようだ。

出演者たちは、会場の前の方に固まって談笑していた。そこにスタッフや多摩川市の職員、支援者たちが入ってきて、輪は緩く崩れ始めていた。一度合流はしたものの、菫子はすぐにママのそばに戻ってきていた。

「ええ。うちのお店にお花を届けてくださるお花屋さんの娘さんなんですよ、菫子ちゃんは。お母さんの桜子さんも素敵な方」

「へえ、桜に菫か。お花屋さんにぴったりのきれいな名前じゃないか」

「お花屋は、湧新三丁目のうちのお店にも近いところにあるんですよ。この子はね、歓楽街で生まれて育ったの。私たちのマスコットっていうか、私なんかは娘だと思ってるんですよ。その子が先生演出のミュージカルに出るっていうじゃないですか。おまけに音楽監督は与謝野先生で。歌、うまいでしょ？　この子。私なんか菫子ちゃん以上に興奮してますわ」

「ママ」

菫子は、ママのブラウスの裾を引っ張った。

「いや、そうか！　なんか違うものがあると思ったんだよな、小谷さんには。そうか、湧新地区の真っ只中の生まれか」

ママの前でのお世辞だとは思うが、嬉しかった。

「おーい」

今の言葉に浸っている暇もなく、桐田は人だかりの中から与謝野充を引っ張り出してきた。そして、百合子ママと菫子の関係を説明した。与謝野は、たいして驚きもせずに話を聞いていた。桐田と違い、与謝野は感情をあまり表に出さないタイプだ。

やや茶色がかった瞳は伏し目がちで、穏やかな話しぶりからも、飾り気のない温順な人柄に見える。

「どうだい？　これでますます楽しみになったじゃないか。『聖者が街にやって来た』はこんなに多くの市民に期待されているんだ。きっと成功するだろうし、もしかしたら、出演者の中からこの道に進む人が現れるかもしれない」

桐田の言葉にも曖昧に頷いたきりだ。

「なあ、そうだろ？　小谷さん。君は演技よりも歌に秀でているようだから、そっちの勉強をしたらいいんじゃないか？」

なあ、と同意を得るように与謝野に目配せをする。

「いえ、私は音楽なんて、全然素養がないですから……」

慌てて否定した。

「そんなことはないさ」

ボーイが捧げ持ってきた銀のトレーから、優雅な仕草でシャンパングラスを取ると、桐田は言葉を継いだ。

「与謝野なんか、見てみろよ。あれほどの母親に育てられながら、ピアノの腕はからっきしなんだから。でもこうして自分の道を見つけてやってる。偉大なるナオミ・ヨサノに押し潰されることなくね」

与謝野は、照れて小さく笑った。桐田は酔いも手伝ってか饒舌だ。

「おい、直美は今度の仕事のことをどう言ってる？」

「母は何も言いませんよ。僕のすることに関しては」

「だろうな。彼女はね、誰のことにも興味がないのさ。まず自分が一番なんだ。直美が熱を入れるのは、ピアノと食と男。残念ながら息子は入っていない」

桐田がやや突き出した腹を揺すって豪快に笑うのを、董子は見ていた。

「あら、当然でしょう。もう与謝野さんは立派に独立された大人なんですから。お母さまも安心していらっしゃるのよ」

百合子ママがそつなくフォローする。

「ああいう特異な環境で育ったことを、感謝すべきだと思うね。世界中を連れ回され、ピアノの演奏を始めたら何もかも頭から追い出して没頭する母親に捨て置かれ、男を追いかけるとなると、片手にボストンバッグ、片手で息子の手を引いて飛行機に飛び乗るような女に育てられたことを」

「まあ、大げさね」

ママがほほほ、と笑うと、赤らんだ顔の桐田はむきになった。

「本当さ。僕が初めて直美のパリのアパルトマンへ行った時、子供の充は腹を空かせて震えてたんだ。母親が何日も帰ってこなかったから。そんな息子を見ても、平気で直美は『さあ、充、レストランへ行くわよ』と言ったね」

「そんな調子でしたね、母は。レストランへ行っても、あまりに飢えていたもんだから、僕はたいして食べられなかった。母がガツガツ食らうのをじっと見ているだけで」

「ほんと、あいつの食べっぷりは見事だったね。同じ調子で男も食らうんだけど」

そう言ってから、「おっと。まだ十代のお嬢さんの前ではしたないことを言ってしまったね」と笑う。

与謝野が穏やかに「飲み過ぎですよ、桐田さん」と諫める。

誰かに呼ばれた桐田は、そのまま行ってしまった。

「パワフルで繊細で、誰をも魅了する与謝野直美さんの演奏を裏付けるエピソードですね」

ママが与謝野に言った。

「桐田さんの言うことは、合っていますね。母は自分の欲求に耳を傾け、それに従って生きていたんです。ある意味純粋で子供っぽくて魅力的でしたね。僕はそれに引きずり回されたかもしれないけど、幸福な子供だったと思いますよ。誰にも経験できないことでしたから」

「本当に。また是非お店にいらしてそういうお話を聞かせてくださいね」

ママが、少女のように目を輝かせていた。

そこに西川市長が割って入った。後ろに五十年配の品のいい女性を従えている。

「こちらは弁護士の牧田涼子先生。今度、湧新地区に事務所を構えることになってね。なかなかの腕前だからよろしくお願いしますよ」

牧田涼子は名刺を差し出し、よく通る声で挨拶をした。真っ白なスーツが似合っている。

「今までは横浜で事務所を開いていましたが、多摩川市で活動しようということになりました。もともと私はこちらの出身ですので。よろしくお願いします」

そう言いながら、百合子ママの方を気にして視線を送ってくる。どんなにきれいに着飾っても、ママが男だということは女性にはわかるものだ。弁護士などという職業の人ならなおさらだろう。

「あ、この人はね、ジュリアっていうバーのママさんだ。まあ、ある意味湧新の文化サロンみたいな店だから、牧田さんも一度行ってみたらいいよ」

鈍重そうな西川市長は、ゆったりとした物言いで二人を引き合わせた。

「まあ、そうですか。是非お伺いします」

牧田がいかにも社交辞令的な言葉を口にした。パーティに来て、何人かにジュリアの名刺を配っていたママだが、彼女に対しては差し出すことはなかった。市長と連れ立って行ってしまった牧田の後ろ姿を見送ると、彼女の名刺に目を落とし、さっさと名刺入れにしまった。

「まあ、来ないわね、ああいう類は。あたしたちみたいな人種を毛嫌いしてるから。人権を守るために働いているくせに、弁護士の中には、ひどい偏見と差別意識を持った輩がいるものよ」

ママが容赦なく断じた。人を見る目に関しては、夜の商売をしている人種も負けてはいない。こういう人たちに揉まれて、菫子も醒めた大人の視線を持つようになった。時々、瑞穂を慄かせる思考様式だ。

「そういうのを耳年増っていうのよ。高校生のくせに耳年増になった菫子。可哀そうに」

レイカは耳慣れない言い回しで嘆いていた。

「牧田涼子は来年、西川市長の後継者として市長選に出馬するつもりなのよ」

「ほんと？」

さすがはママだ。情報が早い。

「当選するかな？」

「ああやって現職の市長がバックアップしているんだもの。かなりいいとこいくわよ」

ママは、それに、と声を落とした。

「牧田さんは多摩川市の出身だって言ってたでしょ？　あれ、三歳までいただけらしいけど、まあ、応援する人は多いと思う。美人で聡明だから、メディアへの露出も多いしね」

「あ、うちの高校の新聞部も取材してきてた」

「まあ、高校生にまで？　でも、そうね。十八歳は選挙権あるもんね。やっといて損はないわね」

ジュリアの顧客がやって来て、ママに声を掛けた。ママはさっと商売人の顔になって、相手の話に合わせる。

菫子は手持無沙汰に、出席者たちを見ていた。与謝野充は桐田裕典に連れ回され、牧田涼子は西川市長についてあちこちで挨拶をしている。

遠くから鬼頭菜々美が菫子に手を振った。菫子も振り返す。

早く練習場に戻りたいと思い、習ったばかりのステップをそっと踏んでみた。

幹線道路に面した店がリフォームされている。

ここは前、何のお店だったかなあと菫子は頭の中を探ってみるが、思い出せない。それほど湧新地区の店舗は入れ替わりが激しい。飲食店でも雑貨屋でもネイルサロンでも整体院でも、商売がたちゆかなくなったらさっさと撤退する。そしてすぐさま次の店が入る。

元のビルは古びているのに、道路に面した表だけきれいに作り変えられる。看板が取り替えられたら、すっと湧新三丁目に馴染んだ店になる。まるで舞台のセットを変えたみたいに。かりそめの街は、こうして膨らんでいく。

いきなり大きな音が歩道に溢れ出してきて、顔をしかめた。パチンコ屋のビルの前を通ったのだ。客が自動ドアから出てくるところで、背中を押すように威勢のいい音楽が流れてきた。二階はサウナ、三階はゲームセンターという結構大きなビルだが、やっぱり相当の年数が経っているようだ。

隣もその隣も古いビルだ。そういえば、と菫子は隣のビルを見上げた。この前見かけた中村一樹が住んでいた部屋がここの最上階にあるんだった。時折花を買いに来てくれる不登校の中学生は、母親が戻って来ないので近くに住む伯母に引き取られたと、母の桜子が言っていた。あんな子供を置いて、母親は男とどこで暮らしているのか。

ふと先ほど聞いた与謝野充とその母、与謝野直美の暮らしぶりを思い出した。直美は自分の欲求が命じるままの生活をしていたかもしれないが、根底にはピアノ演奏への情熱があった。芸術的な高みを目指すというシンプルで高潔な情動が彼女を突き動かしていた。息子はその母の背中を見て育った。今は母とは別の道を見つけて歩んでいる。

一樹にはそれがない。いったいあの子はどうなるんだろう。母の桜子やレイカも心配していたけど、どうにも手の差し伸べようがない。菫子が知らないだけで、この街にはそういう環境で生きている子が他にもいるのかもしれない。

パチンコ屋が一階に入る騒々しいビルと一樹の住んでいたビルとは、壁と壁がくっつくように並んで建っている。その前を通り過ぎようとした時、バッグの中でスマホが鳴った。晃からだった。

「パーティは終わった？」

「うん、今家に帰ろうとしてるとこ」

百合子ママとはホテルの前で別れた。何をしたわけではないが、疲れ切っていた。早く自分の部屋のベッドに倒れ込みたいとさっきまで考えていたのに、晃の声を聞いたら気持ちが浮き立った。

しゃべりながら、パーティのために精いっぱいのおしゃれをしてきたんだったと思い直した。このまま帰ってしまうのはもったいない。背伸びして買ったレースアップサンダル。パールピンクのペディキュア。

「ねえ、晃、どっかで会わない？」

「うーん。今家にいるんだ。出ていくのめんどくさい」

　そう言われて急速に気持ちは萎んだ。その気配を感じたのか、晃が慌てて付け加える。

「じゃあ、駅まで迎えに行くからうちに来る？」

　お互いの家に行ったことはない。一瞬言葉に詰まった。

「おうちの人、いるんでしょ？」

　恐る恐る尋ねてみる。

「お袋がいるけど、別にいいじゃん」

「うん、いいよ」

　努めて軽く答える。それほど気負ってはいないというふうに。晃の家は気になった。瑛人が「すごい豪邸」という家を見てみたい気持ちもあった。

　自宅に向かっていた歩道を逆方向に歩きだす。湧新駅からひと駅だけ電車に乗った。

　駅前まで迎えに来てくれた晃は、菫子の格好を見て、目を丸くした。

「いつもと全然感じが違うな。大人っぽいよ」

　それだけでもう今日の目的は達した気がした。晃に会うためにこんな格好をしてきたと思われると嫌だけど、パーティ帰りということで救われた。晃の方は首回りの伸びたカットソーにジーパンという格好だった。真っ白なプーマのスニーカーだけは、いつもこだわっている。

パーティでのことなどを話しながら、二人で並んで歩いた。湧新三丁目の風景とは全く違う、一戸建ての家がゆったりと並ぶ地区だ。百合子ママやレイカのことも、今までに話してある。晃は面白がって聞いている。高校での出来事。ミュージカルの演出家、桐田裕典や音楽監督、与謝野充の話。花屋の仕事のこと。母親の桜子のところにやって来る元同級生の湧新署の刑事の話。

晃は黙って耳を傾けている。時々、ちょっとしたことを尋ねる。だから興味はあるのだろうとは思う。だけど、彼はあまり自分のことは話さない。

「別にたいして変わった話はないからなあ。菫子みたいに役者が揃ってないんだ。俺の周辺は」

そんなふうに晃ははぐらかす。だから、立ち入って欲しくないのかと気を回していた。家族のこととか、個人的な生活のことに。でも今日家に招かれたので、そういう心配は払拭できそうだ。二人の仲がまた一歩進んだ気がして嬉しかった。

晃の自宅は、和洋折衷ともいうべき斬新なデザインの家だった。父親の友人の建築家に設計を頼んだのだそうだ。白壁の蔵を模したような漆喰壁に、洋風の縦長窓が三つ並んでいる。玄関ドアは青いステンドグラスが嵌め込まれていて、よく見たら大海原を行く帆船が描かれている。そういえば、父親は友人たちと共同でクルーザーを所有していると前に聞いた。

　大理石が敷かれた玄関ポーチで、菫子は立ち止まってしまった。晃は肩で押すようにして両開きドアの片方を開けた。

「何してんの？　入ったら？」

　促されて足を踏み入れた。吹き抜けになった玄関の天井から、金属とガラスを組み合わせた前衛的デザインのシャンデリアが吊り下がっていた。ぽかんと突っ立っている菫子の前にスリッパが差し出された。

「あ、ありがと」

　急いでサンダルを脱ごうとするが、長い紐を解くのに手間取った。かっと頭に血が上る気がする。なんだってこんなめんどくさいサンダルを履いてきたんだろう。晃の家に上がることになるとは思いもしなかった。

「あら、いらっしゃい！」

　うつむいた頭の上から誰かの明るい声が落ちてきた。晃の母親のようだ。慌てて体勢を整えようとして、よろけてしまった。

「あらあら、大丈夫？」

手を出して支えてくれた。ますます顔が赤くなる。ようやくサンダルを脱いで揃えた。

「は、初めまして。私、あの、小谷菫子です」

「晃の母です。ゆっくりしていってね。悪いけど、私はもう出かけるとこなの」

落ち着いて見てみると、お母さんはすっかり出かける用意をして玄関まで来たようだった。ストライプ柄の大胆なワンピースにベージュのカーディガンを羽織り、パンプスに足を突っ込んだ。クロコのバッグをさっと提げたところで振り向く。ターコイズとシルバーを組み合わせたネックレスがじゃらんと揺れる。これも彼女のデザインしたものだろうか。

「あ、車のキイを忘れた。きっとダイニングテーブルの上よ。晃、取ってきて」

晃が奥に引っ込んで、玄関にはお母さんと菫子が残された。向かい合うと、彼女がにっこりと笑う。

「晃が女の子を連れて来るなんて珍しいわ。同じ高校の子？」

「いえ、私は多摩川第一高校なんです」

何か付け加えるべきだろうか？　どうして別の高校なのに知り合ったかとか。そんなことを考えているうちに晃が戻ってきた。母親にキイを投げて渡す。お母さんはうまくそれをキャッチすると、「じゃあね」と背を向けた。

「今日も遅いから」

ドアを閉める間際に、そう言う声がした。晃は聞いたのかどうか、もう廊下の向こうへ歩き始めていた。慌てて後を追う。リビングルームらしき重厚な木製のドアには、鷲と剣をモチーフにしたエンブレムのようなレリーフが刻み込まれていた。すっかり気後れした菫子は、開けたドアを押さえて待ってくれている晃の前をうつむき加減で通った。

そこでまた立ちすくむ。三十畳近くはありそうなリビングダイニングだった。庭に面したガラス戸は曇りひとつない一枚板で、よく手入れされた庭が見渡せた。手前は芝生、背後は計算された植栽になっているようだ。スプリンクラーが涼し気に水を撒いている。

リビングの革張りのソファにも、壁に掛けられた絵画にも圧倒された。向かいには、十数人は掛けられるだろう大きなダイニングテーブルがある。その先はL字形に曲がっていて見えないが、きっと立派なシステムキッチンになっているのだろう。

一番驚いたのは、ソファセットの向こうにグランドピアノが置いてあることだった。

「あれ、誰が弾くの？」

それを口にするのがやっとだった。

「ああ、あれは俺がピアノ習ってた時に――」

「ピアノ習ってた？　晃、ピアノ習ってたの？」

「うん、まあ。中学二年くらいまで」

「そんなこと、一言も言わなかったじゃん」

「そうだっけ？」

きょとんとしたように晃は言う。あれほどナオミ・ヨサノのピアノの話題を持ち出していたのに、彼はただ相槌を打っていただけだった。

「じゃあ、弾けるんだ、ピアノ」

「まあ、ちょっとだけなら……。もう全然弾いてないんだ。お袋の趣味で三歳から習わされたけど、あれはまあまあ面白くて続いたな。でももう飽きた」

「弾いてみてよ」

「いや、いいよ」

それ以上は無理強いできなくて、菫子は諦めた。

「じゃあさ、ピアノ演奏には興味があったんだ。そうだよね」

「まあね」

「ピアノ弾いてた人なら、与謝野直美のことだって知ってたでしょ？」

そこはやや咎める口調で言い募る。

「そりゃあ、知ってるよ。俺が習ってた先生なんて、彼女を神様みたいにあがめてたよ。神奈川音大のピアノ科の教授だったけど」

音大のピアノ科の教授に教えを乞うていたとなると、晃はかなりの腕前なのだ。さっき会ったお母さんは、息子にピアニストになって欲しかったのだろうか。「飽きた」という一言でやめてしまった息子に、がっかりしただろうか。いろんな考えが頭の中で交錯した。

「悪かったよ、黙ってて。そういうことだからピアノには今でも興味があるよ。だから菫子の話は面白かったよ」

機嫌をとるように、晃が言葉を重ねる。それでようやく菫子も気持ちを落ち着けた。どうやらこの家に来てから、思考回路がおかしくなっていたようだ。バッグの中に手を突っ込んだ。

「じゃあ、与謝野直美のＤＶＤを一緒に見ようよ。さっき百合子ママに貸してもらったとこなんだ」

「オッケー」

ソファの前の大画面テレビの下にあるＤＶＤプレイヤーを、晃は操作した。ソファは本革張りで座り心地がよく、菫子の体をしっかりと包み込むように支えた。晃はダイニングの先に走っていき、ペットボトルをふたつ持ってきて、ひとつを菫子に手渡してくれた。ジンジャーエールでよく冷えていた。

テレビから聴衆の拍手が流れ出してきた。コツコツコツとステージに響き渡る靴音。画面はライトに照らし出され、逆光で表情のはっきりしないナオミ・ヨサノを映し出していた。

晃が菫子の隣に腰を落とした。ソファの座面がぐっと下がり、思いがけず二人の体がくっついた。画面には、『リスト　超絶技巧練習曲』と曲名が出た。

すると晃はヒューッと口笛を吹いた。

「これ、技巧派のピアニストが豪快に弾く曲だから、女性が演奏するのは珍しいんだ」

ほら、やっぱりピアノ曲にも詳しいじゃない、と菫子は心の中で呟く。

晃の方に傾いた体を整える暇もなく、演奏が始まった。タフタのような光沢のある黒いドレスの与謝野直美が、ピアノの上に伏せるようにして演奏している。顔と鍵盤の距離が近い。あんまり圧し掛かって見えるので、椅子そのものが傾いているんじゃないかと思えるほどだ。自分が叩く鍵盤を見ているようではない。軽く目を伏せている。どうやらそれが彼女の演奏スタイルらしい。

どちらかといえば小柄な女性だ。髪の毛はセットもせずに真っすぐ後ろに下ろしている。曲が激しくなると振り乱すようにして演奏している。聴衆のことなど全く頭にないという風情だ。画面下に曲の標題がテロップで出てくる。「前奏曲」「風景」「マゼッパ」……。客席は水を打ったように静まり返っている。心の中を掻き回されているような、不安とも言うべきざわざわした気分に覆われる。

なんというか、通り一遍の評ではくくれないスケールの大きなピアニストだ。いや、人間そのものが何をもってしても測れないという気がする。自分の中に折り合いのつけられない激情があって、ピアノというツールを手にした途端に奔流となって流れ出してきた。そんな印象だ。鍵盤の端に身を投げ出すようにする仕草が、獲物に跳びかかる猛獣のように見えてしまう。

菫子は、軽い気持ちでこのＤＶＤを見ようと提案したことを後悔した。ちらりと晃を見るが、特に感情を読み取ることはできない。視線は大画面にくぎ付けになったままだ。優れた音響システムによる音曲が部屋の中に満ちた。

音に戦慄するという体験は初めてだった。この人の生き方そのものに、今私は触れているのだ。もしかしたら晃も？　ナオミ・ヨサノの生き方。与謝野充が深く接してきた女性は、母親ではなかった。素直に生きるがゆえに人を傷つけることをも厭わない、伸びやかな生命体だった。

――人間の本能を揺り動かすもの。

本能の赴くまま音を奏で、食べて、そしてこの人は愛しいものを肌でじかに感じた。美しい獣のように。演奏でそれを他者に理解させる力を持っているなんて。なんてこの人は――

恵まれた人なのだろう。

頭の芯が痺れた。

ふいに横から手が伸びてきて、菫子は晃に抱き寄せられた。

あ、と思う間もなく、唇が塞がれる。目を閉じる暇もない。晃の肩越しにナオミ・ヨサノがピアノの上にかがみ込んでいるのが見えた。テロップが「鬼火」と出た。半音階的な音型が不気味に蠢(うごめ)く曲調だ。

与謝野直美の背後に鬼火を見た気がした。


道を渡ってやって来る二人を見て、桜子は微笑んだ。

レイカと一樹が並んで歩いて来た。今日は日曜日でジュリアが休みだから、レイカはTシャツにチノパンという格好だ。日焼けを避けるためか首にスカーフを巻き、大き目のサングラスをかけている。大柄なレイカと、中学生にしては痩せて貧相な一樹が、仲良く店の前で立ち止まった。

桜子から一樹の身の上のことを聞いたレイカは、孤独な少年のことを、何かと気にかけるようになった。ゲイは心の優しい人が多いというのが桜子の持論だ。特にレイカはこういう子供を放っておけない性分なのだ。

深夜徘徊や小さな窃盗を繰り返すことで、一樹は自分の存在を声なき声で訴えていたのかもしれない。誰にも心を開かなかったのは、誰もこの子の声を聞かなかったからなのではないか。そういう弱者の心に入り込み、寄り添うのがレイカはうまい。

夜の街で出会うたびに声を掛け、食べ物を買い与えたり、ゲーセンで遊んだりすることを飽かずに繰り返した。初めは嫌がって逃げ回っていた一樹も、今ではレイカに懐いている。この前は、一緒に映画を見たと言っていた。一樹がしょっちゅう看板を見上げていた話題のアニメだという。

桜子は、この二人の奇妙な友情を温かく見守っていた。純が最近は忙しくて、フラワーショップ小谷に立ち寄らないのは幸いかもしれない。彼はゲイと十四歳の不登校生との交流を理解するどころか、一刀両断に切って捨てるだろうから。

「一樹、どれにする？　好きな花を選びなさいよ」

レイカが言うと、もう決めてあったように一樹は小さなミックスブーケを手に取った。仕入れて少し日が経った花の茎を短く切ってまとめたものだ。

「そんなのでいいの？　もっと豪華な花束にしなさいよ。あたしが買ってあげるんだからさ」

「ううん、これでいい」

一樹は嬉しそうにブーケを抱えた。レイカが代金を支払うと、一樹は「ありがと」と微笑む。ちょっと前まで暗い顔をしていて、笑っているところを見たことがなかった。小学生の頃の無邪気な性格が戻ってきたようで、桜子も嬉しかった。

「じゃ、行っといで」

レイカがぽんとお尻を叩くと、一樹は駆けだしていった。

「え？　どこに行くの？」

レイカがにかっと笑った。

「あのね、お母さんにあげるんだって」

「でもあの子のお母さんは行方不明のはずよ」

レイカはふふふと笑う。

「一樹は居場所を知ってるんだって。この近くにいるらしいのよ。あたしにもそれは教えてくれないんだけど」

「なんだ、そうなの」

ほっとした。男と遠くへ行ってしまったと思っていたが、近くで暮らしていたのか。やはり一樹は夜の街をうろついて母親を探していたのだ。ビルの壁面をよじ登るという危険な真似までして、あちこちの窓を覗いて。そして見つけた。居場所は母親に口留めされているのか。何か事情があるのだろう。相手の男が借金取りに追われているとか、ヤバイ連中に居所を知られたくないとか、たぶんそんなところだ。

でもどちらにしてもよかった。時々会いに来る一樹を光代も受け入れているということだ。そのうちまた二人で暮らし始めるだろう。

花を買いに来ていた一樹の行動にも合点がいった。母の日のカーネーションも母親に渡せたのならいいけど。中学にはまだ通っていないようだが、そんなことはどうでもいい。あの子なりの人生がここから開けますように、と桜子は祈った。以前、伯母の富美子が言っていたように洋食のコックになってもいいではないか。好きなことを見つけて生業にできる充実感は、学校では教えてくれない。

そのまま、レイカは店の中のいつもの場所に腰を落ち着けた。

「いいことするじゃない、レイカちゃん。一樹君もすっかりあなたに信頼を寄せているね」

大人を誰も信用しないという頑なな態度を取り続けていた一樹を、ああいうふうに変えたのは、学校の先生でも伯母でもなく、一人のゲイだったわけだ。

レイカは人の心の柔らかい内側にそっと触れる術を身につけていると思う。それは彼女自身、見た目とはうらはらな脆弱で敏感な部分を持ち合わせているからだろう。どうしてそうなったかを、深く探ることをしないのが、湧新三丁目の流儀だ。にわかに発達した歓楽街に流れ着き、居場所を決め込んだ人たちは、たいてい他人に触れて欲しくない事情を抱えているものだ。

「あの子はいい子よ」

レイカも一言に留めた。それから唇を歪める。

「こないだ、あの横暴刑事が聞き込みでうちの店に来たわよ」

「純が？　ああ、あの殺人事件の捜査で」

「殺人事件なの？　あれ。ばかなＳＭ野郎が手加減を間違えて事故ったんじゃないの？　夜の世界ではもっぱらそういう噂よ」

「そうかもしれないけど、どちらにしても人が一人死んでるのよ。関わった人物を見つけないと」

「怖くなってもうどっかに逃げてるわよ」

「この湧新地区でそんな物騒なことが起こるなんてね」

「桜子さんから見れば、迷惑な話よね。ここは生活の場なんだから。でも流れ込んで来た奴らにとっては愛着も何もないからね。特にアンダーグラウンドで生きる輩はね。一回そういうへまをやらかした場所からはさっさと逃げ出して、また新しい街で何食わぬ顔をして生きてるに決まってる」

「一回じゃない。二回よ」

「へ？　どういうこと？」

桜子は、口を滑らしたことに気がついた。

「二回って？」

濃い色のサングラスの向こうから、レイカがじっと見つめてくる。桜子はため息をついた。

「あのね、これ、純だけの見解だから、誰にも言わないで。レイカちゃん、約束できる？」

レイカが、秘密を共有することに昂ったみたいに「もちろん」と頷いて身を乗り出す。

「三月に女性が自殺したことがあったでしょう？　水を張ったお風呂に浸かって」

「そうだね。あったね、そんなこと」

「純は、あれも殺人じゃないかって。同じ犯人の」

「へえ、その根拠は？」

疑り深くレイカが尋ねる。純との相性がすこぶる悪いゲイは、彼の刑事としての能力も信用していないのだろう。

「花――なんだって」

「花？」

「うん。現場にね、花が落ちてたらしい」

「同じ花が？」

「ううん。一回目はお風呂にパンジーが浮いていて、二回目は女の人の体の上にマリーゴールドの花が置いてあったんだって。だから私にその花のことを訊きに来たの」

「うー」レイカは唸った。「やっぱりあの刑事はポンコツだわ。そんなことでふたつの事件を無理やり結びつけるなんて。ありふれた花じゃない。それに種類も違うし」

そこまで言って、「あ、わかった」とレイカが膝を打つ。

「それ、桜子さんのとこへ来る口実じゃないの？　たまたま現場に落ちていた花にかこつけてさ」

「まさか。純は真剣だったわよ。でも彼の意見は取り上げられないで、結局一回目のは自殺で処理されて、この間のも事故死の方向で捜査が進んでいるみたい。花のことは重要視されなくて、彼、腐ってた」

「でしょうね。ジュリアに来た時も相棒の刑事が、緊縛師だとか、ＳＭプレイをやる店のことばかり聞いてたわよ。ポンコツ刑事は後ろでむすっと黙り込んでた。ははーん、そういう事情があったのか」

「ちょっと、レイカちゃん。お願いだからそういうことであの人をからかわないでよ」

「桜子さん、えらくあの刑事を庇(かば)うじゃない。まさか、憎からず思ってるとか？」

「やめてよ、純はただの高校時代の同級生だよ。はっきり言っとくけど、向こうもそうとしか思ってないって」

「むきにならなくていいよ。信じてあげる。少なくとも桜子さんの方は」

桜子は苦笑する。優しいゲイは腰を上げ「じゃ、ね」と店を出ていった。

レイカが通ると、丸缶の中でチョコレートコスモスがいっせいに首を振った。


グロリオサにシンビジウム、シャクヤク――明るい色を基調とした花の中にクロユリを数本挿す。ドラセナで足回りを締めると、ゴージャスだがぴりっとした刺激的なアレンジメントが出来上がった。少し下がって出来映えを確かめる。

「また今日のは一段と大人っぽい雰囲気ね。うちの店にぴったり」

カウンターの端に座った百合子ママが頰杖をつき、うっとりしたように声を掛けた。ジュリアでは、店の真ん中に花を飾る人工大理石の花台が置いてあって、特にフラワーアレンジメントが映える。桜子も週に一度、花を届けてアレンジするのを楽しみにしている。

開店まではまだ間がある。ママもさっき美容院から戻って来たところだと言っていた。他には誰もいない店は静かだ。照明も落としてある。リトグラフの小品額がバランスよく飾られた壁、イタリア製のソファ、磨き上げられた床、優雅なカーブを描くオーク材のカウンター、背後の棚で照明の輝きを受け光るグラス。どれもこれも百合子ママの趣味が色濃く反映されている。

桜子は大小の花鋏を腰のシザーケースに差し、カウンターの上に広げたペーパーの中に散らばった花の茎や葉を片付けた。

「レイカらしいわ」

ママがポツンと言った。花を活けながら、レイカと一樹の関係を話したのだ。黙ってペーパーをくるくると巻き込む。

「レイカはね、ああいう子を放っておけないのよね。自分も似たような身の上だから」

手が止まった。

「レイカ、子供の頃に両親が離婚して、お祖母さんに育てられたの」ふっとママが笑った。

「あの人、時々古臭い言葉を遣うでしょ？　あれ、そのせいなのよ」

「ああ、そういうことだったの」

もちろん、そんな事情を本人から聞いたことはない。

「でもそのお祖母さんもレイカが中学に上がる前に亡くなって、親もあの人を引き取ることを拒否したもんだから、児童養護施設で育ったんだって。どこだっけ。埼玉のどこかよ」

そういう身の上話を聞き慣れているのか、ママは淡々と語った。桜子も湧新で商売をしている関係上、たまに耳にする話ではあった。が、親しいレイカのことだと思うと、胸が塞がれる。さっぱりしていて快闊なレイカの悲しい過去だ。

「まあ、詳しくは言わないけど、苦労したんじゃない？　自分のジェンダーを自覚する年頃だしね。自分を守るために柔道に打ち込んだんだって言ってた。いや、生活のためもあったのかな。柔道のおかげで特待生待遇で高校にも通えたわけだから」

「そうなんだ。菫子がレイカちゃんから柔道部に入った時のことを聞いてきてたけど、もっと明るい話だった気がする」

「うまくはぐらかして笑い話にしちゃうのよね、あの人」

カウンターの上をペーパークリーナーで丁寧に拭く。花粉や切り屑を残さないように。

「そういえば――」菫子の話を頭の中で思い出してみる。「何年か前に亡くなった知り合いのホストも身寄りがなくて、レイカちゃんがお骨を引き取ったことがあったんだって？」

「あら、レイカ、そういう話をした？　珍しい」

「菫子にだけしゃべったの。あの子、たまにレイカちゃんちに遊びに行くし」

「菫子ちゃんのこと、妹か姪っ子みたいに思ってるのかも。きっと気安く何でも話せるんでしょうね。そのホストのこと、何か聞いてきてた？」

「いいえ、菫子は形見を大事にしてたみたいだから、きっと大切な人なんだろうねって言ってただけ。恋人だったのかなあって」

ママはちょっと考え込んだ挙句、言葉を継いだ。

「聖也(せいや)ってホストよ。本名は——確か——」

シルキーなホワイトのマニキュアをした爪で自分の額をトントンと叩く。

「あ、そうそう。前島(まえじま)——幸平(こうへい)とか言ったわね。恋人なんかじゃないの、彼。レイカと同じ児童養護施設で育った幼馴染なんだって。レイカよりも四つほど年下の、弟分みたいな関係だった。レイカは彼が施設を出てからずっと面倒を見てたわね。すごく可愛がってた。今の菫子ちゃんやその一樹って子みたいに。随分前の話よ。まだあたしもレイカも前の店で働いていた時だったから」

百合子ママとレイカは、六本木のゲイバーで働いていて知り合ったのだと聞いていた。

「前島君の方もレイカに何でも相談してたわ。うちの店の裏口で、レイカの仕事が終わるのを待ってたりしてたから、あたしも顔は知ってるの。イケメンはイケメンだったけど、心細げではかない感じだったわね、今思うと。施設を出て働いたけど、どこでもうまくいかなかったんだって。職を転々とした挙句、ホストになって夜の街で働くようになった時は、レイカは悩んでたわね。東京の――確か錦糸町だとか町田だとか、あんまりメジャーじゃないお店で働いてたみたいよ。あの子が死んだ時には、相当落ち込んでたわね、レイカ」

たぶん、そのホストは自殺したのだ。菫子が聞きかじってきて、そんなことを言っていた。本当のことなんだろうか。ここらでは、噂話はいくらでも尾ひれがついて真実から遠ざかる。

もう次の店に花を持っていかないと、開店までに活けられない。でも桜子は立ったまま、百合子ママの話に聞き入ってしまった。

「それ、いつ頃のこと？」

「そうねえ、もう五年も前になるかしら。あの時はレイカは憔悴の極みって感じだった。げっそり痩せてしまって。ちょうどその時に、あたしがこっちでお店をやるってことになったもんだから、一緒に行くって言い出して。別に引き抜いたわけじゃないのよ。でももう東京にはいたくなかったんでしょ」

「やっぱり自殺だったの？　その人」

ママはゆっくり頷いた。

「彼、マンションの屋上から飛び降りたらしいのよ。純粋で気弱な子で、ああいう商売には向いてなかったんでしょうね。客の取り合いだとか、成績を競い合うだとか。ちょっと顔がいいからって安易に夜の世界に飛び込んで来るもんじゃないわ。最後は体調を崩して睡眠薬や、抗不安薬浸(びた)りだったみたい」

百合子ママがはっとしたように顔を上げた。

「ああ、しゃべり過ぎちゃった。レイカには内緒よ。自分のキャラと全然違うバックグラウンドの話をするの、嫌うから」

「うん、わかった」

「こっちに連れて来てよかったと思ってるの。ほんと、湧新はいいとこよね。お客さんは純な人が多いし、お店の子もすれてないし。男も女もゲイもね」

「新しい街だからね」

「なんか名前の通り、新しいものが湧き上がってくる気がするの」

それから早口で「素敵なお花屋さんもあるしね」と付け加えた。


茉奈(まな)が寝返りを打って背を向けた。

白い肌の輪郭がぼやけて見える。午後の光が薄いベールのように部屋に射し込んでいる。晃は片手を伸ばして茉奈の肩を撫でた。丸みを帯びた肩先を撫でていた手を、体の前まで伸ばす。小柄なわりにふくよかな胸を後ろからまさぐる。

茉奈の肩は小さく上下している。眠っているのか。さっきまでお互いの体を思う存分貪っていた熱情は消え果て、気だるい気配が二人を覆っている。それでも晃は執拗に胸を撫でる。ちょっと体を起こして、茉奈の首に唇を当てた。舌を這わすと、無反応だった乳首がつんと起つのがわかった。

「もう」

とうとう茉奈は目を覚ます。いたずらをする晃の手をつかむ。軽く歯を立てられた。

「ちょっと寝かせてよ。もうへとへとなんだから」

「いいよ、寝てろよ」

「寝てられるわけないじゃん」

茉奈はふふっと笑って、くるりと体を回す。向かい合って体をくっつけ合う。むっちりした肉が張り付いてくる。茉奈はそれをわざと擦り付けるようにする。そういう行為がどういう効果を生むか、知り尽くしているのだ。体を重ね合うようになってもう一年以上が過ぎた。

茉奈の手が晃の下半身に伸びた。

「学校をサボってこんなことしてていいの？　不良高校生さん」

顔に髪の毛のひと房が汗で張り付いている。晃は答えることなく、ピンクの乳首を口に含んだ。舌先で転がすと、口の中で膨らむ。

「うん……」

晃の下半身をつかむ茉奈の手にも力が入る。軽く嚙んでやると、小さく喘いだ。

晃は、乱暴に茉奈の手を払った。

「あっつ！　こんなこと、やってらんねえ」

ベッドから抜け出してエアコンの温度を下げた。

「バカ！」

茉奈が枕を投げてくるのをさっとかわした。全裸のまま、茉奈はすたすたとバスルームまで歩いていく。すぐにシャワーの音がし始めた。

晃はベッドの端に腰かけて、飲みかけのジンジャーエールを口にする。生ぬるさに顔をしかめた。それはそうだ。もう三時間以上も茉奈とベッドで絡み合っていたのだから。

シャワーの音に混じる茉奈の鼻歌を聞きながら、晃はぼんやりしていた。

今日、学校へ行く途中で気が変わって茉奈に連絡を入れた。彼女が珍しく休みがとれて家にいることは知っていた。ひと月ぶりの休みだという茉奈は、朝早い時間は眠っているのだろう。なかなか返事がこなかった。マンガ喫茶で時間を潰していて、連絡が取れたのは昼過ぎだった。そのまま、彼女の部屋に来た。

まだパジャマのままだった茉奈をベッドに押し倒した。

「何？　疲れてんのよ、私」

言いながら、抵抗はしなかった。すぐに二人とも真っ裸になってもつれた。息も絶え絶えになるほど激しく彼女の体に埋もれた。三十一歳の茉奈の体は熟れ切っていて、それでいてしなやかだ。十七歳の少年の欲望に変幻自在に応えた。

果ててぐったりしている茉奈を休ませることなく、また体を開かせた。愛撫とも言えない力まかせの扱いに茉奈は不満を露わにするが、すぐに体に火が付いた。のけ反り、喘ぎ、悶えて泣いた。何度絶頂に達したか、もう憶えていない。

そして、二人同時にすとんと落ちるように眠りこけた。汗と蜜の匂いに包まれて。

サイドテーブルの上の時計は午後四時四十二分を指していた。濡れた髪の毛を拭きながら、茉奈が浴室から出てきた。晃の視線を気にすることなく、裸のままキッチンに行って冷蔵庫を開けた。

「何か飲む？」

もう飲み物を口に含んだ声がする。

「いや、いい」

ぬるいジンジャーエールをもう一度喉に流し込んだ。床に脱ぎ散らかした制服のどこかで、ラインの着信音がした。下着から一枚ずつ身に着けながら、スマホを掘り出す。ロックを解除してラインの画面を見ると、菫子からだった。

『今学校を出たとこ。これからミュージカルの練習に行ってきます』

ちょっと考えて、

『そうか。頑張ってな。今日は会えないと思う。ヤボ用』

そう打ち込んだ。

『わかった。じゃあね』

という文とにっこりした顔文字を見て、スマホを投げ出した。

この前の日曜日、自宅に菫子を呼んだ。あれが間違いだった。軽い気持ちで彼女が持ってきた与謝野直美のＤＶＤを見た。もちろん与謝野直美というピアニストは知っていた。彼もピアノを習っていたから、ＣＤは聴いたことがあった。でも演奏の映像を見たのは初めてだった。何かがぐいと突き刺さってきた気がしてたじろいだ。心を動かされるとか、感情を剥き出しにするなど、晃の最も嫌うことだ。あの演奏は魂に直接響いてきた。

曲もよくなかった。リストの練習曲は、『超絶技巧練習曲』というタイトルが付いている通り、リストの超人的な技巧と素晴らしい表現力をもってして、初めて演奏できると言われる難曲だ。あの女性ピアニストは、驚異的なダイナミズムで弾ききっていた。ただ豪快というだけでなく、華やかで濃やかなニュアンスに満ちていた。聴く者の弱い部分をさっと見つけ、入り込んでくるような演奏だった。野性的な生々しさで真っすぐに。

このピアニストは本物だと思った。彼女の演奏は、それを主張しているだけではなく、晃に向かって鋭い刃を突き付けてきた。見透かされている。あんたはまがいものだよ、と言われている気がした。

あのメッセージに動揺し、菫子を抱き寄せた。混乱した気持ちのまま、唇を重ねてしまった。感情のほとばしりだった。ＤＶＤの映像などに感化された自分を罵りたかった。たかがピアノ演奏じゃないか。あんなものに力はないと感じたからこそ、晃はピアノをやめたのだ。気まずく唇を離した時、歯噛みしたい気持ちだった。

すっと気持ちが醒めた。驚いたように自分を見つめる菫子の視線にも苛立った。

退屈しのぎに付き合った他の高校の女の子。それ以上のものに自分がなったとうぬぼれたか。あの瞬間、もうこの遊びは終わりにしようと思った。流れで付き合ってみたけど、やっぱり面白くない。初めからわかっていたことだったが。

裸の茉奈が戻ってきた。透き通るように白いが、しっかりと豊かな肉がついた体。たわわな乳房。ピンク色の乳首。渦巻いた濃い恥毛。コップを片手に、こっちを一瞥する。

「もう帰ったら？」

「そうだな」

制服のネクタイをのろのろと結び、晃は立ち上がった。こういうさっぱりしたところも晃が茉奈を気に入っている理由だ。相手に何も望まない。支えも将来も約束も、愛情も。

与謝野直美の演奏から巻き起こった惑乱を振り払うために茉奈と体を重ねた。常に怜悧で恬然(てんぜん)とした茉奈なら、波立った彼の気持ちを治めてくれると思った。

「じゃ、な」

突っ立ったままの全裸の女に見送られて、晃は部屋を出た。カバンの中でラインの着信音がまたしたが、無視した。

外に出て、まだ明るい陽の中に一歩を踏み出す。全身が倦怠感に覆われていた。茉奈の部屋は、湧新駅西口のすぐそばにある。メゾネットタイプの賃貸し住宅で、職場の先輩が出た後を借りたのだという。彼女は衣食住には一切こだわりがない。

高崎(たかさき)茉奈は、多摩川市内にある製薬会社の研究所に勤めている。機能的で清潔な職場で毎日薬の開発にいそしんでいる。いわゆるリケジョだ。

茉奈と知り合ったのは、慶学館高校に入学してすぐの頃だった。学校の学外授業で、茉奈の研究所の見学に行った。研究員の一人として白衣を着て、淡々と実験したり結果をまとめたりしている彼女は、見学に来た高校生らには、見向きもしなかった。説明をしてくれた上司が、茉奈を見学生の前に引っ張り出してきて、彼女の経歴を滔々としゃべった。超エリート校、慶学館高校の生徒も驚愕するほどの学歴の持ち主だった。

　地方の高校を飛び級して、十七歳で東京大学に合格。同時にオックスフォード大学、プリンストン大学、マサチューセッツ工科大学など世界的な名門大学にも合格していた。東大を蹴って半年間、海外の大学を見学した挙句、マサチューセッツ工科大学へ進んだ。日本に帰ってきて京都大学の大学院を卒業したのが、二十三歳の時。以降、薬学研究に取り組み、今の研究所に雇われた。

「君たちの中からも、高崎さんのような優れた人材が出てくることを願っています」

　研究所の上司は、そう言って胸を張った。これほど優秀な人物を雇っている研究所なのだという自負と、いくら慶学館でもここまではなかなかいかないだろうという軽い侮蔑を込めた言葉だった。

　晃は、特に何の感情も浮かべず、年下の少年たちを眺める茉奈に惹かれた。女性としての魅力ではなく、自分と同じものを彼女の中に見出したのだ。すなわち、自分を取り巻くすべてのものに対して何の興味も抱かず、心を動かさず、醒めた視線で世界を眺め、退屈し、うんざりしている姿勢を。

　この人の核には、ぞっとするほど冷たい塊があるのだ。それはこの人を組成する一部だから、取り除こうとしても無理なのだ、と瞬時に感じた。同類のものにだけ訴えかけてくるものがあった。それを晃は鋭い嗅覚とも言えるもので嗅ぎ取った。

たぶん、茉奈の方も同じだったのではないか。二人が深い関係になるのに、長い時間はかからなかった。世間体にも常識にも縛られることのない自由な茉奈は、十四歳も年下の男子高校生と肉体関係を持つことにも抵抗はなかった。ただし体を重ね合ったからといって、そこに何かが生まれるということはない。それはお互い初めからわかっていたことだった。

わかっていた——そうだ。二人の一番の共通点はそれだ。この世で起こること（自分の将来も含めて）に予測がつくのだ。そしてたいていはその通りになる。憂鬱で退屈。すべては平明で輝きが失せ、希望も期待もない。よって失望することも消沈することもない。感情の高まりも、憤慨することすらない。愛情なんてお笑いだ。

あるのは、狂おしいほどの虚しさと苛立ちだ。

ただそれを共有できる茉奈という存在がそばにいるということは、ある種の救いではあった。慰め合うというのではない。自分よりも長い間、同じ感情に支配され、それでも淡々と生きてきた先達がいるということは、晃の持つ閉塞感を少しだけ遠のかせてくれる。まさに稀有で特異な生き物同士が、ばったり出会ってお互いの体臭を嗅ぎ合っているといった関係だ。

茉奈の話は面白かった。どれほど無能で愚昧な人間たちに囲まれ、無理解にさらされてきたか。生き延びるために彼女がどういう手を使ってきたか。そこに関しては、感嘆した。彼女が自分の人生に施した小さな工夫、知恵に。

自分を演出するのだ、と茉奈は言った。すべての物事には表と裏がある。

「私が薬に興味を持ったのは、まさにそこよ。新薬の開発は面白い。思いもかけない自然界の素材から人を救う薬ができる。予測できない化学反応が起こる。試験管やビーカーが宇宙に見えてくる」

でもね――と続ける。

「正反対の薬も生まれる。麻薬は神経を麻痺させ、人から痛みを取り除く。ある種の苦痛に苛(さいな)まれる人からすれば、神与の薬よね。同時に麻薬に溺れる人も出てくる。どうしてかしら？」

黒目がちの瞳が、真っすぐに晃に注がれる。

「それはね、人間が愚かだからよ。薬には表と裏の効能がある。どちらかを選び取るのは、人間なの。つまり、人間もまっぷたつに分かれるってことよ。ダークサイドに足を踏み入れれば、ただでは済まない。子供でも知ってる。だけど、愚かな人間は跡を絶たない。どう？面白いでしょ」

アメリカで大学に通っていた頃、茉奈は有機化学の勉強をしていた。合成カンナビノイドをそこで知った。もともとは抗うつ剤など、治療薬として作られたが、これは脳の中枢作用に発現することから、危険ドラッグと呼ばれるものに密接に関係している。化学構造式をいろいろと変え、組み合わせることによって膨大な種類の薬を生み出すことができる。危険ドラッグがデザイナードラッグと言われる所以だ。

面白い研究だった。面白半分で構造式を作り変えた。同じ研究室にいた中国系アメリカ人が中国に渡って化学薬品工場を設立した。ただし、そこで合成しているのは違法な化学成分で、危険ドラッグの素となる薬品である。彼は、これを世界中に売りさばいて膨大な利益を得た。

日本に戻ってきた茉奈ともまだつながりがあったから、茉奈は時折彼とやり取りして、化学構造式に関する相談に乗ったりしていた。日本にも彼の工場で作られた化学薬物が流入してきていた。日本国内に持ち込まれた化学薬物を、簡素な私設工場で植物片と混ぜて製品に仕上げるのだ。それらはすぐに危険ドラッグとして市場に出回り、日本の業者の懐を潤した。

そういうクスリは日本でも問題視されていて、厚労省は類似薬物を次々と指定薬物として規制し始めた。中国の元同級生は、たびたび茉奈に助言を求めた。日本の法律で規制された化学構造式のものを避け、異なる基本骨格を有するいわゆるプロトタイプの化合物を作り上げるのだ。今も続いている厚労省と危険ドラッグ業者とのいたちごっこに、茉奈も手を貸していたわけだ。

茉奈が考え出した構造式を、晃も見せてもらった。実際の化学構造を示して、どうやるのかを具体的に教えてくれた。晃はすぐに分子構造の組み替えを体得した。もともと鎮痛作用を目的に作られた化学物質が、使いようによっては麻薬になる。そのことも不思議で興味を引かれたが、特定部位の構造差異によって薬物指定の網に引っ掛かったり、かいくぐれたりすることが面白かった。デザイナードラッグという新薬物が、理論上とはいえ、簡単に自分の手で作れてしまうのだ。

同年代の少年が没頭しているネットゲームなんかより、よほど興味を引かれた。架空の物語で遊ぶゲームではなく、実際に人体に作用することを前提とした知的ゲームだ。茉奈のような理知的で明敏で、しかもこの道の識見もある人物なら、たいして難しいことではなかっただろう。中国の元同級生が、茉奈のアドバイスを頼りにしていたというのも頷ける。もし望めば、茉奈もこの業界での正式なブローカーになって、とんでもない儲けを手にすることが可能だった。

でも茉奈はそうはしなかった。五年ほど前に一切から手を引いたのだという。「なぜ」と問うても「飽きたから」という答えが戻ってくるだけだ。そういうところが晃と似ていた。

彼女が興味を持ったのは、頭脳ゲームとして化学構造式を作り変えることだけだった。違法なことに手を貸していた時も今も、茉奈は製薬会社の一研究員に過ぎない。月々のサラリーで生活している。金を儲けることにもさらさら興味はない。彼女は真に物事に熱中するということはない。

晃と茉奈が、体の奥底に持っている冷たい塊。それは、常にどこか醒めた人格を形成していた。塊だけが二人をつなげていた。愛などという曖昧なものは、二人の間には存在しないし、そんなものを信用してもいなかった。

晃はこうして生きていくことに、順応していった。たとえまがいものだとしても。

第三章　刺し貫かれたデンファレ

ソムリエが持ってきたワインリストを、向かいに座った男はじっくり吟味している。いや、吟味する振りをしている。

「赤ワインよ。今日のメイン料理はピジョンだから」

助け舟を出してやる。彼の横に立ったソムリエは、品のいい微笑みをたたえたまま、黙っている。この客にはワインの知識がなく、実際には困惑しているともう見抜いている。ソムリエからの助言や進言を待っているのだと。その上で、あえて何も言わないこういうソムリエが、パリには結構多い。要するに意地が悪いのだ。

「あなたが決めて」

とうとう男は降参した。無造作にリストを渡してくる。私は適当に赤ワインを選んだ。そう、適当でいいのだ。ソムリエはやはり微笑んだまま「ウィ、マダム」と答えて下がった。

目の前の男を観察する。まだパリに来たばかりの若い男。オペラの勉強に来たのだと言っていた。前菜とスープが運ばれる間に、彼は早口で自分をアピールした。でも私は身を入れて聞いていない。魚料理は鱒で、口直しは、トマトのソルベ。

とうとうピジョンのローストが出てくる。まだ男はしゃべり続けている。適当に（ワインを選ぶのと同じように）、相槌を打ちながらナイフを入れる。腹の中の詰め物は、シンプルにライスと玉葱。鳩は鶏よりも身が締まっている。口の中に鉄分を含んだ独特の風味が広がる。鳩は夏の終わりの、今頃が一番美味しいと言われていて、フランスでは希少価値のある高級食材なのだ。

「ピジョン・エトフェ」

私は男のおしゃべりに割って入る。

「え？」

男のナイフとフォークが止まり、私を上目遣いで見る。

「この料理の名前よ。エトフェっていうのはね、屠鳥の方法なの。血抜きをせずに筋肉の中に血液をうっ血させる。おかげで濃いコクと味わいが得られるってわけ。でもね、血抜きをしないってことは、素材のよさを求められる。エトフェされる鳩は、高品質である証拠なのよ」

私もさっきのソムリエと同じように意地悪だ。日本人には食べ慣れない鳩料理を目の前にこんな気味の悪いことを言うなんて。きっと男は顔をしかめるだろうと思った。

しかし、相手は朗らかに笑った。

「そうか。この鳩はうっ血しているんだな。血もうま味に変えるなんて、フランス人ときたら――」

またナイフとフォークが動き出す。

その瞬間、私はこの男と寝るだろうと思った。

ブラームス　パガニーニの主題による変奏曲
ピアノ　ナオミ・ヨサノ
シャンゼリゼ劇場

たいして血は出なかった。女の白いうなじに、直角に突き刺さったアイスピック。傷口から出た血液は、一筋の流れになって絨毯に吸い込まれている。細い筋だ。赤く細い筋。華奢な首を飾るアクセサリーに見えなくもない。凶器のアイスピックは、濃いピンクのデンファレも一輪、刺し貫いていた。

だから突き立ったアイスピックの柄と首の間に、ぽっと明るい花が咲いているように見える。侵入者は、赤い血の筋とデンファレで飾りたてられた死体をじっと見下ろして立っていた。あまりに呆気なくことが済んだので、返り血も浴びていない。うつ伏せになった女の顔は、侵入者からはよく見えなかった。毛足の長い絨毯に没してしまっている。

アイスピックを女の背後で振りかざした時、部屋の中に漂う匂いに気がついた。たぶん香の匂い。こんなにきつい香を焚いていたら、デンファレのかすかに甘い香りを感じることはできないと、それだけは残念な気がした。

妙に現実味がなかったのは、その香のせいかもしれない。もしかしたら首を刺しても、何の手応えもないのではないか。あるいはベニヤ板に貼った紙を刺し貫いたくらいのかすかな衝撃しかないのではないか。そんなことを思った。だが違った。背も低く、どちらかといえば貧相な体軀の女なのに、ぐさりと刺さった鋭い切っ先が肉に深々と埋もれていく様が、手に伝わってきた。侵入者は、ただデンファレにだけ目を凝らしていた。

女の喉からプシューというふうな空気が漏れるような音がした。そのまま部屋の絨毯の上に崩れ落ちた。花が潰れるということもなかった。倒れる時も、大きな音は出なかった。床に倒れ込んでから、女は小さく痙攣した。それに合わせるように、小さな傷口から血液が流れ出してきたのだった。それだけだ。

侵入者はしばらくその部屋で過ごした。それが彼のやり方だった。少しの間、自分の犠牲者と一緒にいるということが。部屋の隅、灰を敷いた小さな陶器の箱の中に寝かせた線香が、ゆらりと煙を立ち昇らせていた。女は常にこれを焚きしめているのか。あまりいい匂いとは言えなかった。

息が詰まりそうだ。小窓が開いているのは幸いだった。こうして空気の入れ替えをしながらも、女は香を焚き続けることにこだわった。何か宗教的な理由でもあるのだろうか。侵入者は部屋を見回したが、特にそれを示すようなものは見当たらなかった。

❉

純の足が小刻みに揺れている。

「ちょっと！　やめてくんない？　貧乏ゆすり」

　レイカが腕組みをして、口をとがらせた。

「俺の勝手だろ？　それに貧乏ゆすりじゃない」

「じゃあ、何なのよ」

「アレルギー反応だ。オカマに対する」

「あっそ！　あたしも蕁麻疹が出るかも。警察にあんなに長い間閉じ込められたせいで」

「閉じ込めてはいない。任意で話を聴いただけだ」

「有無を言わせぬ強制力を感じたわよ。あたし、これでもちゃんと税金払ってるんだからね」

「それとこれとは関係ない。捜査に協力するのは、一般市民の義務だ」

　頭が痛くなってきた。

「喧嘩するなら、どっかよそでやってよ」

　桜子は花束作りの手を止めて文句を言った。

　純が「ふん」と言い、レイカはそっぽを向いた。よりによってこんな時に、この二人が鉢合わせするなんて。美帆も店の奥に引っ込んだまま、黙々と作業をしていて、寄り付かない。

「だいたいねえ、警察が間抜けだからこんなことになるんじゃない。清廉潔白なあたしを引っ張ったりしてる時点で、もう捜査がおかしな方向に進んでるわよ」

「だから、引っ張ったんじゃないって言ってるだろうが」

「でも、もうレイカちゃんの疑いは晴れたんでしょ？」

なだめるつもりでそう口を挟んだ。

「まあな。被害者の死亡推定時刻には、こいつはお仕事中だったからな」

渋々純が肯定した。

「当たり前でしょ！　明白なアリバイがあるっていうやつ」

レイカはまだ腹の虫が治まらないふうだ。

もう余計なことは言わない方がいいようだ。桜子は花束の方へ注意を向けた。デンファレを入れようとしてやめた。どうしてこんな可憐な花を殺人現場に残したりするのだろう。デンファレは洋ランの中でも最もポピュラーな花だ。比較的安価で花もちもいいから、花屋の店先には一年中出ている。

湧新地区で女性がまた死んだ。今度こそ、まぎれもなく殺人の犠牲になったのだ。首の後ろをアイスピックで一突きされていたそうだ。気味が悪いのは、アイスピックがデンファレの花も刺し通した上でうなじに立っていたことだった。犯人は、先にデンファレを刺した凶器を使ったということだ。詳細は伏せられていたはずなのに、マスコミの激しい取材攻勢の結果、報道された。

　すると、女性が自殺や事故で命を落としたと見られていた前の二件の現場にも、花が置かれていたらしいという情報が流出した。警察関係者のリークのようだ。純は、怒り狂っていた。マスコミ関係者と懇意になって、つい口を滑らせた刑事に心当たりがある様子だ。最初に花に注目したのは純なのに、それを当時は鼻で笑って取り上げなかった上司らしい。

　当然、マスコミは勝手な想像を盛り込んで、視聴者の興味を引くように三つの事件をつなげて番組や誌面で報じた。どこかの週刊誌が「花を愛でる殺人鬼」というタイトルで記事を書いていた。

　もちろん湧新署には捜査本部ができて、捜査が進められている。マスコミに出し抜かれた警察は、顔色を変えて必死になっているはずだ。今回の犠牲者は、この辺では結構名の知れたクラブに勤めるホステスだった。彼女の周辺が徹底的に洗われて、そのせいでレイカも警察で事情聴取をされたというわけだ。

　レイカと殺された紫苑というホステスとは、仲が悪かったそうだ。二人の店が同じビルに入っていて、出くわすたびにいがみ合っていたらしい。つまらない言い争いだ。同じエレベーターに乗り合わせた時、レイカは、紫苑の体に染みついた匂いが吐き気を催すと言い、紫苑は、レイカのいかついい顔立ちや筋肉質の体をからかった。子供のような口喧嘩は、執拗に繰り返された。それは多くのホステスやバーテンが目撃していて、夜の街では有名だった。一度は、つかみかからんばかりの大喧嘩を道端でやらかしたらしい。

「だってさ、あの子、ほんっとに臭かったんだから」

レイカは言った。なんでも紫苑はある女占い師に心酔していて、彼女が勧めるままにお香を焚いて身を清めていたという。

「その占い師が自分で調香した独特の匂いなのよ。ああ、今思い出しても胸がむかつくわ。樹脂にムスクや麝香(じゃこう)を混ぜた匂いなんだって。そりゃあもう、たまらない匂いだったわよ」

家で焚くだけでなく、塗香(ずこう)といって、パウダー状にした和風の香水を身につけていたから、いつでも紫苑はその香をぷんぷんさせていたようだ。

「だからってあたしが紫苑を殺す？　なんて貧相な発想なのよ」

不機嫌に黙り込んだ純に、レイカがもう一撃を食らわした。

「あたしはそこまでバカじゃないわよ。もうちょっと頭を使って捜査しなさいよ」

「うるせー！」

とうとう純が声を張り上げる。

「オカマかニューハーフか知らんが、お前らみたいな訳のわからん連中がうろつくせいで、俺らがどんだけ面倒な手間をかけさせられてるか、わかってんのか！」

「ニューハーフ!?」

　レイカが純に負けないほどの大声を出した。店の外を行く何人かがぎょっとしたようにこちらを覗いた。

「ニューハーフなんかと一緒にしないでよ。あたしはオカマよ。オ・カ・マ！」

　一文字一文字、区切るようにそう言って、レイカは足音も高く出ていった。

「オカマとニューハーフの違いなんか、知るか」

　純の言葉には、力がなかった。

「疲れてんでしょ？　純。家に帰ってる？」

　出来上がった花束を保存庫に入れた。純に頼まれないうちから、電気ケトルで湯を沸かしてコーヒーの準備をする。

「無能な指揮官どものせいで、ここんとこ、署の講堂に泊まり込みだ」

　深々とため息が出た。

「体壊すよ、純。そうなったらおしまいだよ。自分の体は自分で気をつけないと」

　誰も心配してくれないんだから、という言葉はすんでのところで呑み込んだ。

「でもさあ、純の見込みが合ってたわけじゃない。そこは自信を持っていいんじゃない？」

　インスタントコーヒーの粉を多めにカップに入れる。純は、黙って桜子の手元を見ている。

ぱさぱさで乱れた髪の毛と、逆に脂ぎった額が、この数日間の純の生活を物語っている。

「犯人はどういうつもりなんだろうね。殺人現場に花を置いていくなんて。だってさ、そうしなかったら、この三件の事件はつなげて考えられなかったわけでしょ？　いくら純が主張しても」

マグカップを手渡すと、純は口をつけずにじっと中身に目を落とした。コーヒーの表面に現れた渦巻き模様にこの事件を解くヒントが隠されているとでもいうように。

「最初の事件は自殺で、二件目は事故で片付けられそうになってたんだから」

さっきまで、美帆と語り合っていたことを口にした。レイカが去っても純のピリピリした様子を感じ取っているからか、まだ美帆は店先に出てこない。

「花は何かのメッセージなんだろうか」

独り言のつもりでぽつりと呟く。純が、その言葉には反応した。

「何の？」

「え？」

「パンジーとマリーゴールド、それからデンファレ？　だっけ。この三つの花に共通するもんがあるか？」

「いや、まあ。それは……」

それも美帆とさんざん意見を交わしたところだ。パンジーとマリーゴールドは、どちらかといえば園芸種で、切り花としてはあまり流通していない。デンファレは、鉢物よりも切り花として扱われることが断然多い。カジュアルにもフォーマルにもどちらにも合うので、フラワーギフトとして重宝されている。

そのことを伝えた。特に関連はないように思えると。でも、花を置いて去るというところに、何か意思のようなものは感じる。

「ふざけてやがる」熱いコーヒーを口にして、少し元気が出てきたらしい純が、いつもの調子で毒づいた。「まるでゲーム感覚で殺人をやってるみたいじゃないか」

報道されたところによると、三人の女性にも特に共通点はないようだ。最初の犠牲者は三十八歳。離婚後一人暮らしをしていたが、情緒的に浮き沈みがあって仕事が続かない。心療内科にかかり、家族とも没交渉だったようだ。

二人目の犠牲者は、昼間はＯＬ、夜はスナックで働いていたという。夜の仕事はアルバイト的な感覚で、お金が貯まれば海外旅行を楽しむ今どきの二十九歳だった。この女性にＳＭの趣味があったのか、まだわかっていない。

彼女たちが殺された現場になぜ花が残されていたかは謎だ。

「花を置いて欲しくなかったな」

つい本音が出た。花は人の心を楽しませるもの、慰めるものであって、そういう使い方をした犯人に怒りの感情を抱く。

「お花に囲まれている仕事に就けて、私はすごく幸せだと思うもの。旦那は死んじゃったけど、菫子がいるしね。花は私の愛の象徴なの」

マグカップのコーヒーをゆっくりと啜る純は無言だ。この元同級生の心の支えは何なのだろう。

「純は？」

そんな思いがつい言葉になった。

「うん？」

「純は何で警察官をやっているの？　あんたを支えているものは何？」

「俺は……」

ふと顔を逸らして店の前の歩道を見やる。多くの人たちが行き交っている夜の歓楽街の歩道。

「俺は、憎しみだな」

「え？」

「俺を突き動かしているのは、憎しみなんだ。俺は人の命を奪う奴が憎い。ただそれだけだ」

言葉が出なかった。純は、しばらく行き交う人々をじっと見ていた。それからいつものように、「ごち」とカップを置いて出ていった。

憎しみに突き動かされる男は幸せなんだろうか、それとも不幸なんだろうか。桜子はぼんやりと純が消えた夜の街を見ていた。

「もういい！」

桐田の声が練習場に響いた。誰もが凍りついたようにその場に立ちつくしている。

「おい、まさか市民ミュージカルだから、この程度でいいとか思ってるんじゃないだろうな」

「――そんなことはありません」

菫子の声は、高い天井に吸い込まれるように消えた。

「そんなら、もう一回だ」

皆が元の立ち位置に大急ぎで戻る。学生は夏休みだが、出演者には社会人も多いので、やっぱり練習は夜だ。与謝野充による歌稽古、武士末カスミによるダンスの指導もある。こういった個別の練習、小グループによるレッスンが、指導者の都合に合わせて休日の昼間に行われることもあるが、超多忙な桐田が来るのはたいてい夜だ。

今日、彼が怒り狂っているのは、忙しさのせいだけではない。菫子の演技があまりにひどいからだ。歌唱の部分だと声が出るのに、セリフになると全く声が通らない。これに演技が加わると、最悪の出来になる。

夏休みももう終わりに近い今、場面ごとの立ち稽古に入っている。歌唱部分を省略した稽古だ。桐田は振りも入れたかったのに、菫子が何度も皆の足を引っ張るせいで、本読みにまで戻ってしまった。

立ち位置にだけは一応立って、動きは頭の中でなぞりながらのセリフ合わせだ。

桐田の合図が入っただけで、菫子には震えがくる。

「ジンゴ！　ねえ、返事をしてよ！　あなたが死んだら、あたし、どうしたらいいの？　まだ何も習ってないよ。ねえ、目を開けてよ！　ジンゴ、ジンゴったら！」

「バカ!!　やめろ！」

丸まった台本が飛んできた。菫子には当たらなかったが、隣にいたタビアス役の間宮竜太郎の肩に当たって床に落ちる。床の上でばさりと開いた台本を、並んだ二人は黙って見つめた。

「人が死んだんだぞ。お前にとってかけがえのない人物が。それをこんな軽い物言いで片付けるのか！」

　返す言葉もない。うつむいたら涙が落ちるかもしれないから、下は向けない。落ち込んだと思われたくもないから、顎を上げて桐田と真っすぐに向き合う。それでも桐田が揺らいで見える。

　演出家はチッと大仰に舌を鳴らした。

「こんなことじゃ、本番までに仕上がらない」

　練習場の隅で立って見つめる与謝野に大声で叫んだ。

「歌がうまいだけじゃあ、ダメだ。初めっからそう言っただろ？　マージのセリフが始まった途端、ブラックホールに吸い込まれるみたいに場の熱気がすっと消えてしまう。全く見事なもんさ」

　本格的にオペラの勉強をした桐田から投げつけられる言葉は重い。オペラ式の歌唱法を、彼は若い頃パリに留学して身につけたのだ。でも格調高いクラシック畑を嫌い、自由なミュージカルに軸足を置くようになったと聞いた。

「それは――」ベテランの桐田を前に、与謝野がおずおずと口を開いた。「それは言い過ぎなんじゃないでしょうか。いくらなんでも。小谷さんは努力していますよ。この数か月で随分よくなった」

「いや」きっぱりと桐田は否定した。「才能なんだ、すべてはな。持てるものがない奴は、どんなに努力したって無駄なんだ」

与謝野の唇が、かすかに震えた気がした。それ以上、桐田に言い返す気はないようだ。重く沈んだ空気が練習場を包む。

「休憩！」それだけ言って、桐田はその場を後にした。出ていきかけて振り返り、「次のシーンは鬼頭が代わってやれ」。

練習場の片隅に下がる菫子を、誰もが黙って見ている。みじめだった。何で自分がここにいるのかすらよくわからない。ここから出ていく勇気も、食い下がる気概もない。罵倒され、怒鳴られてもこの場にいることにこだわっていた。その意味もはっきりしないけれど。タオルで汗を拭く振りをして、涙も拭いた。ごしごしと乱暴に顔をこすっていたら、誰かが隣に腰を下ろすのがわかった。

顔を上げる。与謝野だった。

「桐田さんがけなすのは、見込みのある人物だけだって」

今そんなことを言って欲しくなかった。安易な慰めにしか聞こえない。

「才能がないのはさ、決定的なことじゃない」独り言めかして与謝野は言葉を継いだ。「決定的なことは、自分を見失うことだよ」

与謝野がすっと立っていく後ろ姿を目で追う。

そうだ、まさに私は自分を見失っているのだ、と思った。それがわかっているから、余計もどかしい。自分が情けない。

休憩の後は、鬼頭菜々美を中心に立ち稽古が始まる様子をぼんやりと見ていた。練習が終わるまで、菫子が呼ばれることはなかった。

誰もが気まずく菫子を避けていた。それが一種の優しさの表れだとはわかっていたけど、気持ちは落ち込む一方だった。練習場である市の体育館を出て、夜の街を菫子はとぼとぼと歩いた。まだ関連性がはっきりしないけれど、殺人事件が三件も続いて起きたから、さっさと帰ってくるようにと母には言われている。乗松に至っては、夜間に出歩くならミュージカルなんかに出るのをやめてしまえと、半ば命令された。

でも殺人事件の犠牲者は、一人暮らしの女性に限られていて、深夜に忍び込まれての犯行だ。古い集合住宅の三階から上の住人だったそうだ。きっと部屋のドアに鍵をかけ忘れたか、来訪者にうっかりドアを開けてしまったりしたのだろう。最近は一人暮らしの女性は、用心して戸締りをしっかりしているという。それでも怖い思いはしているに違いない。

夜が更けても明るく賑やかな湧新地区の幹線道路を歩いている方が、よっぽど安全だと菫子は思う。スマートな湧新一丁目を行く。もう目の前に湧新駅が見えている。雑居ビルの二階に、大きな看板が掛かっている。「牧田涼子弁護士事務所」とある。本当に多摩川市に、それも湧新地区に移転してきたんだ。事務所のどの窓にも、明かりが煌々と輝いていた。

こんな時間まで働いているのか。仕事熱心な人だ。この前、牧田涼子を取材した高校の新聞記事を読み返した。政治にも興味があるとはっきりと言っていた。理由を訊かれて、自分の息子は、悪性リンパ腫を克服しているのだと答えていた。長い間息子と共に病に立ち向かい、打ち勝った。それで命の尊さや支えになってくれた人の有難さがわかったから、今度は社会に恩返しがしたいのだ。法人専門の弁護士である夫も妻の姿勢を理解し、応援してくれていると付け加えていた。

彼女に会った市の慰労パーティが、ものすごく遠いことのように思えた。重い足を引きずるようにして湧新駅の中を通り、西口に出た。いつも通る道なのに、全く知らない風景に見える。

ポケットの中でスマホをぎゅっと握りしめた。ついこの間まで、練習が終わったら晃に連絡していた。会える日も会えない日もあった。会えなくても、彼の声を聞くか、たわいのないラインのやり取りだけで楽しかった。でも今は、それはできない。晃からは当分会えないと言われた。

『どうして？』と尋ねた。当然の反応だろう。

『ちょっといろいろ考えたくて』としか返事は戻ってこなかった。打ちひしがれた。

『考える？　何を？』と問いたかったが、それができなかった。『わかった。考えがまとまったら連絡くれる？』としか返せなかった。『うん、それは約束する』と来たラインに肩の力が抜けた。これで満足すべきなのだろうか？　混乱した。晃の本心が知りたくてたまらなかった。

パーティがあった日、晃に誘われて彼の家に行った。与謝野直美のＤＶＤを二人で見た。魂を揺さぶられるような演奏だった。きっと晃も何か感じるところがあったのだろう。いきなり抱き寄せられてキスをした。それだけだった。すっと熱が冷めたみたいに唇を離すと、晃はまたＤＶＤに見入った。菫子もなんだか照れくさくて、平静を装った。本当は心の中は、どうしようもなくざわついていた。もう与謝野直美のピアノが耳に入ってこなかった。

本来ならキスをした男女の仲は、一段階進んだと言えるだろう。でも晃の態度はあれ以来冷淡になった。まずなかなか会おうと言わなくなった。ラインが返ってくるのも遅い。時には何日も未読のままだったりする。どう考えてもあの日からだ。

あの日、晃の母親にも会った。会ったとも言えないわずかな接触だった。彼女に何か言われたのか。湧新三丁目に住む子なんかと付き合うのはやめなさいとか。ありそうにない話だ。母親は、息子の彼女に関心があるようには見えなかった。

じゃあ、やっぱりキスが原因？　まさか与謝野直美のＤＶＤが原因なんてことはないよね。堂々巡りの考えですっかり困憊してしまった。瑞穂にもまだ打ち明けていない。夏休みが終わったら、きっと晃の話が出るだろう。ずんと気が重くなった。

小さな公園の前を通る。手入れされず、伸びるにまかせた植栽とベンチがひとつ。一本だけ街灯が立っていて、オレンジ色の光を投げかけていた。サルビアの花が植えられた花壇の中に、コンビニ袋やジュースの缶が捨てられていた。道を渡ってくる小さな影に目をやった。横断歩道がないところを、車を上手にかわしてやって来る。

一樹だ。相手を認めた瞬間、「一樹」と声に出していた。

影は菫子のそばで立ち止まった。

「何してるの？　一樹」

少年はにっと笑った。

「トーコさん」

「お母さんに会ってきたの？」

「うん」

「そっか。よかったね」

それ以上は聞かないでおく。一樹の母の光代は多摩川市内、もしかしたら湧新地区にいると聞いていた。一樹は居場所がわかっていて、たまに会っているが、何か事情があってその場所を他人には知られたくないようだ。

親しく言葉を交わすようになったのは、レイカがこの子を可愛がっているからだ。深夜徘徊する中学生のことを気にかけて、何かと面倒を見てやるようになっていた。その流れで、自然に菫子も口をきくようになった。

初め一樹は、オカマと女子高校生に面食らい、尻込みしていた。当然といえば当然だ。学校にも馴染めず、母親と伯母しか接触がなかった男の子だったのだ。レイカがしつこく声を掛け、世話を焼いたせいで、言葉を交わすようになった。

二人のことは、「レイカさん」「トーコさん」とおずおずと呼んでくる。

この前は、三人で一緒にオムライスを食べた。横浜のあまり気取らない洋食屋さんで。一樹の誕生日に、レイカが何か美味しいものをご馳走してやると言ったら、一樹はオムライスが食べたいと答えた。洋食のコックだった彼の伯父が、よく作ってくれていたオムライスがまた食べたいとレイカに話したらしい。この頑なな中学生にそこまで話をさせるレイカはたいしたものだと思う。母親のことも、レイカにだけは打ち明けたという。

レイカは横浜のレストランに行くのだからと、洋服も買ってやったようだ。いつも無口な一樹が、レイカや菫子といると、表情がだんだんと豊かになった。

「一樹、何か飲む？」

まだ家に帰りたくない。一樹に出会えて、ちょっとほっとした。返事を待たずに公園の前に設置された自動販売機にコインを入れる。

「何がいい？　一樹」

「青りんごソーダ」

自分用にジンジャーエールを買おうとして、悲しい気持ちになった。ジンジャーエールは、いつも晃が飲んでいたものだから。アイスミルクティーに変えた。ペットボトルを一本一樹に渡す。そのまま公園に入っていって、ベンチにすとんと腰を落とした。一樹も後をついてきて、隣に座る。

一樹は早速キャップを取って、喉に流し込む。元気よく飲み干す一樹を見て、うつむいてしまう。自分のアイスティーは飲む気にならず、抱え込んだままだ。

暗く黙り込んだ菫子の顔を、一樹が心配そうに覗き込んでくる。何でもないよ、と微笑もうとしたのに、不覚にも涙をこぼしてしまった。レモンイエローのフレアースカートにぽつんと落ちたひと滴（しずく）を、菫子と一樹は、言葉もなく見つめた。

「あ、ごめん。何でもないの。私――」

言葉が続かない。一樹は少しだけソーダが残ったペットボトルを、ベンチに置いた。それからごそごそとポケットを探った。Tシャツの上に羽織ったチェック柄の薄い上着の胸ポケット。そこから一樹は小さな折り紙を取り出した。そっと菫子のスカートの、涙の跡の上に載せる。よく見たら、それは千代紙で折られた小さな鶴で、随分くたびれたものだ。拾ったのか。どこかの家から勝手に持ってきたのか。どちらにしても、一樹は精いっぱい自分を励まそうとしている。

「ありがとう……」

小さな折り鶴を手にする。

一樹が、また上着のポケットを探った。今度はマッチ箱が出てきた。レトロな四角いマッチ箱。箱の蓋を、一樹はそうっとスライドさせた。マッチ棒は一本も入っていない。ピョンと黒いものが飛び出してくる。

「わっ」

驚いて体を引いた菫子の膝の上に、小さな虫が載っていた。スズムシだった。

「えっ？　うそ」

スズムシは、ちょっと触角を蠢かせたかと思うと、土の上に跳び下りた。そのまま、何回かジャンプを繰り返して、草むらに潜り込む。リ、リリー、リーとかすかな鳴き声がした。

しばらく二人は、涼やかな鳴き声に耳を澄ませた。

スズムシも、他人の家のベランダででも飼われていたものかもしれない。見かけた一樹が、ふと欲しくなってマッチ箱に一匹だけ入れて持ち去ったのだろう。盗まれたとしても、人が気にもとめないものが、魔法のように力を発揮して、誰かを和ませることもある。その些細な力を、愛情に飢えたこの子は的確に知っているのか。

「一樹のポケットは、何でも入ってるんだねー」

一樹の顔にじんわりと笑みが広がった。


晃は、パソコンをシャットダウンした。ディスプレイ上のアイコンが次々に消えていき、最後にすっと一本の線に集約されて真っ黒になる。この世界も、こういうふうに簡単に終わりが来ればいいのに。そしたらいっそすっきりする。

ハイバックチェアに背を預け、部屋の中を見回した。がっしりした横長の机の上に最新のパソコン機器が並んでいる。デスクトップパソコンと外付けＨＤＤ、サーバー、ルーターにプリンター、スピーカーにウェブカメラ、冷却台の上のノートパソコン、モバイルディスプレイ、スキャナー、ブルーレイドライブ、スマートスピーカーまで。晃がパソコンルームと呼ぶ部屋は、機能性重視ですっきりしている。この春先まで、ここで仮想通貨交換業者のサイトに不正アクセスして、仮想通貨を流出させることに没頭していた。

仮想通貨交換業者は、ＩＴの専門家だと自任しているくせに、実際はセキュリティーが甘い。不正にアクセスできるコンピューターウイルスを作ることは簡単だ。アクセスキーを手に入れたら、何万人もの顧客から預かっていたコインを外部に流出させることができる。十億円に近い仮想通貨が、今は晃の管理下にある。管理下にあるといっても、それを自由に使うことはできない。複数の口座に移動してある仮想通貨は、警視庁のサイバー犯罪対策課や、国際的な仮想通貨財団が目印をつけてその動きを監視している。

やろうと思えば、闇サイトを介して他の種類のコインに交換することも可能だ。少しずつ現金化するのもそう難しくはないだろう。闇サイトは、匿名化ソフトを使ってのみ接続できるネット空間だから、自分の足跡を慎重に消していけば、マネーロンダリングも可能だ。

晃はそこまでする気はなかった。今では、流出させた仮想通貨はネット上の口座で塩漬けになっている。こういう犯罪的な行為も、晃にとってはゲームに過ぎない。そして茉奈同様、このゲームに「飽きた」のだ。

流出が発覚した時は、結構な騒ぎになった。ニュースで何度も話題になって、業者は責任を追及された。犯人に関して、様々な憶測が流れたりもした。その間は少しだけ気持ちが浮き立ったが、すぐに冷めた。

金に困っているわけではない。両親ともに莫大な収入を得ている。息子が望めば、深く考えることなく何でも買い与えてくれる。リビングに鎮座したグランドピアノもそうだし、二階の自室には、ドラムセットやエレキギター、最高級のアンプもある。これらを弾きこなすのも、たいして難しくはなかった。小学生の時から、プロ仕様の高価な楽器を手に入れ、習いたいと言えば、何でも習わせてくれた。

パソコンルームにある最新のデバイスもすぐに使いこなした。小遣いを元手に株のネット取引に凝ったのは、中学生の時だ。当時の儲けが、晃名義の銀行口座に眠っている。親は二人ともそういうことには無頓着だ。ネットで株取引をしていた頃は、ろくに学校には行かなかった。授業は退屈だった。晃には、あまりにもレベルが低過ぎた。行かなくても、常にトップの成績を収めていたから、先生も何も言わなかった。

株取引にも飽きた。何事にも夢中になることができなかった。面白いこと、目新しいことを見つけても、極めたり結果を出したりしたら、すぐに飽きる。また次の新しいものを見つけなければならなくなる。あらゆるものに耐性ができ、満足や快感を得るには、より刺激的なものでなければならない。まさに麻薬と同じだ。

　そのうち、人生にも飽きるのではないか。そんな不安に付きまとわれるようになった。ピアノが一番長く付き合えたものだ。三歳の時から始めたピアノは、どんどん上達した。これには、珍しく母が目を止めた。

「あら、晃に音楽の才能があるとは思わなかった。この子、ピアニストになるかもね」

　それでもよかった。いや、ピアニストが一番自分を幸福にする生き方だったかもしれない。熱心に練習した。それも中学二年生までだ。減七という音が、常に頭の中で響くようになった。減七は、不穏で不吉な和音だ。短三度を三個重ねたこの和音は、苦悩や悲しみを表すものとされる。それに基づくフレーズが、あらゆる調性で頭の中を駆け巡るのだ。どうしてもピアノを続けることはできなかった。

　もう長い間、鍵盤に触ってもいない。それでも、時折不意打ちのようにあの和音が頭の中で鳴り響く。そんな時は、パソコンルームの冷たい無機質な空間にじっと座り続ける。そして減七の音がフェイドアウトしていくのを待つ。

　自分は不安なのだろうか？　それとも不満なのか。

　このまま自分の学力に見合った大学に進み、医者になるか、弁護士か。それとも高級官僚か。起業して、成功を収めるか。どれもが退屈だった。先が見え過ぎていてうんざりだ。晃は何事にも心を動かさず、冷静で冷徹で、それでいて焦燥感に苛まれていた。何をやっても楽しくない。そしてそういう現状に無性に腹が立っていた。

もしかしたら、まがいものにしかなれない自分自身に腹を立てていたのかもしれない。だとしても、晃にはどうしようもなかった。

時折、茉奈と会って体を重ね、似た者同士の彼女の話に耳を傾けた。自分も茉奈の年になれば、彼女のように折り合いをつけてやっていけるようになるのだろうか。そもそも三十歳になった自分が想像できなかった。それまで自分は生きられない気が、漠然とした。茉奈の生き方は面白いが、そこまでして生きることに意味を見出せなかった。

「トラビスに一回プロポーズされたわ」

茉奈は思い出し笑いをしながら、言った。トラビス・チェンというのが、危険ドラッグで大儲けした元同級生だった。

「彼と私が組めば、世界中のクスリ市場を支配することができるからっていうのがプロポーズの理由だった。だから、マナ、人生でもパートナーになろうって。即断ったわ」

バカな男だ。茉奈がそんなことに興味を示すと思うなんて。それが彼女が危険ドラッグの合成から手を引くきっかけになったのだろうか。問うと、茉奈は首を振った。

「まあ、第一は飽きたってことだけど、そうね、きっかけというなら」

二〇一三年に厚労省が指定薬物の包括指定に踏み切ったことだという。薬物の基本的な化学構造を基本骨格ととらえ、同じ基本骨格を持つ物質を規制の対象とした。厚労省は、七百種以上のカンナビノイド系物質を包括指定した。そうなると、構造式の枝葉を変えて規制を免れる方法は通用しなくなる。取り締まる側からすれば簡単になったが、まるで頭の悪い十把ひとからげのやり方だと茉奈は憤慨した。

構造式や置換基を変えて規制をかいくぐるという、もぐら叩きのハンマーを、ひょいひょいと避けていくような楽しいゲームができなくなったのだ。

それで茉奈は、チェンとは手を切った。彼はその時、何よりも茉奈の助言が欲しかったろうに、無情にも関係を断たれたわけだ。いい潮時ではあった。多くの危険ドラッグの業者が警察や麻薬取締官に摘発されたり、廃業に追い込まれたりした。茉奈はすんでのところで、警察の手をかわしたわけだ。

「でも、ほんと、一回すごくヤバイことになったの」

たいしてヤバくもないように、茉奈は言った。

当時、都内に危険ドラッグの試薬を作るラボがあって、茉奈が考え出した化学構造式を使って実験をしていた。ごくごく小規模なもので、誰もが思いつかないような一等地にある夕ワーマンションの一室だったらしい。もちろん、チェンの息がかかった施設だ。日本側のコンサルタント的な存在の茉奈と、中国の製造工場との中間施設だったようだ。

そこで作った試薬がうまくいけば、中国で大量に製造されて、また日本に流入するという計画だった。

用心深い茉奈は、一度も中間施設には行ったことがないと言った。そのため神奈川県にいる茉奈と、都内のラボとを行き来する男がいた。試薬を持ってきたり、アドバイスをもらったりする役目を担っていた。国立大学の理学部を出た、有機化学の知識もある若い男だった。

「ヤンキー崩れのジャンキー」と茉奈は彼を評した。

顔に醜い引き攣れた傷があるのだが、実験中に試験管だかビーカーだかが爆発して、破片が突き刺さった痕らしい。

「クスリをやりながら、自分で縫ったんだって。ほんと、頭狂ってるでしょう？」

茉奈は侮蔑の表情を浮かべた。

もともと危険ドラッグ市場には、ヤクザはほとんど介在していない。覚せい剤に比べると、危険ドラッグは細かい割には実入りが少ない。ハーブショップやお香屋、アダルトショップなどが扱っていて、「合法ハーブ」「合法ドラッグ」「脱法ドラッグ」と呼び名が変わっていった発生形態からしても、ヤクザが参入する隙はなかった。

社会をドロップアウトした半グレの若者が、自分も試しつつ、危険ドラッグ市場に足を踏み入れてくる。ジャンキー男は、出来上がった試薬を使用した結果なども、報告しに来た。ただし、試薬の段階では自分の体で試すのはためらいがある。それくらいの分別がつくほどには、賢明な男だった。変に知識があるだけに、クスリの危険性もわかっている。試薬と試薬を混ぜて勝手に乱用者に提供し、その結果を面白おかしく報告しに来たりもした。

二、三回くらい、茉奈はジャンキー男と寝たのではないか。寝物語で耳にするような話だ。そんなことはどうでもよかった。今だって、茉奈は晃と特別な男女関係にあるわけではない。気が向けば、別の男と肉体関係を持っているだろう。製薬会社の同僚かもしれないし、上司と不倫関係にあるのかもしれない。そんなことには全く興味がなかった。

ジャンキー男は、ラボで作られた試薬を混ぜて、危険ドラッグを欲しがる依存者の体で試していた。彼らは喜んで無償の治験者になった。

「それでさ、一時私も興味を持って、混合使用するクスリを研究したもんよ。あいつが作り出すより、面白いものができたわ。チェンには内緒で、ラボで試薬を作らせて遊んだの。中に『死にたくなるクスリ』って名付けたドラッグがあった。混ぜて使うと、気分が落ち込み、死にたくて死にたくて仕方なくなるってクスリ」

どうやらそれで何人かが自殺をしたらしい。通常、危険ドラッグでの犠牲者といえば、呼吸困難や痙攣、意識障害など、明らかに目に見える症状を呈する。そこから、危険ドラッグの入手経路を探られるということもある。自殺ならそういうことはない。だいたいが危険ドラッグに手を出す輩は、多少なりともこの世に生きにくさを感じている。だから、そこに犯罪性を感じ取られることはない。

「じゃあさ、それ、究極の殺人薬じゃん」

晃が言うと、茉奈は大きく頷いたものだ。

「でしょ？　でも、それで私は助かったわけ」

別ルートでジャンキー男が検挙された。

「バカ男が、ベラベラとしゃべって」と茉奈は吐き捨てるように言った。

ジャンキー男は、警察や検察の取り調べで、チェンの組織のことは決して口にしなかった。

茉奈曰く「生来の甘さと人懐っこさで」男はすっかり気を許した。法整備が追いつかない危険ドラッグには、抜け道がたくさんあるからと、彼がやったこと、やらなかったことを弁護士は丁寧に聴き取った。話を聞き出すのがうまい弁護士に乗せられて、ジャンキー男は茉奈のことや茉奈が遊びで作り出した危険ドラッグのことを話してしまったらしい。

国際的な犯罪集団からの報復を恐れてのことだ。だが、弁護士が接見に来るようになると、

「あの時は、さすがにもうおしまいだって思った」

でも「死にたくなるクスリ」のおかげで、ジャンキー男は執行猶予つきの判決を勝ち取っ

てもらえ、茉奈も警察に通報されることはなかった。

「え？　え？　どういうこと？」

ベッドの上に体を起こして、晃は訊いた。いつものように、さんざんお互いを貪り合った後に。

「つまり、『死にたくなるクスリ』に弁護士がえらく興味を持って、それと引き換えに私たちの罪を見逃してくれたわけ」

「どうしたんだろう？　その弁護士。『死にたくなるクスリ』を何に使ったわけ？」

「知らないよ、そんなこと」

素っ気なく茉奈は答えた。ジャンキー男が捕まったのは、茉奈のところに来た時だから、神奈川県の弁護士が担当したとは言ったが、それ以上のことは口をつぐんだ。

「高いところから飛び降りたくなるんだよね、なぜか。虚無感と高揚感に突き動かされて。だから私たちの間では『フライ』っていうネーミングで呼んでた」

開発者ならではの説明だ。遊び感覚で彼女が配合した危険ドラッグで、何人が自殺したのか。どうせクスリ漬けの、生きていたって役にも立たない連中だろうけど。

以来、茉奈はチェンともジャンキー男とも縁を切った。チェンは、日本の市場には見切りをつけて、今はロシア相手に大きな商売を続けているらしい。ジャンキー男は、なんとこの多摩川市にいて、湧新地区も時々うろついていたという。

「何か月か前にばったり会ったら、もう危険ドラッグからは足を洗ったって言ってたけど、怪しいもんね」茉奈はさらりと言った。「だってさ、あの時自分を助けてくれた『フライ』は、お守り代わりにまだ持ってるって言ってたもん。まだドラッグを適当に調合して誰かに使わせたりしてるんだよ、あいつ。ぶっとんだ奴だから」

さすがにもうジャンキー男と関わりたくないのだ。向こうもあちこちの女のところに転がり込んで、ふらふらと生きているようだった。

デスクの上に放り出したスマホが鳴った。

晃はぼんやりとそれを眺めていたが、しつこく鳴り続けるので仕方なく手に取った。

「もしもし、晃？」

「何か用か？」

「いや、最近、街に出てこないなあと思ってさ」

「お前らとつるんでても面白くないからな」

「随分な言い方じゃないか」

相手は言うほど不快ではないらしく、低い声で笑った。

「女は？　付き合ってたんだろ？　珍しく同級の女の子とよ」

以前、湧新駅の近くで菫子と一緒にいた時、彼らと遭遇したのだ。別行動をしている時に偶然出くわしても、お互い知らんふりをするルールを決めていたから何とか切り抜けた。

ストリートギャングと言われるアウトローな集団と晃は、たまに行動を共にしていた。きっかけは、単純に晃の小、中学校時代の同級生が、グループの中にいたことだ。彼が晃のIQが一五〇あると仲間にしゃべったことで親しくなり、付き合いが始まった。

深夜の街で暴力沙汰を起こしたり、女の子を車に連れ込んでレイプしたりするグループだ。未成年だから、警察のお世話になってもたいしたことにはならなかった。間違っても暴力団の構成員なんかにはならない。道徳的逸脱はするが、社会的逸脱まではしないグレーな領域に留まって、暇つぶしをする「オラオラ」と呼ばれる集団だ。

溜まる店の名が南部にある「ブラックホール」というものだったので、彼らは仲間を「ブラホ」と自称していた。たむろする店の名前や、スケボーのグループ名に引っ掛けて、いろんなオラオラ集団があるらしかった。

そんな奴らに興味はなかったが、慶学館のエリート高校生が、道をはずれて夜の街をうろついていることを向こうは面白がった。晃が、実際は暴力的な感情や邪悪な性向を内に秘めていることも、彼らは動物的な嗅覚で嗅ぎ取った。

退屈しのぎにはなった。晃が惜しげもなく金をばらまくので、奴らが釣られたということもあった。ゲームセンターで遊ぶ金にも事欠くような連中だった。飲み食いさせ、遊ぶ金を提供し、欲しがるものを買い与えた。バイクでもアクセサリーでも洋服や靴、電気器具、IT機器。何でもだ。妊娠させた女の中絶費用まで、時には出してやった。

「晃んちは大金持ちだもんな」

「親の金じゃない。これは俺が稼いだ金だ。株で」

晃の頭脳が半端なものじゃないことがわかっていた彼らは、すんなりその言葉を信じた。ストリートギャングたちが、エリート高校生に一目置くようになるのに、長い時間はかからなかった。面白くもなさそうな顔をして夜の街を闊歩する晃に、影のようについて回るようになった。

悪事を実行するのはブラホのメンバーだが、常にリーダーシップを取っているのは晃だった。

歴史的建造物のライトアップが始まった晩に、照明器具をすべて叩き割った。市立美術館に貴重な展示物がやって来ると、全く同じものを3Dプリンターで作って、本物のケースの横に堂々と置いてきた。

そんなたわいのないことから、晃のハッキングの腕を活用して犯罪すれすれの行為にも手を染めた。地元企業の工場ラインを止めて混乱が起こるのを見て大笑いしたり、女子大に通う学生の個人情報を手に入れて、付け回したりした。連続して起こったレイプ事件は、たぶん彼らの仕業だろう。にやつく奴らを問い詰める気も起こらなかったが。

「女と付き合うのはもうやめた」

晃が言うと、カープというニックネームで呼ばれている相手は、せせら笑った。腕に鯉のタトゥーを入れているイカレた野郎だ。

「飽きたんだろ？　どうせ」

フツーの女子高生とのお遊びは面白かったかとも訊いてきた。

「まあな」

「あの子とうまくいかなくなったのは、俺たちのせいだとか言うなよな」

「言わねえよ」

ぼそりと呟く。

菫子と歩いていた時、コンビニからぞろぞろ出てきた知った顔にため息が出た。初め、奴らは晃に気がつかなかった。カープが菫子をからかった。出会って間もない菫子に、アウトローな奴らとの関係は知られたくなかった。

菫子にちょっかいを出している途中で、向こうがようやく晃に気づいた。ぎこちなく黙るバカどもの中から菫子を引っ張り出した。ルールを忘れて「あのなー」と言い訳じみたことを口にする奴らを尻目に走り始めていた。まずいな、という表情がまともに出ていたかもしれない。緊張した面持ちに見えたのなら、よかったけれど。菫子は青ざめていた。

本当は、この頭の悪い暴力集団と自分がつるんでいるんだと知ったら、菫子はどう思うだろう。歓楽街の真っ只中で花屋を営んでいる家の子。そこにちょっとだけ興味を引かれた。瑛人の彼女の話では、ホステスやオカマとも親しく口をきくのだそうだ。

でも付き合ってみたら、特に変わった子ではなかった。晃は、元華族の血筋を引くお嬢様や、援交にせっせと明け暮れる高校生、地方出身でやたら上昇志向の高いＯＬなどと付き合ってきた。刺激的と思えたのは初めだけで、すぐに飽きて別れた。

菫子は、まじめに学校に通うどこにでもいる女子高生だった。ちょっとだけ変わっているところといえば、市民ミュージカルのオーディションに受かり、準主役級の役を射止めたことぐらいか。

急速に発展し、まとまりに欠ける多摩川市をひとつにするために企画されたミュージカルだという。演劇の話を夢中でする菫子には、正直、辟易（へきえき）した。自分の演技や歌唱の出来で一喜一憂する彼女の気が知れなかった。

なんだって、あんなものに熱中できるんだろう。あらゆる年代の人々が参加していると聞いた。そんな集団が大声でセリフを言い、合唱し、ダンスをするなんて。滑稽さに誰も気がつかないのか。菫子のそばにいると、だんだん苛立ちが募ってきた。

　あの――与謝野直美のＤＶＤを見せられて、つい菫子とキスをしてしまった後、それは最高潮に達した。自分の生活に絶対にまぎれ込んではいけない昂りに、感情をかき混ぜられた不快感――。

「カープ」

「ああ？」

「面白いことを思いついた」

「何だ？」

　期待を込めた声がスマホの向こうから届く。

「あいつ、市民ミュージカルに出演するんだ」

「あれか？　多摩川市長が張り切ってるやつ？　みんながちいぱっぱで歌ったりするやつだろ？」

「あのな、市民ミュージカルをぶっ潰そう」

「いいな！」

　深く考えもせずにカープは賛同した。晃の言い出したことに間違いはないと信じているのだ。

「準主役級をもらって浮き上がってる女子高生を、まずコテンパンにする」

気味の悪い笑い声が響いてきた。

「それって、お前の元カノのこと？　あの子を痛い目に遭わせるってこと？　いいのか？」

「いいよ」

またぞっとする笑い声。

「俺たちでまわしちゃっていいの？　晃の元カノを？」

「いいよ」

「うひょー！　マジ？　お前も入らなくていいの？　あの子、どうなっても知らねえぜ。市民ミュージカルどころか、もうボロボロって感じ？」

「いいって。それでその後は、音楽監督って奴を痛めつける。そんならミュージカルなんて計画もすっかりおじゃんだ」

与謝野充は、与謝野直美の息子だ。あんな演奏をするピアニストには手が届かないが、せめて息子を襲わせて、溜飲を下げたい。

「いいな！　早速バクやミツオに連絡するよ。あいつら大喜びするぜ。最近、女に飢えまくってるからな。それにそんなでっかいことやれば、俺たちも有名人になれるかもな」

カープは、女子高生をレイプし、オヤジ狩りができることに有頂天になっている。高揚感に溢れた奇声を残して、スマホは切れた。

ガラス製のフクロウが、棚の中からじっと菫子を見ていた。それがしだいにゆらゆら揺れて見える。瞳の表面に張り付いていた涙が重さに耐えきれず、頬に流れ出す。一度収まっていたはずなのに、涙は決壊すると際限なく溢れてくる。

そのうちヒックヒックとしゃくり上げるようになる。鼻水と涎(よだれ)で顔中がべとべとになる。レイカが横からティッシュの箱を差し出してきた。ティッシュを乱暴に抜いて盛大に洟(はな)をかんだ。それでもしゃくり上げるリズムは変わらない。自分の泣き声でまた昂り、肩を震わせて泣き続ける。

「やれやれ――」

クッションにもたれかかったレイカが何度目かのため息をついた。

「ほんとにまた泣き部屋を提供することになるなんてね」

レイカの言葉に「ウエーン」と仰向いて泣く。

「泣け、泣け。気が済むまで」

もう小一時間もこうしているのに、いっこうに収まらない。レイカが立ち上がり、冷蔵庫に向かった。麦茶をコップに注ぐ音。カランと氷を投げ込む涼し気な音が続く。

「はい」大ぶりのガラスコップに入った麦茶を手に握らされた。「そんなに泣いたら脱水症になるわよ」

「ありがとう。優しいね、レイカさん」

また涙が溢れた。

「でもさ、ほんとなの？　まだ付き合っていくらも経ってないでしょ。ほんとに振られたの？　菫子ちゃんの思い違いじゃないの？」

自分も麦茶で喉を潤しながら、レイカが菫子のそばに腰を下ろす。

菫子はコップを床に置くと、怒ったみたいにリュックサックを引き寄せ、中からスマホを取り出した。ロックを解除してラインの画面を出す。それをぐいっとレイカの前に突き出した。レイカが目を細めて画面を見つめる。

『結論。もう会わないようにしよう』

『え？　どういうこと？』

『もう別れようってこと』

『どうして？　私、何か晃にした？』

『いや、そういうことじゃない。菫子がどうってことじゃない。完全にこっちの事情』

『その事情を教えて』

『教えられない。悪いけど。ほんと、ゴメン。そういうことだから』

『待って。まるでわかんないんだけど、私』

『晃、返事して』

『こんなんじゃ嫌だよ。理由もなしで別れるなんて』

『晃、待ってるから』

それ以降は、晃からの返事はない。ただ虚しく菫子の呼びかけが続くだけだ。

「で、おしまいにブロックされた」

「ひどい！　前の二股男よりひどいやり方ね」

憤慨するレイカの言葉にまた泣けた。体を丸めてクッションに顔を埋める。それでもくぐもった泣き声が部屋の中に響いた。

「泣け、泣け」

レイカもお手上げと見たか、口をつぐんだ。

このラインのやり取りがあったのは、昨夜だ。久しぶりに晃からの連絡がきたと喜んで見たのに、冷水を浴びせかけられたような気分になった。以降はどんなに待っても返事がくることはなかった。

茫然自失とは、このことを言うのだろう。それでもまだ現実とは受け止められず、晃の気が塞ぐようなことがあって、こんなラインを送ってきたのだという思いにすがった。何をする気も起こらず、うとうとしたり、はっと覚醒したりの一夜が明けて、晃とつながったラインがブロックされていることに気がついた。

もう晃とは連絡が取れないという決定的な事実。晃がきっぱりとした姿勢を示したのだ。体中の力が抜けていく気がした。何があったのだろう。しばらく距離を置いていた間に？ どんなに考えても理由はわからない。晃は「結論」とはっきり書いてよこしているのに、菫子の気持ちは結論などには程遠い。

何とか支度をして学校には行った。だが瑞穂にもこのことは打ち明けられなかった。いつかはそうしなければならないのはわかっている。瑛人と瑞穂が晃との仲を取り持ってくれたのだから。でも今はあまりに辛くて、言葉が口から出てこなかった。

演劇部の練習があったが、具合が悪いと言ってサボった。ミュージカルの練習がない日で助かった。こんな状態では、また桐田に怒鳴られるだけだろう。

まるで地面の上を歩いているという実感もなくふらふらと家路をたどっていた。その時、「菫子ちゃん」と頭の上からレイカの声が降ってきたのだ。もう限界だった。見上げる菫子の目からどっと涙が溢れ、レイカがぎょっとしたように目を見開くのが見えた。

「上がっておいで」と言われたかどうかも記憶にない。気づくと、階段を駆け上がっていた。

クリーム色に塗られたドアがさっと開かれた。そこへ駆け込んだ時には、もう号泣していたと思う。

「どうしたの？」

心配してくれるレイカに事情を説明した。

「晃にもう会わないって言われた」

たったそれだけで済むことが悲しかった。しごくシンプルな出来事だと改めて思った。慶学館高校の男子高校生と付き合っていたけど、振られた――。もうおしまい。ジ・エンド。

その短さにまた泣けた。

「もう何もしたくなーい」

クッションに向かって吐き出した。

「学校にも行きたくなーい」

「ミュージカルもやめたーい」

レイカは黙って聞いている。

「もう死にたーい。死んじゃいたい」

レイカがガバッと身を起こすのが気配でわかった。乱暴に菫子が抱え込んだクッションが取り払われた。強く腕をつかまれる。

「そんなこと、簡単に口にするな！」

男の声でレイカは怒る。

「死ぬってことがどんなことかわかってんのか？」

そのまま、腕をねじ上げるようにして立たされた。

「ちょっと行こう」

「え？　どこに？」

レイカが菫子を引きずるように部屋の外に連れ出した。よく見たら、レイカはジャージの部屋着のまま、普段使いのバッグをひょいと持ったきりの軽装だ。そんな格好で大通りにまで出て、タクシーを拾う。

十五分かそこら走ったタクシーが停まったのは、寺の前だった。山門に「景羅山（けいらさん）　儀光寺」とある。

「え？　ここって」

レイカは山門をくぐってずんずん奥へ行ってしまう。菫子は慌てて後を追った。住宅街の中の寺なのに、山門の奥の境内は広かった。夕方なので、参拝客は見当たらない。怒ったように足早に前を行くレイカは、一度も振り返らない。

「待ってよ、レイカさん」

呼びかけにも足を緩めることはなかった。真っすぐ本堂に向かっていたかと思うと、レイカは参拝道を逸れた。鐘撞き堂があって、その向こうは墓地だ。墓地にも入らず、前の小道を折れる。先に近代的な建物があった。正面には御影石が張ってあって、梵字が浮き彫りになっている。「納骨堂」と書かれた扉の前で立ち止まったレイカは、バッグの中からパスケースを取り出した。

ＩＣカードを一枚引き抜く。入り口のカードリーダーに当てると、かすかな音がした。重々しい扉が両側に引き込まれる。さっさと入っていくレイカの後から、菫子は恐る恐る足を踏み入れた。納骨堂に入るのは初めてだ。

高い天井に、レイカの足音が反響した。思ったより明るいし、広々としていた。正面には阿弥陀如来像がある。ぽっかり開いた如来像の空間以外は、ずらっと銘板が並んだ壁になっている。よく見ると、下段が扉のついた納骨段で、上段が位牌を安置する祭壇になっているようだ。下段と上段とが一セットということらしい。

迷うことなく、レイカはひとつの銘板の前で立ち止まった。何度も訪れているのだろう。菫子はゆっくりと近づき、レイカの背後に立つ。銘板には、「俗名　前島幸平」と記されていた。すぐに、レイカが遺骨を引き取った人のお骨を納めてある場所だとわかった。

「この子はね――」董子に背中で語りかける。「親に捨てられたんだ。それで生まれてすぐに児童養護施設に預けられた。あたしたちはそこで知り合ったの」

レイカがそういう身の上だということは、母からそれとなく聞いていた。

「あそこには、いろんな事情で家族と暮らせない子供たちがいっぱいいた。あたしなんか、まだましだと思ったもんよ。親の顔はちゃんとわかってたしね。たいした親じゃなかったけど、まあ、自分のルーツぐらいは知ってた」

レイカの目は、じっと祭壇の中の位牌に注がれていた。「幸」という字が含まれた戒名が刻まれている位牌に。

「でも幸平は、赤ん坊の時からそこにいた。自分がどんな親から生まれてきたかも知らずに。施設に親が会いに来たことすら一回もなかった」

レイカは深々とため息をついた。どんな顔をしているかは、窺い知れない。声の調子は淡々としたものだ。

「学校が長期の休みになったり、年末年始なんかは、親族が待つ家に帰る子も結構いたんだけど、あたしと幸平には、行くところがなくてさ、それでいっつも一緒にいるようになったの。施設を出てからもそう」

「仲良しだったんだね」

「うん、すごくね。幸平はそういう境遇からか、神経質で人に馴染めないとこがあったから、だいぶ苦労してた。でも明るくて前向きで、人を恨んだり憎んだりしなかったわね」

「いい――人だったんだ」

自分の言葉がいかにも軽く聞こえた。

「いい子よ。でも、それができてたら、幸平は死なずに済んだかもしれない」

どういうこと？　とは訊けなかった。そこまで踏み込んでいいかどうか、わからない。

「幸平が生きていくには、この世は濁り過ぎていたんだ。純粋で無欲で優しい人間には苦しい世界だった」

「自殺したの？　この人」

「殺されたんだ、と思う。そんな世の中に」

レイカの肩がわずかに震えたようだが、見間違いかもしれない。

「マンションの屋上から飛び降りた。その瞬間の顔が思い浮かぶわ。きっと微笑んでたんじゃないかな。バカな奴」

言葉もない董子の方に、レイカがくるりと向き直った。

「あたしが身元の確認に行ったの。ひどいもんよ。頭は裂けて顔はぐちゃぐちゃ。きれいな顔してたのに――」

　思わず口を手で覆う。

「後ろに立ってた検視官が『即死だから苦しまなかったでしょう』って言ったの。思わず振り向いて殴りかかるとこだったわよ」

　霊安室で青ざめて立ちすくむレイカの様子が目に浮かんだ。

「幸平が死んだからって世の中が変わるわけじゃない。祝福されずに生まれた子が、ひっそりと命を落としたって『苦しまずに死ねたからよかった』としか言ってもらえない。でも、可哀そうな幸平の遺体の前で、あたしは心の中で叫んでた。あたしは悲しいよって。少なくとも世の中に一人はいるよって。あんたが死んで辛い人間がさって」

　射貫くような目だ。化粧もろくにしていないレイカに真っすぐに見据えられて、菫子は一歩、二歩と下がった。

「でも、もう幸平は生き返らない。だったら、憶えているしかないよね。たった一人で、いつまでも」

　その人が大事にしていたガラスのフクロウ。レイカの許にはそれしか残らなかった。あのフクロウのように透明ではかない人。粉々に砕け散ったかけがえのない友だち。

　――人が死んだんだぞ。お前にとってかけがえのない人物が。

桐田の言葉が、うわんと頭の中で鳴り響く。

父が死んだのは、七年前。菫子が九歳の時のことだった。死んだのだ、もう会えないのだ、この世のどこにも父はいないのだ、とわかるくらいの年齢ではあった。

泣いた――と思う。でも父の死を、その瞬間に実感することはできなかった。大事な家族を失ったということは、その後の月日で少しずつ菫子の体に刻みつけられた。

それはきっと母がいたからだ。レイカや幸平のように天涯孤独で生きていたわけじゃないから。すると、レイカが味わった喪失感や虚脱感、悲嘆が、底知れぬ恐怖が直に伝わってくるような気がした。

「だからね――」レイカは、弱々しい笑みを浮かべた。「死ぬなんて簡単に口にしたらだめ」

もし自分が死んだりしたら、母はどんなに悲しむだろう。生きる標（しるべ）を失うだろう。きっと大好きな花も慰めになりはしない。

死ぬ――この世から消えることの重さ。

「聖者はやって来るよ」

「え？」

「菫子のところにも、聖者はやって来る。いつか、ね」

にっと笑ったレイカに釣られて菫子も微笑む。手を頬にやると、涙で濡れた。いつの間にか泣いていた。

「ここはね――」レイカがぐるりと辺りを見回す。「死者がいっぱいいるとこ。でも、生きる力を与えてくれるとこ」

だからしょっちゅう、ここに来るんだよ、とレイカは言った。その意味がよくわかった。日はとっぷりと暮れていた。レイカはお寺の前で百合子ママに電話して、遅刻すると伝えた。

「めんどくさい女の子がめんどくさいことばっかり言うもんだから」

それだけでママはOKを出したらしい。

「お腹が空いたから、何か食べていこう」

儀光寺の近くの中華料理屋に入った。母には悪いけど、レイカともう少しいたかった。帰って、母の用意してくれた食事も食べよう。途端に猛烈な空腹を感じた。

「うんと食べなさい。失恋の特効薬は、食いもんよ」

どんどん注文するレイカに「そんなに食べられないよう」と甘えた。

もう気持ちは前向きになっていた。晃とはもう会えないかもしれないけど、死んだわけじゃない。どこかですれ違うことがあったら、平気な顔して「元気?」と言える生き方をしたい。

「この餃子、ニンニクたっぷり過ぎ！　ねえ、大将、これでもあたし、接客業なんだから」

カウンターの中に向かって文句を言うレイカの隣でゲラゲラ笑った。

「あんた、食べなさいよ」

肘で餃子のお皿を菫子の方にずらす。

「ニンニク食べて、元気出せ！　女子高生」

タクシーでまた湧新まで帰った。レイカの部屋へ置いたままにしてあったカバンを取りに戻る。レイカが路地まで送って出てくれ、そこで別れた。

「じゃあね。しっかり寝て、しっかり食べて、明日はちゃんと学校へ行きなさいよ」レイカはニンニク臭かった。

レイカがハイタッチして背中を向けた。急いで路地へ消える。今から支度して、店に出るのだ。

「あたしが行かないと、寂しがるお客さんが大勢いるからね」

ゲイバーへ来るお客の気持ちが少しだけわかった。ゲイの人たちのあっけらかんとした明るさの向こうには、自信とプライドがある。それぞれがここに至るまでの道のりで得たものだろう。それぞれの事情を抱え、乗り越える間に。

この人たちの生き方に触れて元気をもらって、明日一日頑張ってみようと思うのだ。たとえ刹那的なものだとしても。

カツカツカツと、レイカの足音が遠ざかる。カバンの取っ手をぎゅっと握りなおして、菫子も自宅に向かって歩きだした。花に囲まれ、生き生きと働く母がいる店に向かって。

光が溢れる幹線道路が見えてきた。

と、その時だった。バラバラとビルの中から人影が飛び出してきた。ぎょっとして立ち止まる。避けようとしても、前に回り込まれる。ようやく自分に用があるらしいと気づいて足を止めた。

「よう！」

どこかで聞いた声だった。どこだったか、と思う暇もなく、腕をつかまれる。

「ヒッ」と思わず声が出た。

「今日はゆっくり付き合ってもらうぜ」

幹線道路を行き交う自動車のライトが、路地を瞬間的にさっと照らす。のけ反りながら見上げた大男は、スキンヘッドだった。いつかの記憶が掘り起こされた。晃と一緒にいた時に出くわしたストリートギャングの一団だ。手を振り払おうとするが、がっしりとつかまれた腕から離れない。恐怖に凍りつく。

そのまま、ズルズルと引きずられた。

「やめて！」

意に反して、声は小さい。声帯まで硬直してしまっている。

「まあまあ、そう言うなよ。楽しいことをしようってのに」

別の男が近寄ってきた。気味の悪いクスクス笑いが周囲から聞こえる。

「バク、車回してこいよ」

誰かがどこかに電話している。キャップを後ろ向きに被った金髪男がさらに近づいてきた。

ようやく呪縛が解けたみたいに体が動いた。自由になる左手で提げたカバンを思い切り振り回した。カバンは金髪男の顔にまともに当たった。

「くそっ！」カバンが引きむしるように奪われた。髪の毛をつかまれる。

「ギャー‼」

ようやく大声が出た。それでも誰も通らない。さっきまで幹線道路まですぐだと思っていたのに、路地の出口がとてつもなく遠く感じられた。

その場でねじ伏せられた。口を押さえられる。

「えっ？　ここでやっちゃうの？」

「まずいだろ。それは何でも」

「あ、さっきのビルの階段の踊り場は？　もう誰もいないみたいだし」

「うぜえから、一回かましとくか。この女」

涙がボロボロ出てきた。助けて、晃。前の時、「俺の彼女」と言ってくれた晃はもういない。乱暴に引っ張られて、制服のどこかがビリッと破れる音がした。両脇から腕が差し入れられ、ビルの入り口の方へズルズルと引きずられた。菫子は足をばたつかせた。

「離して！　離せー！」

口から手が離れたせいで、また大声が出る。めちゃめちゃに手足を動かした。

「口にハンカチでも突っ込んどけよ」

「ハンカチなんて上品なもん、持ってないよ」

その時、ガツガツガツと音がした。寝そべっているせいで、振動まで伝わってくる。誰かが大急ぎで駆けてくる音。晃？　思い切り暴れて叫んで、一時的に貧血状態になったのか朦朧とした頭で考えた。

ガンッと横ざまから衝撃が加えられ、菫子を引きずっていた金髪男が吹っ飛んだ。

「ちょっと！　何やってんのよ！」

うわずった声だが、レイカだとわかった。

「レイカさん」

手をついて起き上がる。身構えた少年たちが、ふっと体の力を抜くのがわかった。

「何だ。オカマじゃねえかよ」

後ろの二、三人がゲラゲラと笑った。

「おい、オカマ、すっこんでろ。俺らはこの子に用事があるんだ」

金髪男は路面に顔を擦り付けたらしく、猛獣のような唸り声を上げて立ち上がった。キャップがどこかに飛んでしまい、根本が黒くなった金髪頭が露わになった。そいつを取り囲むように少年たちが不気味な影になってたたずんでいる。

「うるさいわね！　この子に触らないでよ！」

薄紫のジャージ姿のレイカは、ものすごい形相でストリートギャングたちを睨みつけた。しかし、言葉尻は震えている。

「もう。オカマのおばさん、どっか行って」

誰かがオネエ言葉で言い、また笑い声が巻き起こった。スキンヘッドの大男がレイカの襟首を持って引き寄せた。大柄なレイカよりも上背がある。Tシャツの袖から、盛り上がった二の腕の筋肉が見えた。

「きゃあ！　何すんのよ。やめてよ！」

レイカは男を突き飛ばそうとするが、ますます首を締め上げられる。男の胸を押し返そうと伸ばした腕は胸まで届かず、男の太い二の腕を逆手でつかむ。そのまま、ぐっと腰を落とした。

「てやぁぁー!!」

熊のような巨体がくるりと見事に回転した。何が起こったのかよくわからなかった。スキンヘッドはきれいにコンクリートの上に投げ出され、したたかに背中を打ち付けた。状況がわからないのは、周囲の少年たちも同じようだ。全員が立ちすくんで、仰向けで呻く大男を見下ろしている。

菫子の正面に立った男が、はっと我に返る。派手なスカジャンに毛糸の帽子。背を低くかがめたかと思うと、レイカに跳びかかった。

「やめてぇ!」

レイカが咄嗟に相手の足を払った。先のとんがったレイカの靴が脱げて飛び、スカジャン男も宙に浮いて腰から落ちた。レイカもバランスを崩して倒れ込む。他の少年たちが襲いかかる。誰もが怒り狂っているように見えた。

「レイカさん!!」

レイカに殴りかかろうと伸ばした両腕は、逆にがっちりとつかまえられた。腹にレイカの裸足の足裏が当てられる。そのまま少年は、レイカの頭越しに飛んでいった。軽々と飛んだ体は、突進しかけた誰かの体を直撃する。

「グエッ！」潰れた声を発した後、道に這いつくばって咳き込んでいる。

あれは——菫子でも知っていた。柔道の技、巴投げだ。

「何だ!?　このオカマ」

ストリートギャングたちが、一瞬ひるんで動きを止める。

「おい！　そこで何をやってる？」

背後から声が掛かった。路地の入り口にパトカーの赤色灯が見えた。一人の警察官が怒鳴りながら走り寄ってきた。運転席のドアも開いて、もう一人が後に続く。

「ヤベ!!」

少年たちの逃げ足は速かった。蜘蛛の子を散らすように、あちこちに向かって走った。倒れていたスキンヘッドまで、ガバッと飛び起きると俊敏な動きで逃げていった。

「レイカさん……。大丈夫？」

コンクリートの上に寝そべったままのレイカに駆け寄った。握りしめたレイカの手は、ぶるぶる震えていた。

「怖かったわぁー、菫子ちゃん」

レイカは菫子に抱きついておいおい泣いた。

「だから言っただろうがっ」

いらいらと歩き回った純がどすんとパイプ椅子に腰を下ろした。さっきから同じ行動を取っている。とてもじゃないが、じっとしていられないと全身で訴えている。

長机を挟んだ前の椅子には、しゅんとなった菫子と不機嫌そうなレイカが座っている。桜子は、腰に巻いたソムリエエプロンと革のシザーケースをゆっくりとはずした。差した大小の花鋏やフローリストナイフが触れ合って、軽く音をたてた。菫子が暴漢に襲われたと聞いて、仕事を放り出して飛んできたのだ。

連絡をくれたのは、湧新署に属する地域課のパトロール警官だ。息せき切って駆けつけた桜子の目に飛び込んできたのは、菫子とレイカだった。

一階のカウンターの奥。パーティションで区切られた一画。

「ごめんなさい」

真っ先に言ったのは、レイカだった。

「いったい――どういうこと？」

菫子とレイカが顔を見合わせた。どっちが言うか、どういうふうに説明するか、探り合っているようだ。

「小谷菫子さんは、数人の男たちに襲われたんです」

口火を切ったのは、警察官だ。生活安全課の少年係の所属で喜多と名乗った。顔も体も丸いおっとりした風貌で、警察官というより、どこかの商店主というふうだ。彼は場所を説明した。地域課の警官がパトロール中に気がついたのだという。

「でも、何ともないの。全然何とも」急いで菫子が付け加えた。「レイカさんとこから帰る時、暗がりでいきなり襲われて――その――」

「近くのビルに連れ込まれそうになったんです」

喜多が淡々と言った。桜子は口を押さえてしゃがみそうになるのを、懸命にこらえた。

「大丈夫。すぐにレイカさんが駆けつけてくれて、助けてくれたの。ね？　レイカさん」

レイカは弱々しく微笑んだきりだ。まだどこかぼうっとしたところがある。襲われた菫子の方がよほどしっかりしていると、桜子は胸を撫で下ろしながら思った。

「すごかったの。レイカさん。あいつらをメッタメタにやっつけたの。柔道の技で」

「そんなんじゃないわよ。あたし、夢中だったから」

「あいつらって？」

から元気を装おうとしている菫子を制して、桜子は尋ねた。

「知らないけど……」

前に一回絡まれたことがあると菫子が答えた。

「多摩川市で幅をきかせている不良グループのどれかのようです」

喜多が口を挟んだ。それで少年係が担当しているのだと知れた。警察が来たのを知って、散り散りに逃げてしまったのだという。警官が急いで追いかけたけれど、一人も捕まえることができなかったらしい。

とにかく、菫子は無事だったのだ。レイカのおかげで。そのことだけは理解できたし、一番重要なことだった。

「ありがとう。レイカちゃん。菫子を助けてくれて」

「だから、そうじゃないのよ。助けようとはしたけど」

少年係の警察官は、母娘とオカマのやり取りを黙って見つめていた。

喜多に被害届を出すよう言われ、菫子とレイカが聴き取りに応じた。思ったより時間がかかり、レイカは店を休むことになった。桜子は一度店に電話を入れた。美帆は、一人で大丈夫だと答えた。

書類が整ったところに、純がやって来た。桜子がつい口を滑らせて、ここの刑事と知り合いなのだと言ってしまったのだ。それを聞いて喜多が連絡してくれた。暴力事件の被害届は刑事課に出され、犯人が少年だと断定されれば、生活安全課と協力して捜査に当たるらしい。

被害届を提出し、もう帰ろうと腰を上げたところだった。喜多は純と入れ替わるように、被害届を手に出ていった。

「おい、いったいどういうことだ」

純の視線はレイカに真っすぐに注がれている。まるでレイカが菫子に何かをしたとでも言わんばかりの態度だ。

「あのね、純。菫子を助けてくれたのは、レイカちゃんなのよ」

「こんなオカマの家なんぞに行くから危ない目に遭うんだ」

「ちょっと！」レイカはいきり立った。宿敵を前にして、目が覚めたみたいだ。

「それ、どういう意味？　うちの辺りは治安はいいのよ。こんなこと、初めてなんだからね」

「どこが？　湧新三丁目、四丁目は悪の巣窟なんだよ」

「お巡りさんがそんなこと言っていいの？　あんたらがしっかり取り締まりをすればいいだけでしょ？　警察がだらしないからあんな不良たちがのさばって足を延ばしてくるのよ」

「なんだと？」

ことは気にしないだろうが。

「もう、やめなさいよ」

ここはうちの店じゃなくて警察署の中なのよ、と付け加えたかったが、パーティションの向こうで聞き耳を立てている人がいるかもしれず、自重した。しょっちゅう純がフラワーショップ小谷に立ち寄っていると知られたら、よくは思われないだろう。まあ、本人はそんなことは気にしないだろうが。

「で？　どんな奴だった？　菫子を襲った連中は」

「さっきのお巡りさんに言ったよ、全部」

菫子はうんざりしたように首を振る。

「いいか」純はどすの利いた声で言った。「今、この街では殺人事件が連続して起こってる。お前を襲った奴らがそういう犯罪に関わってないと断言できるか？」

まさかー、とでも言いそうに笑いかけた菫子は、純の迫力に押されて黙った。

「とにかく、用心するに越したことはない」押し殺した声で畳みかける。「俺は前から忠告してるだろ？　それを――」

今度は桜子を睨みつけた。椅子から立ち上がって、狭い空間を一回りして椅子に戻る。

「こういうことになるって、俺は口を酸っぱくしてだな――」

「わかった、わかったよ、純」

純がまた立ち上がった。頭に血が上ってどうしても座っていられないようだ。

「いいか。こういうことなんだ。女を殺して回る頭の狂った奴がいて、そいつは毎晩、徘徊している。犠牲者を探して歩いてる」

また部屋の中をぐるっと一周した。

「そこへおめでたい女子高生がふらふらとやって来る。オカマなんぞと夜遅くまで遊んで」

「遊んでなんか――」

反論しようとした菫子を、純が目力で黙らせた。

「警察はな、そういうバカな女の子の身辺警護をやるほど暇じゃないんだ」

菫子はうなだれて下を向いた。レイカはそっぽを向いて足を組んでいる。

この子は――、と桜子は思った。この子は、父親にこういうふうに叱られたことなんか一度もない。憲一郎が生きていたら、同じように娘を叱っただろうか？　十代の、こんなに生き生きとした少女に育った菫子を見ることなく、あの人は死んでしまった。菫子の方も、父親とぶつかり合う機会もなく、年を重ねてきたのだ。

その思いは、桜子の心をひどく挫けさせた。意識して遠ざけている心細さや迷い、それから底なしの寂寥感に、ふいに囚われそうになる。膝の上で折り畳んだソムリエエプロンを握りしめる。ふらりと立ち上がった桜子を、純と菫子とレイカが見つめてきた。

「帰ろう、菫子」

それから、純に向かって頭を下げた。

「ありがとう、純。心配してくれて」

おい、とかなんとか、純の口が動いたようだが、桜子は菫子の肩を抱いてパーティションの間を抜けた。夜も更けて、閑散とした警察署の中、母娘は寄り添って歩く。レイカが後を追ってきた。


晃の頭の中で、減七の和音が鳴り響いている。

もう縁を切ったはずのピアノで、力まかせに打ち鳴らされる和音。幻聴だとわかっているのに、それはピアノ曲の態を取り始める。晃を脅かす不穏な曲。

ショパンの『スケルツォ第３番』。晃の頭の中だけで、不気味な減七の序奏の部分が繰り返し演奏されている。

和音は、頭蓋を内側から掻きむしるように響いている。指でこめかみを押さえ、唸り声を上げて立ち上がった。パソコンルームの冷たいたたずまいも、もはや晃の気持ちを落ち着かせることはない。

カープからの電話を受けた。菫子の体を暴力で支配し、弄んで、意欲をすっかり萎えさせるという計画が失敗に終わったという報告だ。

「おかしなオカマが乱入してきてよー」

失態をなんとかうまく取り繕おうとしているように、カープは早口で言葉を継いだ。

「それがえらくガタイのいい野郎でさ、うん？　野郎？　まあ、とにかくそいつがガンジンまで投げ飛ばしたんだ。あのガンジンをだぜ」

「もういいよ」

冷たく言い放つと、向こうは妙に慌てた。

「ポリ公には尻尾をつかまれてないぜ」

どうせオラオラ集団をしらみ潰しに当たっていけば、警察はブラホにたどり着くだろう。どうしてこんなに頭が悪いんだ、こいつらは。このちっぽけな街でつまらない犯罪に加担して、それで満足して意気揚々と暮らしている。

でも――それが晃には羨ましかった。

何かに「飽きる」ということもなく、その日その日の楽しみで満たされる。こういう連中が一番幸せなのかもしれない。何もかもが予想線上にある人生を、これから歩いていく苦しさなんて、絶対に感じることがないだろう。

「今度は絶対うまくやるって。ミュージカルなんてふざけたもんをぶち壊すんだろ？　あの音楽監督をばっちりやってやる。骨の二、三本は折ってさ、当分動けないようにしてやるさ。多摩川市中がどんだけびっくりするかな。考えるとシビレるよな」

何も答えないでいると、カープがさらに続ける。

「あの女だって、ガッコも家もわかってるし、いつでもやれるんだ。あっちはまたゆっくり遊んでやるさ。ガンジンもバクもやりたがってる。どっかに監禁してさ、あいつがヒイヒイ泣いて喜ぶくらいにたっぷり可愛がってやるよ」

「好きにすれば」

「お前の名前は出さないから。元カレの思いつきで、いい目に遭わされてるって教えてやりたいけどな」

自分の言い方に興奮して、気味の悪い笑い声を上げるカープが鬱陶しかった。

「どうでもいいよ」

短く言って通話を切る。

自分で思いついたくせに、早くもミュージカルなんかどうでもいいと思い始めていた。

また減七の和音が頭の中で鳴った。

誰も何も言わなかった。

ただ重々しい空気が練習場を包み込んでいた。うつむく者、顔を手で覆う者、無表情で宙を眺める者。

菫子も茫然と前を見つめた。立っている鳥居と桐田裕典、武士末カスミ。それと顔見知りになった多摩川市文化振興事業団の職員が二人。壁際には、作りかけの舞台セットが置いてある。その傍らの美術スタッフもひどく顔色が悪い。

音楽監督の与謝野が昨夜、誰かに襲われた。今日の練習に備えて多摩川市入りしていた彼は、一人で夜道を歩いていて、後ろから引き倒された。後頭部を道路に打ち付けて動けなくなっているところをまた殴られたようだ。目撃者は今のところいない。傷からして襲撃者は数人はいると見られている。

意識を失って倒れている与謝野を、通行人が発見して通報した。市内の救急病院に搬送され、急性硬膜下血腫との診断が下りた。すぐに緊急手術が行われ、まだ終わっていないのだということ。予断を許さない重症だというのが、病院側の見解だった。

ニュースになる前に、乗松から電話があった。母のスマホにかかってきた知らせを、菫子は息を呑んで聞いた。

「くそっ」毒づく乗松の声がスマホから漏れ聞こえた。「なめた真似、しやがって」

桜子は、ちらっと娘の方に心配そうな視線を送ったが、極力冷静な声で、頭に血が上った刑事と会話をしていた。

「今、警察が懸命に捜査してるんだって。財布には手がつけられていない。物盗りじゃないみたい」通話を終えた母は言った。「与謝野先生の容態は、まだよくわからないそうよ。ひどいことにならないといいけど」

もうそこまで聞いて、立っていられなくなった。

「大丈夫。きっと純が捕まえてくれるから」

居間のソファにどすんと腰を落としてしまった娘の前に来て、そんなことを言う。怒りが込み上げてきた。母に当たっても仕方がないとわかっていても、突っかからずにはいられなかった。

「犯人なんかどうでもいい！　与謝野先生がよくならなかったら、どうしたらいいの？　ミュージカルはどうなるの？」

「きっとよくなるわよ」

安易にそんなことを口にする母に苛立つ。

「そんなこと、お母さんにはわからないでしょ！」

声が詰まった。自分が襲われた時には虚勢を張って、母の前では泣かなかった。でも今は抑えようとすればするほど涙が溢れてきた。

「菫子」

母がソファの前に膝をついた。同じ目線になって菫子の手を取る。

「こんなことを言うべきじゃないかもしれないけど、お母さんは、さっきの純の電話を聞いて思ったの。神様、ありがとうございますってね。ありがとうございますって。菫子を無事で私のところに戻してくれてありがとうございますって。与謝野先生にひどいことが起こった後、こんなことを言うと、罰が当たるかもしれないね。でも、それがお母さんの本当の気持ち」

「お母さん……」

「きっと――」手を伸ばして菫子の頭を撫でた。「きっとお父さんが生きていても、同じことを言ったと思う」

そんなやり取りを昨日の晩、母とした。おかげで今日、練習場に集められた時には、だいぶ気持ちの整理がついていた。

与謝野充は、ずっと意識が戻らない。出血の範囲が広くて、脳に重篤なダメージが残ったようだ。病院側の記者会見が今日の午前中にあったので、全員がそういうことを把握していた。

「しばらくミュージカルの練習は休むことにします」

鳥居が重々しい声でそう告げた。

「与謝野先生のこともありますが、今、湧新地区で連続して起こっている事件のことを考慮して、夜にしかできない練習に皆さんを出席させることに危険を覚えるからです」

若い女性や子供さんもいますから、と鳥居は続けた。

「これからのことは、西川市長や桐田先生とも相談して決めます」

「それって——」声を上げたのは、菜々美だった。「それって市民ミュージカルは上演中止になるかもしれないってことですか？」

鳥居と桐田はさっと目を見交わした。

「わかりません。ただそういう可能性もゼロではありません」

出演者からもスタッフからも、驚きと嘆きの声が上がる。誰かが抗議するということはなかった。

なぜ与謝野先生がこんな目に遭うのだろうか。物盗りでないとすれば、誰が彼を襲ったのか。誠実な音楽家を傷つけることにどんな意味があるのだろう。自らが襲われたことと合わせて、得体の知れない恐怖を覚えた。自分や与謝野に向けられた粗暴な害意に身が縮む。見慣れた街が、ふいに不穏な空気に満ちた場所に思えた。

菫子は、自分を襲った少年たちの顔を思い浮かべた。あの後、湧新署で微に入り細を穿ち訊かれたから、もう頭の中に映像ができてしまっている。特にスキンヘッドの男と金髪の男。やっぱり以前晃といた時に出くわした連中だという気がした。晃に彼らのことを憶えているかと尋ねたら、もっと詳しいことがわかるかもしれない。記憶力のいい人だから。でももう別れたのだ。そういうことはしたくなかった。晃を煩わせたくなかったし、母にも知られたくなかった。

きっと特徴的な奴らだから、すぐに捕まるに違いない。警察は付近の防犯カメラの映像を解析しているというし、逃げ切れるとは思えなかった。

「じゃあ、これで解散。今後のことはまたお知らせします。どうか気をつけてお帰りください」

鳥居の言葉が虚しく練習場に響いた。

「ガンジンが力の加減を間違えてよ」

耳障りなカープの声。それに重なるように減七の和音。

晃は顔をしかめた。このところ四六時中、鳴り響いている。

「ほんと、あいつのバカさ加減にはうんざりするよ。この前、あの女とオカマにコケにされたもんだから、リキんじゃってさ」

相手は必死で言い訳を並べ立てる。

もう何が起こったのかは、充分過ぎるほどわかっていた。女子高生一人自由にできなかっただけでなく、コテンパンにやり返されたものだから、持っていきようのない怒りに突き動かされたブラホたちは、見境がつかなくなってしまった。

獲物を見つけたハイエナみたいに与謝野に襲いかかったのだろう。いや、ハイエナの方がまだうまく狩りをするはずだ。チーム力を生かした頭脳プレイで襲撃し、相手に与えるダメージの計算も上手にしただろうに。ガチガチ歯を鳴らして跳びかかっていく愚かな集団が目に浮かんだ。

与謝野充は未だ昏睡状態だ。先は見えない。

誰がそこまでやれと言った？　そんなありきたりな言葉を言うのもばかばかしかった。

「ちょっとヤバイことになったから、しばらくはおとなしくして——」

カープの声にはだんだん張りがなくなってくる。

「いや」ふっと浮かんだ考えに、にやりと笑う。「お前らの素性がばれる前に、もう一回チャンスをやるよ。菫子を襲うチャンス」

「でも――」

襲撃した相手に、死に瀕するほどの怪我を負わせたことで、いつもはノリのいいリーダー格の男も尻込みしているのだ。もっとガラの悪い奴らがわんさかいる多摩川市の南部にでも、潜伏するつもりだったのか。それとも一時的につるむのをやめておとなしく鳴りを潜めるつもりなのか。ほとぼりが冷めるまで。

「それじゃあ、つまんないだろ」

「あのさあ、晃、もう市民ミュージカルはおじゃんになったんじゃないか？　音楽監督があんな状態なんだからよ」

「ゲームは最後までやんないとな」

相手の声に被せるように言う。カープは黙り込んだ。晃の言いなりにもうひと暴れするか、尻尾を巻いて引き下がるか。今度へまをやったら少年院送りだ。頭の悪いなりに天秤にかけているのだろう。

「こういうことは日を置かず、さっさとやった方が安全なんだ。だろ？」

カープは小さく息を吐いた。一言も発しない。

「菫子をさらって、どこかへ監禁するんだ。あとは好きにすればいい。今度は顔がばれないように考えろ。それからレイプはしても、与謝野みたいに決定的な怪我はさせるな。うまくいったら、お前が言うようにしばらくよそへ行っとけばいい。金は出す。一人百万」

「百万――？」

とうとうカープが答えた。

「ほんとに？」

声が上ずっている。

「ああ。うまくいったらな。金、用意しとくよ」

それくらいの金は晃には何でもないと、もう充分知っているはずだ。

「どうして――」

言いかけて、カープは口をつぐんだ。彼が何を言おうとしたかはわかった。

どうして俺は菫子にこだわるんだろう。どうして放っておけないんだろう。女の子なんて、付き合おうと思えばいくらでもいるのに。

答えは出ている。菫子は癇に障るのだ。ミュージカルなどというものに夢中になっている女の子。監督に怒鳴られ罵られて徹底的にへこんでも、また自分を鼓舞して起き上がる。生まれた時から歓楽街で暮らし、そこの人々と交流し、楽しみを見つける。そうだ、自分では気づいていないかもしれないが、あいつの生活そのものがミュージカルなんだ。

晃にないもの——熱中したり失望したり、本気で喧嘩したり励まされたり、そんな感情の起伏。それを持っている女の子が目障りだった。市民ミュージカルではない。ああいうものに夢中になる者を叩き潰したかった。それは幻影なんだ、と言ってやりたかった。あいつが体現している人生の楽しみなんか、嘘のものなんだとわからせたかった。

「皆と相談して、すぐにやるよ。計画ができたらまた連絡する」

今度は黙って、晃は電話を切った。

第四章　靴の中のクレマチス

デンマーク人は無類の乳製品好きだ。きっとそれが長寿の秘訣でもある。いや、長寿を助けているのは、質素な食事にあるのかもしれない。

この国でしょっちゅう出てくる食材は、ニシンなどの青魚やサーモン、小エビ、豚肉、ジャガイモを中心とした野菜類だ。それらをサワークリームや生クリーム、チーズで味付けをする。たっぷりのバターを載せると、くせのあるライ麦パンもとびきり美味しくなる。

それから意外かもしれないが、デンマーク人はビール好きだ。「飲み物といえばビール、その次がミルク、そして水」と言われているほどだ。果物の少ない北欧では、ベリーも欠かせない食材である。ベリーに蜂蜜をかけてしばらく置いたものに、ビールを注ぐというベリー入りビールを、私はここで初めて飲んだ。少し甘くてコクのあるビールだ。

ヨーロッパを演奏旅行で回る時、ご馳走を食べ過ぎて胃腸が疲れたら、デンマークの素朴な料理を食べたくなる。どこかの農家のおかみさんがこしらえてくれたような、豚肉ソーセージやキャベツとエンドウ豆のスープや、塩漬けニシンとジャガイ——

女の喉から、溺れる時のようなブクブクブクブクといった音がした。それから肺に残っていた空気が漏れだすシュウッというような音も。そのすべてを聞いた侵入者は、それでも力を緩めなかった。

女の体はかすかに痙攣し、首に巻かれたロープをはずそうと懸命に動かしていた両手がだらりと垂れた。手袋とロープが擦れ合う音。まだ絞め上げる。腕が痺（しび）れてくる。息絶えたと確信できなかった。詰めていた息が続かず、吐き出すと同時に、やっと力を緩めた。

そろそろと女の体を床に横たえる。しばらくは息を整えないと動けなかった。どれくらい死体のそばで膝をついていただろう。きっとそう時間は経っていないだろう。侵入者は立ち上がって、女を見下ろす。これ以上ないというほど見開かれた瞳は、うっ血している。いったい何を見ているのか。かっと宙を睨みつけている。侵入者は、思わず目を逸らす。もう彼女には、誰の姿も認めることはできないとわかっているけれど。

首に食い込んだ細いロープ。その周囲には、女が自分で掻きむしった無数の傷が赤く残っていた。女の白いジャケットには、汚れも皺もない。すべてはあっという間の出来事だった。ジャケットの下は、レオナールのシルクジャージーのワンピースだ。鮮やかなプリント柄のスカート部分に黒い染みが広がっているのを、侵入者は悲しい気分で眺めた。首を絞められたせいで、失禁したのだ。

ロープをこのままにしておくわけにはいかない。ゆっくりと首からはずす。ロープのねじれ模様がはっきりと首に残っていた。ロープを巻き取り、部屋の中を見回す。女のパンプスが片方、足から脱げて転がっていた。侵入者はその中に、クレマチスの花を入れる。濃い紫色のそれは、花びらのひとつも散らすことなく、靴の中に収まった。

遮光カーテンの細い隙間から、ネオンサインのけばけばしい明かりが漏れてきている。部屋を出ていく侵入者の背中にも、一瞬、明かりが届いた。

✼

またパトカーが店の前を通った。

美帆がちらりと道路の方を見たが、何も言わず作業に戻った。市場から仕入れて帰った花の水揚げ作業を、二人で手分けしてやっている。この地味な作業は、時間も手間もかかるが、花屋では一番重要なものだ。

美帆は作業場で、小さな椅子に座って、バーゼリアと格闘している。バーゼリアの硬い茎の切り口を、一本一本金槌で叩いて潰す。こうして吸水できる面積を広げるのだ。南アフリカから輸入されるバーゼリアは、杉に似た針のような葉に球状の緑の花がついた植物だ。アレンジの時に入れると、全体が甘いだけではなくてぴりっと締まる。今日、市場で見つけてセリ落としてきた。

桜子はせっせとバラの湯揚げをしている。束ねたバラの茎を熱湯に浸けていく。すぐに隣のバケツの水に浸けることで一気に水が上がる。

二人とも黙々と水揚げ作業を続けていた。

今日も天気がはっきりしない。十月といえば、空が高い秋晴れの日が多そうなものだが、今年は体育の日も土砂降りの雨だった。行楽を楽しむ雰囲気は、どうしても湧いてこない。道行く人たちも、うつむき加減で足早に通り過ぎていく。街中が沈鬱で、なおかつぴりぴりしているようだ。

また湧新地区で人が殺された。

そのニュースが流れた途端、今までとは違う衝撃が街を包んだ。今度の被害者は、名前を知られた人だったからだ。牧田涼子。湧新地区に事務所を構えたばかりの女弁護士。次期市長選に出馬が濃厚だとされていた有名人だ。

連続殺人事件、四人目の犠牲者。今や多摩川市は全国的な注目を浴びている。

牧田涼子は、事務所にいるところを襲われた。一人で遅くまで残って仕事をしていたのだという。夫も多忙な弁護士なので、すれ違い生活が当たり前になっていて、翌朝まで彼女の死に気づかなかった。涼子が家に戻らなかったのを、誰も不審に思わなかったのだ。一人息子も、今は病気を克服して独立し、東京で暮らしているらしい。

発見者は、翌朝出勤してきた事務所の職員だった。

先の三件の被害者とは、年齢も職種も違っているから、同じ犯人の仕業ではないと見る向きもあった。が、結びつきを示す決定的な証拠が残されていたのだ。犯行現場にクレマチスの花が落ちていた。どう見ても、犯人が意図的に残していったものとしか考えられなかった。このサインは何を表しているのだろう。犯人による気まぐれか、遊び心か。それとも深い意味が隠されているのか。

神奈川県警と湧新署で立ち上げた捜査本部は、特別捜査本部に格上げになった。刑事部長の記者会見では、花が残されていたことを初めて発表していた。今までの事件との関連を強調するためだろうか。この連続殺人事件の特異性を打ち出す意図か。捜査で駆けずり回っている純が、フラワーショップに来ないので、その辺の事情はよくわからなかった。

また不摂生な生活をしているに違いないと桜子はため息混じりに思う。自分が心配したって、何にもならないのだが。

重大な殺人事件が起こったせいで、与謝野充を襲った犯人の捜査の方が手薄になってしまっている。いくらなんでもこの粗暴犯と、不可解な連続殺人犯とが同じ人物とは思えない。人を殺しておいて、象徴的な花を現場に残していくような人物とは。

まだ与謝野充の意識は戻らない。伝え聞くところによると、脳に受けたダメージは相当深刻で、回復の見通しは立たないようだ。こうなった時点でも、与謝野直美は息子のところにやって来ない。エージェントだか秘書だかが病院に様子を見に来たらしいが、本人は演奏会をキャンセルすることはできないと、スケジュールをこなしているという。

百合子ママは、もう身も世もない有様だ。

与謝野充が来店した時には、与謝野直美が書いた食に関するエッセイを、皆の前で朗読していたという。充は桐田に強引に引っ張り込まれた市民ミュージカルで、食にまつわるテーマを選んだ。母である直美の食へのこだわりが、彼女の演奏スタイル、生きる意欲にもつながっているからだと充は語った。ピアニスト志望だった百合子ママは、それを伝え聞いて感動した。エッセイの中に出てくる各地の料理に合わせて、その土地で直美が演奏したピアノ曲もバックで流していたらしい。

でも与謝野充があんなことになってからは、到底そういう趣向はできなくなってしまった。桐田だけが来店した時に、充の回復を祈って同じように朗読しようとして、途中で詰まり、泣き崩れてしまったのだと聞いた。元気だった与謝野が、桐田と連れ立ってジュリアを訪れた時のことを思い出して辛かったのだろう。

いったい『聖者が街にやって来た』というミュージカルはどうなってしまうのだろうか。董子の気持ちも不安定だ。与謝野充の意識が戻らないことが相当こたえているようだ。ミュージカルの練習は、中断したままだ。武士末カスミが、皆の体がなまらないよう、ボランティアでダンスだけは教えているという。市内のダンススタジオが無償で練習場所を提供してくれた。憶えた振り付けを忘れないように、ミュージカルの出演者たちが自主的に通っているのだ。しかし、董子はまだ行っていない。

あまりに多くのことがいっぺんに起こり過ぎた。

レイカが桜子にほのめかしたところによると、董子は事件の直前に、付き合っていた男の子と別れたようだ。

別のバラの束を解いて、一本ずつシリコン製のトゲ取りでトゲを取っていく。憲一郎はトゲを取るにも、器具など使わず、手のひらでシューッと引いていた。その方が早くて茎を傷めないのだと言っていた。

「僕の手の皮は分厚くなってるから、全然痛くないんだ」

笑っていた憲一郎の顔が浮かぶ。

こんな時彼だったら、娘にどうやって声を掛けただろう。きっと面と向かって励ましたりはせず、いつもと変わらない様子で、それでも温かく見守っていたに違いない。桜子にも、いつもそうしてくれていたから。あのさりげなさは芸術的だった。

店の入り口の逆光の中に、口笛を吹きながら作業する憲一郎の背中を見た気がした。

「よう」

「わっ」

美帆が椅子から転げ落ちそうになる。純がひょいと顔を覗かせたのだ。

「乗松さん！　びっくりするじゃないですかー」

それでも弾んだ声を出す。美帆も沈鬱な雰囲気に参っていたのだ。純と遠慮のない会話ができるのが嬉しいのだろう。

「久しぶりですね。乗松さんの顔見ないから、転職でもしたのかと思ってた」

早速ジャブを浴びせる。

「ふん、俺がどんなとこに転職するんだよ」

「あー、そうですねえ」

美帆の声がどんどん明るくなっていく。レンガの上に置いたバーゼリアの茎を、力まかせにドンと叩いた。

「冒険家とか？」美帆はケラケラと笑った。「男のマロンですもんねえ」

「うるせえ！」

桜子はどこかほっとした思いだった。純は案外こざっぱりした様子だ。もっと疲れ切ってやつれているかと思った。すぐにそのことを美帆に突っ込まれる。

「一週間、署の講堂に泊まりっきりだったからな。今日は家に帰って風呂に入って着替えして――」

「え？　もしかして一週間ぶりの着替え？」

顔をしかめた美帆に、純が咆える。

「そんなことあるか！　一回だけ署の近くの風呂屋に行った」

「一回？　一週間で一回？」

うへえ、とおおげさに美帆は下唇を突き出す。

「あー、あたしは無理」

「何が？」

「刑事の奥さん」

今度は純がにやりと笑った。

「若いの、紹介してやろうか？　お前にちょうどいい年頃の刑事、いっぱいいるぞ。今、湧新署は刑事で溢れてるからな。県警からもさらに増員されて」

「遠慮しときます」

処理の済んだバーゼリアをバケツに挿して、美帆が答えた。

刑事ドラマなどでは、捜査に追われて家に帰れない刑事に、奥さんが着替えを届けるシーンがあるが、本当にそういうことをしてもらわないと困るだろう。独り者の純のような刑事は不自由しているのだ。

「菫子はどうしてる？」

真面目な顔になって、純が尋ねてきた。はっと我に返る。

「あ、うん。ちゃんと学校には通ってるよ。まだ落ち込んでるけど」

「そうか」

「あの子がショックなのは、与謝野先生の件よ。先生があんなことになって、ミュージカルがダメになりそうだから」

純が顔を曇らせた。美帆はこの話題には割り込む気配はない。

「与謝野先生の容態はどうなの？　それを一番心配してる。誰もお見舞いに行けないから」

純がゆっくりと首を振る。

「安定してるって医者は言ってる。だけど、それは当面生命の危険はないっていう意味で、意識が戻るかどうかは予測がつかんらしい。脳のことはまだよくわからない部分が多いんだってさ。そんなら、なんのために医者なんかがいるんだってことだよな」

いつもの丸椅子に腰を下ろして、純は腕を組んだ。

訊きもしないのに、組まされた県警の刑事と反りが合わずに胸くそが悪いだの、特別捜査本部の本部長である県警の刑事部長が無能だの、「ここだけ話」を繰り広げる。いつもの調子で鬱憤を晴らし始めた純の言葉を、作業の手を休めることなく聞いた。

殺人の犠牲になった人に優劣なんかないことは皆わかっているけれど、今度の犠牲者は特別だという思いが捜査本部にはあるのではないか。西川市長が自分の後継者だと名指ししていたほどの女性弁護士だ。注目度も高い。さすがに純も捜査の内容や捜査会議のことは口にしないが、上層部は相当熱が入っているのだろう。

純は、菫子を襲ったストリートギャングを、本当は追いかけたいのだろう。しかし、特別捜査本部に組み込まれて身動きが取れない。きっとぎりぎりするほど歯がゆいに違いない。以前、憎しみに突き動かされて刑事の仕事をしていると言った純の言葉がわかるような気がした。

桜子も、早くあの不良少年たちを全員捕まえて、しかるべき場所で裁いてもらいたいと切実に思う。大切な娘を危うく傷つけられるところだった。亡き夫が残してくれたたったひとつの宝物を。暴行しようとした連中が憎かった。またあんなことが起こったらと思うと、眩暈がしそうになる。

　このままでは、菫子のことが心配で仕方がない。桜子のそんな気持ちも、純は充分に理解していると思う。とにかく自分で自分の身を守るしかないだろう。菫子も用心しているようだ。ミュージカルの練習が休みになり、夜出歩くこともなくなったので、それはよかったと思っている。

「今度はクレマチスだ」

　ぼそりと純が呟く。はっとしたように美帆が顔を上げた。

「ねえ、一回確かめようと思ってたんだけど、花の種類なんか、私にしゃべっていいの？」

　警察発表では、花の名前は伏せられていた。

「いいんだ」純が澄まして言う。「最初のパンジーの花に意味があると、狙いを付けたのは俺なんだ」

　歓楽街の花屋から情報を提供してもらってな、と続ける。警察は花卉の専門家などにも尋ねただろうに、いい知恵は得られなかったようだ。

「鉄線ですよね。日本名は。蔓性植物。あたし、好きなんだけどな、クレマチス。しっとりしてて品があって」

「うん、そうだね。洋風のアレンジにも使われるけど、生け花や茶花にも使われるよね」

花屋の知恵などたかが知れていると思いつつも、桜子はそんなことを言ってみた。

「花はなんでもいいんだろ。全部の殺人現場に花を置いて、つながりがあるってことを知らしめたいんだ」

「自分がこの殺人を続けてるって宣言したいわけ？」

身の毛もよだつ精神構造だ。

「そういう奴がたまにいるんだ。力のない女を殺して自己の力を誇示したい奴がさ。ひねくれた心根の、鬱屈した奴なんだ」

びしっと決めつける。きっとこれが純にとって正しいやり方なんだ、と寂しい気持ちで桜子は思う。自分を憎しみで駆り立てるやり方が。

「あの女弁護士さん、優秀な人なのに可哀そう。殺されてしまうなんて」

「美帆ちゃん、知ってるの？　菫子もミュージカルのパーティで見かけたって言ってたけど」

美帆は、今度はアスチルベの茎に、花鋏で十字の切れ込みを入れ始めた。パチンパチンという鋏の音に合わせて薄いピンクの小花が揺れている。

「知ってるというか――」アスチルベの茎に目をやったまま、美帆は答えた。「あたしの従姉（いとこ）に司法試験を予備試験から六回も受け続けているツワモノがいて、その子が牧田さんに憧れてたんです」

「へえ？　そんなに素晴らしい人なの？」

「そうなんですよ。あたしもよく知らなかったんですけど、牧田さんが殺されてから、彼女からさんざん聞かされましたよ」

純をちらりと見やると、彼は首をちょっとすくめてみせた。警察では被害者のことは、もうよく調べ上げているだろう。

作業をしながら、美帆が従姉から吹き込まれたらしい話を披露した。

牧田涼子は、現役で司法試験を一発合格した。ご主人とは大学生の時、司法試験の勉強を通じて知り合った。彼がアメリカのロースクールに入学して国際弁護士の免許を取得する間は、日本で弁護士活動をしていた。遠距離恋愛だ。

ご主人はロースクールを卒業した後、しばらくはアメリカの弁護士事務所で働いていたので、離れ離れの時期は五年近くになった。長い婚約期間を経て、やっと結婚できたのだ。

「きっとご主人のことが大好きだったんでしょうね。アメリカと日本とに離れて住んで、お互いバリバリ仕事をしながらも愛を育んでいったわけですよ。純愛なんですって」

「純愛ねえ。そんな言葉、死語だと思ってたけどな」

美帆が純をぎろりと一瞥した。

「従姉によると、女性の生き方として尊敬できる人なんですって。一途に思い続けた人と結婚したこともそうだけど、子供さんを育てながら仕事も続けて。理想的な女性ですよね。しかも、それだけじゃないんです」

従姉によっぽど感化されたのか、美帆の話は熱を帯びてきた。

「一人息子さんが十代の時に悪性リンパ腫に侵されて――」

「まあ、そうなんだ」

バラを選(よ)り分ける手が止まった。同じ母親としてつい感情移入してしまう。

「壮絶な闘病生活だったらしいですよ。そのこと、インタビュー記事に載ってますけど。うちの従姉が牧田さんを取り上げた記事は全部取ってあるんで。この前、うちで嘆きまくって帰っていった後、雑誌を置いて帰ったから、今度持ってきますよ。あ、これ、捜査に役立つかも」

「そういうのは、もう調べ上げてるって」

美帆の提案を、純が無下(むげ)に退ける。

「で、どうなったの？　息子さん」

それでも桜子は食いつく。

「奇跡的にドナーが現れて骨髄移植をして助かったんですって。子供は一人しかいなかったから、ＨＬＡが適合する相手もなくて、一度は絶望的な気分になったって牧田さんはインタビューで答えてました」

ＨＬＡは白血球の型のことで、兄弟間なら四分の一の確率で一致するが、親子だと限りなくゼロに近いのだという説明を美帆はした。

「よくドナーが見つかったものね。ドナー登録している人だから他人なんでしょ？」

「完全には一致しなかったらしいです。そう牧田さんが語ってました。今は免疫抑制剤が革新的によくなったから、ある程度の一致で移植することもあるんですって。それほど息子さんの病状が深刻で、時間的余裕がなかったってことでしょうけど」

「そうやって息子さんの病気を克服したっていうのに、こんな事件に巻き込まれて命を落としてしまうなんて、お気の毒ね」

「ほんと、そうですよ。早く犯人を捕まえてもらいたいもんですよ」

皮肉を込めるように美帆が言うと、純が「ふん」と鼻を鳴らした。

そんなことは純本人が一番わかっていることだろう。四人もの女性が殺される連続殺人が起こったり、傍若無人に暴れ回るストリートギャングが台頭したり、憲一郎の愛した街は、どうなってしまったのだろう。美帆の言葉は住人たちの本音だ。

警察も必死に捜査してはいるのだろうが、どうにももどかしい。

純が首を左右に傾けてコキコキ鳴らし、両肩を大きく回す。桜子は疲れた刑事に濃いコーヒーを淹れるため、作業台から離れた。

茉奈がぼんやりと天井を見上げている。

晃が起き上がると、その反動でスプリングが弾んだ。ベッドの揺れに身をまかせたまま、茉奈は表情を変えない。くるりと体を横にして、今度は窓を見つめている。

出窓には、色とりどりの石がアクリルケースに収められて並んでいる。石英、玻璃長石、黒雲母、ざくろ石、トパーズ、電気石、チタン鉄鉱――。茉奈の趣味はリケジョらしく、鉱物の収集だ。

「どうした?」

茉奈がどうもおかしい。いつもなら体を重ねると、雌豹のように貪欲に肉の快楽を追い求める。何事にも集中するのだ。研究や実験、人間関係などで気になることがあっても、さっと気持ちを切り替えることができる。そして、己の欲望に素直に従う。

それが今日はうまくいかないようだ。いつもと変わりなく、お互いを貪り合ったけれど、どこか上の空なのだ。目を見開いたまま、考え事にふけっている風情の茉奈の顔に、自分の顔を近づける。唇を重ねた。ぷっくりした唇を吸う。かすかに開いた唇から、舌を押し入れた。

誘うように舌をくねらせるが、茉奈の反応は鈍い。舌を絡め合っているうちに、また体に火がついて、晃を欲するということがしょっちゅうあるのに、今日はそれがない。一回頂点に達しただけで、もうたくさんという雰囲気が漂ってきている。

たびたび会えるわけではないから、少しの時間も惜しんで愉悦に浸るのが、いつものやり方だ。いくら誘っても、茉奈が乗らないので、とうとう晃も諦めた。

唇を離して、茉奈のそばにバタンと転がった。体の芯にあった肉欲の炎がしだいに鎮まっていく。

「何か気になることがあるんだ？」

茉奈がくるりと首を巡らせて晃を見た。彼女の黒目の部分に、自分の顔が映っているのを晃は見た。茉奈は長い間、何も言わなかった。それきり、晃も口をつぐむ。

「あのさ――」

やっと茉奈が口を開いた。やや声がかすれている。

「この前、殺された女弁護士がいたでしょ？」

「うん」

小さく頷く。連続殺人事件に茉奈が心を痛めているとは思えない。

「あの人なの」

「え？」

意味がよくわからない。

「あの女弁護士よ。『フライ』を手に入れたがったのは」

今度は晃が黙り込んだ。

「ジャンキー男には結構しっかりした親がいたの。笑っちゃうけど。その親が、息子を救うために腕のいい弁護士を雇ったわけ。あの女弁護士に『フライ』を渡したおかげで、私は見逃されたし、あいつも執行猶予がつく判決を、力業でもぎとってもらえたわけ。あの弁護士、ずっと横浜を拠点にしていたはずなのに、こっちへ移って来てたんだ。私、全然知らなかった」

しばらく考えた挙句、口を開いた。

「危険ドラッグは関係ないだろ？　だって狂った頭の奴が誰彼なしに殺しまくっているんだから」

「だと思うけど」

「けど？」

また茉奈は、視線を天井に向けた。

「なんか収まりが悪いんだよね」

「茉奈らしくないな！」

わざとはしゃいだ声を出して、茉奈にむしゃぶりついた。首に舌を這わせる。茉奈は天井を見上げたまま、表情を変えない。愛撫にも応える気配はない。晃はそのまま、つつっと舌先を胸の間に滑らせた。シーツに潜り込み、滑らかな下腹にまで一気に舐め下ろす。払い除けられるかと思ったが、茉奈はじっとしたままだ。

下腹の茂みを過ぎて、脚の間に頭を入れた。無理やり潜り込むようにして、茉奈の秘所に口をつける。両手で脚を開かせると、抵抗することなく従った。

いったい何を気にしているんだろう。喜ぶべきことじゃないか。茉奈が危険ドラッグの製造に関係していたと知っている弁護士が死んでくれたんだから。

でも――。

せわしく舌を使いながら考えた。

予測がつかない方向にことが進むかもしれない。今までは聞くだけだった茉奈の話が、ぐっと身近に感じられた。危険ドラッグなんかに手を染めようとは思わなかった。彼女も言うように、あれは頭の悪い輩のつまらない遊び道具だ。特に「フライ」は、自殺念慮を後押しする奇妙なクスリだという。

しかし、それに弁護士が絡んでいるとなると、面白いものが見られるんじゃないか。法を守る弁護士が、違法なクスリに興味を持つとは奇妙だ。いったい「フライ」をどうしたのだろう。それに殺人までがくっついているなんて。これは本当に予想外の謎だ。

もう晃の頭から、ブラホのメンバーたちのことも、彼らが為そうとしている菫子の誘拐のことも抜け落ち始めていた。まあ、あれも中止にすることもないだろう。やりたい奴がやればいい。あのバカどもは、逸る気持ちを抑えられないだろうし。金をやって遠くへ逃がせば、自分にまで容疑が及ぶこともない。

舌先が小さな肉の芽を探り当てた。舐め上げると、茉奈がようやく喘ぎ声を上げた。

菫子は、立ち止まって空を見上げた。

雲ひとつない青空を切り裂くように、飛行機雲が真っすぐに伸びていく。雲の先端にかすかに機影が見えた。あんな高いところを今飛んでいる人がいるなんて、信じられない。あのジェット機のパイロットは、地上で見上げている女子高生がいるとは知る由もないだろうな。でも、なんかつながっている気がする。地球の上に同時に存在することは間違いないんだから。不思議な感覚だった。そんな思いに囚われた自分にちょっと戸惑う。

立ちつくす菫子を、通行人が追い越していく。とん、と軽く後ろから肩をぶつけられた。飛行機雲が伸びていき、機影も遠ざかった。菫子はまた歩き始めた。

今日は、武士末カスミが指導しているダンスのレッスンを覗いてみようかと思いついた。鬼頭菜々美や同年配の出演者からは、何度か誘いのメールがきた。それをやんわりと断り続けていた。自分の心がよくわからなかった。

あれほどミュージカルがやりたかったのに、いくら自分を鼓舞しても意欲が湧いてこないのだ。ストリートギャングに自分が襲われたからだろうか？　与謝野が倒れ、ミュージカルの先行きに暗雲が立ち込めたからだろうか？　それとも、晃と別れたから？　どれもが合っていて、どれもが違う気がした。

とにかく、体の中でぱんぱんに膨らんでいたものが、急速に萎んでしまった。

ダンススタジオに入るのも勇気がいった。ビルの階段の下でしばらく迷っていた。歩道を人が行き交い、車が駐車したり出ていったりするのをぼんやりと見ていた挙句、ようやく階段を上がってドアを開けた。途端に音楽が溢れ出してきて、一瞬体がすくんだ。もう耳にこびりついている音楽だ。与謝野充に何度も歌唱指導を受けた歌。録音に合わせて、出演者たちが体を動かしていた。

そろそろと入っていき、隅っこの壁に背中をくっつけて立った。反対側の壁全面に張られた鏡を通して、菜々美と目が合う。菫子を認めて喜色を浮かべたのを、重い気持ちで眺める。指導していた武士末もこっちを見た。リズムを取る手は休めない。

武士末カスミは、日本のミュージカル劇団に所属していたが、四十歳を前に退団してイギリスに渡った。その後十年以上、ロンドンで振り付けの勉強をして帰国した。五十歳を超えた今でも、引き締まった体形をしている。ベリーショートの髪型といい、頬骨の突き出た顔立ちといい、男勝りできつい性格に見えるが、優しい人だ。

お腹の突き出たおじさんにも、七十歳を超える老婦人にも、個人の能力に合わせて丁寧に指導する。厳しい桐田の演技指導の合間に、武士末のレッスンがあると気持ちが和んだものだ。音楽に合わせて踊る人々を見ていると、どうして自分が混じっていないのだろうと思う。その後すぐさま、いや、どうしても入れないと思ってしまう。もう体がリズムを刻まない。喉の奥でセリフも歌も縮こまってしまっている。

同じフローリングの上にいると、彼らの動きに合わせて振動が伝わってくる。心は沈んだままだ。やっぱり来るんじゃなかったと後悔しながら、立ちつくしていた。

「はい、じゃあ、休憩。十分間ね」

　武士末が言った途端、菜々美が飛んできた。

「嬉しい！　菫子ちゃん、来てくれたんだね。早く着替えておいでよ」

　菫子は口ごもる。何人かが寄ってきて、同じように明るく迎えてくれる。いたたまれない気持ちになった。

「ええっと……。今日はレッスンを受けるつもりじゃなくて。あの、見学だけさせてもらおうと思って」

「そんな新参者みたいなこと言うなよ。小谷さんは準主役なんだからさ」

　能天気に声を掛けてきたのは、ジンゴ役の、定年退職した元体育教師だ。

　菫子は思わずうつむく。彼に悪意はないのはわかっている。ここにいる皆の率直な気持ちだろう。この間まで桐田に怒鳴られながらも、不撓不屈の精神でくらいついていた菫子を知っているからこそ出た言葉なのだろう。

「与謝野先生は、きっとよくなるよ。だからこうして皆でレッスンをしてるんだよ。いつでもミュージカルの練習に戻れるように」

　そう言ったのは、タビアス役の倉田だった。

「いいよ。今日は見学で」

集まった人の後ろから、声が聞こえた。武士末だ。人垣がさっと割れて指導者を通す。

「いくらでも気の済むまで見ていきなさい。あくまで自由レッスンなんだから」

重要な役をもらいながらも、今まで自主レッスンに参加しなかった菫子を咎める口調ではない。ほんわかした、いつもの物言いだ。

「ありがとうございます」

頭を下げたら、目頭が熱くなる。

武士末は、菫子の事情を知らない。市内の不良グループが、菫子に乱暴を働こうとしたことは、この中の誰の耳にも届いていないはずだ。けれども今、じっと菫子を見つめる武士末の眼差しには、理解といたわりの色が浮かんでいる。

いつでも気が向いた時から参加すればいいよ、と言われている気がした。

長く人を指導してきた彼女には、心と体が連動しない人のあり様がわかっているのかもしれない。気持ちを奮い立たせ、また音楽やダンスに向き合うには、自分で格闘するしかない。その思いが伝わってきた。

武士末の気持ちが伝わったのか、菫子を囲んでいた人はバラバラと散っていった。

「今度はきっと一緒にやろうね」

菜々美が言って、肩をポンと叩いて離れていった。

「うん」

弱々しく微笑んだ菫子に、青野さんという年配の女性が寄ってきて手を取った。

「あなたがいないと寂しいわ。孫のような子ですもの」

取った手をさすりながら、そんなことを言う。さっきこらえた涙が、また盛り上がってきた。

「あなたが監督さんに怒られると、私もかっとしたり落ち込んだりしてたの。おかしいでしょ。この年になると感情が平板になってしまうから、そんな気持ちを楽しんでた。つまり私が十七歳で、こういう機会に恵まれていたらと思って、あなたに自分を重ね合わせてたのね。ここんとこ、ずっと少女の気分だったわ」

おかしなこと言ってごめんね、と青野さんは離れていった。確か、和菓子屋さんの奥さんだと聞いていた。息子夫婦に商売をまかせて暇ができたので、市民ミュージカルに参加しようと思ったと自己紹介をしていた。ルキアの住人の一人で、おそらくセリフもまともにない役だと思う。

老舗和菓子屋の隠居した奥さんが、暇にあかせて応募したのだと決めつけていた。

出演者一人一人が、この『聖者が街にやって来た』に抱く思いがあるのだ。それを考えたことがなかった。自分だけの思いに凝り固まって、やる気をなくしていた自分が恥ずかしかった。

しかし、やはり気持ちは沈んだままで、それから一時間ほど、ダンススタジオにいるのが、正直苦痛だった。

レッスンが終わって、汗だくの出演者や武士末に挨拶をして、早々に引き揚げた。

外に出ると澄んだ秋風が頰を撫で、ほっとした。空の飛行機雲は、もうぼやけた一本の線になって、それでもまだ空に留まっている。こんな都会でもちょっと気をつけていれば、季節を感じることができる。同じように他人の気持ちに寄り添うこともできたはずだ。和菓子屋さんの奥さんや、空のはるか高みを飛んでいくパイロットの気持ちに。

自分の悩みなんて、人からしたらちっぽけなものなんだろうなと思う。そしてそう気づけたことが、少しだけ菫子を元気にした。

背筋をすっと伸ばして、胸を張って歩く。

「あたしはマージ。ルキアで生まれて育ったの。あたしはこの街が大好き！　他の街は知らないけど、でもきっとここが一番だよ」

心の中でマージのセリフを言ってみる。これをまた口にする日がくるだろうか。

ぼんやりと考えながら、角を曲がった。湧新一丁目のすっきりと整った街並み。手入れの行き届いた街路樹と立ち並ぶタワーマンション。下の階にオフィスが入っているビルの前庭を突っ切った。大きなビルとビルとの谷間。濃い影が落ちてくる前庭には、人影はない。通路のそばでモッコクが葉を茂らせている。

車道を越えた向こうの公園の、こんもりした緑の上を、鳩の群れが旋回して飛んでいる。立ち昇った黒い雲が渦を巻いているように見えた。ふと不吉な思いに囚われる。はっとして目を凝らした時、公園の隣の住宅街から、一樹が出てくるのが見えた。遠すぎて、向こうは菫子に気がつかない。お腹を押さえて、足早に公園に入っていく。

その時、手前の歩道に乗り上げて駐まっている黒い大きなワンボックスカーに気がついた。おかしな感じがした。誰も乗っていないのに、両方のスライドドアが開けっ放しになっていて、車越しに公園の方が見渡せた。緑の中に消えようとしている一樹の小さな後ろ姿が見えた。

惰性で足が二歩三歩と前に出て、ワンボックスカーに近づいた時、いきなり後ろから肩をつかまれた。耳が複数の足音を拾う。振り向く暇もなく、ねじ伏せられる。ようやく、相手の姿を認めた。

襲ってきたのは三人。異様な風体だった。キャップを目深に被り、顔の下半分はネックウォーマーで隠れている。まだそこまで寒いわけじゃない。明らかに顔を隠そうとしていた。向こうは無言だ。体つきから全員が男だとわかった。「ギャッ」というような小さな声しか出ない。

　モッコクの陰に倒れながら、ワンボックスカーの方に首をねじ曲げた。「キャーッ！」と叫び声をやっと上げる。一樹が振り返ったような気がしたが、気のせいかもしれない。すぐに視界が遮られた。ネックウォーマーの男に圧し掛かられてもまだ、状況がうまく理解できなかった。

　男たちの入り乱れる息遣い。やはり一言も発しないのが、不気味だ。三人がかりで手足を押さえられ、一人の手が口まで塞ぐ。ずるずると車の方に引きずられる。気が遠くなりながらも、何とか抵抗するが、屈強な男に対してはたいして効果はなかった。アドレナリンが体中を駆け巡る。耳の奥で、激しく脈動する自分の鼓動を聞く。

　三人は、軽々と菫子の体を持ち上げた。そのまま運ばれ、あっという間に体の上半分がワンボックスカーの中に押し込まれる。頭の中が真っ白になる。どっと汗が噴き出してきた。足をばたつかせて男たちの手を振り払おうとする。相手はそんなことでは、びくともしない。がっちり押さえ込まれている。

　男が「ギャッ！」と叫んだ。

「バカ！　何やってんだよ！」

　そう怒鳴ったのは、運転席に回った男だった。

「噛まれた！」

菫子は、口を押さえた男の手に思い切り歯を立てていた。

「くそ！　離せ！」

振り回す男の腕が、菫子の顔をまともに打つ。あまりの痛さに一瞬気が遠くなる。反対側のスライドドアから乗り込んできた男に、体を引っ張られてシートの上に叩きつけられた。まだ片方のドアが閉まらないうちに、車は急発進する。タイヤが道路をこすって嫌な音を立てた。両方から男に挟まれて、思わず体を起こす。

スモークがかかったウィンドウ越しに、菫子は通りを見た。のんびりとベビーカーを押す親子連れが後ろに流れていく。時間にすれば数分間の出来事だ。誰の目にも止まらなかったのか。体の震えが止まらない。

「いってー」

菫子の左隣に座った男が、ネックウォーマー越しにくぐもった声を出した。菫子が噛みついた手のひらを振っている。

「しっ！」

運転席の男が神経質な声で黙らせた。

そのままワンボックスカーは、街中を疾走していった。

海の匂いがした。

海といっても潮の香りではなくて、浮いた油と長い間海水に浸かって腐った木材のような臭いだ。海辺の工場地帯に連れて来られたのだろうか。

ワンボックスカーの窓から、大きな鉄扉に書かれた「大栄倉庫第12号」という消えかけたペンキの文字が見えた。ここがどこだかわからない。拉致されてから、三十分経ったというところか。

男たちは、全員が黒ずくめの特徴のない服装だ。運転していた男が、リーダーシップをとっているようだ。菫子の右隣には、痩せた長身の男。左にいるのはぶよぶよ太った色白の男だ。白い手のひらに、菫子の歯型がついていた。三人とも目だけしか見えないから、どんな顔をしているのかはわからなかった。恐ろしいことに巻き込まれたとは理解できるが、まだ実感が伴わない。

ひとつだけ思い当たったことがある。この黒いワンボックスカーは、ダンススタジオに入る前、あのビルの正面に駐まっていた。菫子が階段を上るかどうか逡巡している間、この男たちはじっとスモークガラス越しに菫子を観察していたのだ。つまり、自分は付け狙われていたことになる。誰でもよかったわけではない。この人たちは、私を襲う計画を立て、実行したのだ。その気味悪さに戦慄した。

車が動き出すと、太った男はすぐさま菫子のバッグを取り上げた。無造作にさかさに振って中身を後部座席の上にぶちまけた。彼が財布をポケットにねじ込むのを、なす術もなく見つめた。だが、スマホを取り上げていじり始めたのを見て、はっと我に返った。

「返してよ！」

腕を伸ばすが、さっと避けられた。

ロックをかけているから、中を見られることはないとは思うが、それでも嫌な気分だった。男たちは、もはや口を開くことはない。声を聞かれるのを恐れて、黙っているのかもしれない。それだけで、彼らの底知れぬ悪意と暴虐性を見た気がした。背筋を冷たい汗が流れた。

運転している男が、オーディオのスイッチを入れた。英語でラップをがなり立てる耳障りな曲が、大音響で車内を満たす。

太った男が曲に合わせて体を揺すりながら、スマホをいじり続けている。ようやく感情が動き出した。

「車を停めて！　降ろしてよ」

「私に何の用があるのよ」

語尾が喉に貼りつく。それでなくても、菫子の声はラップ音楽に掻き消されてしまう。

菫子のスマホをいじっていた男が、それをポケットに放り込んだ。男のポケットに手を伸ばして取り戻そうとしたのを、思い切り撥（は）ねのけられ、手首をつかまれる。そのままねじ上げられ、悲鳴を上げた。

運転席の男がちらりと振り返った。菫子の右隣の男が、ネックウォーマーをちょっと下ろして笑った。至近距離にいるのに、笑い声は菫子の耳には届かない。前歯が一本欠けているのだけは、はっきり見えた。

そうしてガンガン鳴る音楽と共に、ここに着いたというわけだ。ワンボックスカーが駐車し、ラップ音楽が切られると、鼓膜が圧迫されるような静寂を感じた。

その時だった。ワンボックスカーの後方から、「ク、クウ」というかすかな声がした。男たちはさっと振り返った。三列シートのそのまた後ろ、荷物を載せる小さな空間から、衣擦（きぬず）れのような音がしている。痩せた男がスライドドアを開けて飛び出していった。バックドアを開けて、驚きの声を上げている。

「何だ？　こいつ」

そこから引き出されたのは、一樹だった。菫子も唖然とした。この子――私の声に気がついて、車の中に潜り込んでくれたのか。

「一樹……。なんで？」

そう呟く菫子と、首根っこを押さえつけられた貧相な少年を、後の二人の男は交互に見た。最初の驚きが去ったのか、運転をしてきた男が顎を動かし、菫子も外に出された。

一樹は言葉もなく、うなだれている。引きたてられる小さな友人の姿を、菫子は見つめた。連れていかれる菫子を一人で行かせてはならないと瞬時に判断したとしたら……。事件に巻き込んでしまったのだと思うとたまらない気がした。

今の季節にしては薄っぺらい上着を着込んだ一樹も、上目遣いに菫子を見返した。なぜか腹を庇うように体をかがめている。言葉を交わすこともなく、二人は倉庫の方へ連れていかれた。

いくつも並んだ倉庫は傷みが激しく、もう今は使われていないのだと知れた。人気（ひとけ）もない。男たちは「大栄倉庫第12号」の鉄扉を引き開けることなく、横に回って鉄の階段を上った。菫子たちも引きずられるように連れていかれた。途中の段が何段か腐食してはずれかけている。

二階の錆びたドアを開けると、そこはがらんとした空間だった。十畳ほどの床には、空の段ボール箱や破れた紙袋が散乱していた。部屋の真ん中に、同じように黒ずくめの男が立っていた。

「なんだよ、そいつ」

一樹を見て放たれた声には聞き覚えがあった。前に襲われた時のグループにいた男だと直感的にわかった。

菫子は、さっと部屋の中を見回した。三方は無粋な壁で、高い場所にひとつだけ小さな窓がある。窓ガラスは嵌(はま)っていないが、頑丈な鉄格子で覆われていた。出入り口はさっきのドアひとつだ。逃げ道はないと理解する。

「わけわかんねえ。いつの間にか、車に潜り込んでいやがった」

運転手を務めた男がぶすっと答えた。

「途中で放り投げてくればいいだろ。なんでここまで連れて来るんだよ」

苛立った声を出した男が、本当のリーダーらしい。深く被った毛糸の帽子から、金色の髪の毛がはみ出していた。

「ここに着くまで気がつかなかったんだよ。こいつ、この女の知り合いみたいだし」

運転手役の男はぶつぶつと言い訳をした。

「ちょっと！　私たちに何か用？」

怯(おび)えの感情に支配される前に虚勢を張った。一樹が現れたことで、少しだけ勇気が湧いた。それでもまだ言葉尻が震える。

四人になった男たちは、完全に菫子を無視した。

「スマホは取り上げただろうな？」

「車の中ですぐに」

太った男は、ポケットから菫子のスマホを取り出して振ってみせた。

「こいつのは？」

リーダーが一樹を顎で指した。

「あ？　う？　こいつ、スマホなんか持ってるかな？」

「バカ！　ちゃんと見ろよ。どっかに連絡されたらまずいだろ」

すぐさま三人がかりで一樹を取り押さえた。一樹は、手足を振り回して抵抗を試みたが、相手は体格のいい男三人だ。一樹の薄い上着の腹の部分が、わずかに膨らんでいるのに一人が気づく。

「何だ？　これ」

首までぴっちりと上げた上着のファスナーを下ろそうと躍起になる。長身の男が無理やりファスナーを下ろして、「うわっ」と尻もちをついた。服の中から鳩が飛び出してきたのだ。

街中でよく見かけるドバトに似た灰色の鳩だった。一樹はそれを大事に懐に入れていたようだ。さっき車の後部から聞こえてきたのは、鳩の鳴き声だったのだ。

鳩は、バタバタと羽ばたいて、天井近くで旋回した。床に一本、羽が落ちてきた。

「くそっ、びっくりさせやがって」

一樹の頭を小突く。それから一樹の体を探ったが、後は何も出てこなかった。長身男は跳び上がって鳩を捕まえようとした。鳩は広い部屋の中を飛び回って、指一本触れることができなかった。

「もういい。そんなん、どうだって」

不機嫌そうに金髪男が言った。

「何時に集合かけた？」

「六時」

話しながら、四人はドアの方へ歩いていく。話の内容はもう伝わってこない。下卑た笑いが聞こえた。どうやら一樹をどうするか相談しているようだ。嫌な予感に悪寒がする。用心はしていたはずだ。乗松にも何度も注意されていたから。まさか真っ昼間にこんなことが起こるなんて思いもしなかった。それも街のど真ん中で。

学校への行き帰りだって、いつも瑞穂と一緒だった。ミュージカルの練習は休止だったから、夜に出歩くということはなかった。日曜日の今日、ようやく心の整理がついて、ダンスのレッスンを覗きに行った。ずっと家に閉じこもるわけにはいかないからと、母も笑顔で送り出してくれたのだ。

それなのに、一人で外出するのを見越したように襲われてこんなところに連れて来られた。一樹まで巻き添えにしてしまった。どうなるのだろう、この先。無事に家に帰れるとは到底思えない。あの湧新三丁目の雑然とした街並みが無性に恋しかった。

あそこに――戻れるなら――。

絶望的な思いでそう考えた。あそこが私の唯一の居場所。

――あたしはマージ。ルキアで生まれて育ったの。あたしはこの街が大好き！　他の街は知らないけど、でもきっとここが一番だよ。

あのセリフをもう一度言いたい。ひりひりするほど痛切に思った。

「じゃあな、後でまた来る。おとなしくしてろよ」

リーダー格の金髪男が振り返って言った。それから運転手役の男に、下で見張っているように命じた。四人がドアを抜けていく。

「お前、抜け駆けすんなよ」長身男が言い、後の三人がにやにや笑った。

「しねえよ、そんなこと。皆が来るまでおとなしく待ってるよ」

「だよな。その方が断然面白いって」

外から鍵がかけられる音がした。ガンガンと鉄階段を下りていく足音が響く。

「こんないいことできて、金もらえんの？　ほんとに？」

最後に誰かの声が遠ざかっていった。

すぐさま、菫子はドアに取りついた。重いドアは内側からどんなに叩いてもびくともしなかった。体当たりをしても無駄だった。壁にも体当たりをして回る。鋼板を張り付けた壁は、古いわりにしっかりしていて、へこむことも歪むこともなかった。

「誰かー！　助けてー」

窓に向かって大声を出す。窓の下の壁に拳を打ち付けながら。下で男たちの笑い声がした。

「誰も来ませんよー」

「ここら一帯、もう使われてないとこだからー」

車が出ていく音がした。

菫子は、立っていられなくなってその場に座り込んでしまう。埃だらけの床の上。

「トーコさん……」

一樹を見上げる目は虚ろだ。天井辺りを、灰色の鳩が飛び回っていた。

六時にあいつらが戻って来る。もうそんなに猶予はないだろう。

スマホがないから、時間がわからない。

車のエンジン音がして、バタン、バタンとドアを開け閉めする音が響く。菫子は、はっと顔を上げた。

一台、二台、三台の車。間違いない。明瞭な音が高窓から降ってくる。さっき、塗料缶を積み上げて、たった一つの窓から出られないか試してみた。鉄格子の一本でもはずれれば、小柄な一樹だけでも外に出せるかもしれないと思ったからだ。

だが無駄だった。鉄格子はつかんで揺らしたくらいでは、びくともしなかった。それにここは高い天井の倉庫の二階だ。外壁には足掛かりがない。もし出られたとしても、下に飛び降りるしかない。到底無傷ではいられないだろう。しかも、下には見張りの男がいるのだ。

その男と、やって来た他のメンバーたちとが言葉を交わす声がする。

ガンガンガンと大勢が階段を上る足音がする。菫子は一樹に目配せした。ドアのすぐそばに立つ少年は、真剣な顔で頷く。開錠する音がする。内開きのドアがさっと開かれた。壁に身を張り付けた一樹は、ドアの後ろに隠れてしまう。

「おっ？」

部屋に入ってきた男が、菫子一人しかいないのを認めて足を止めた。後からぞろぞろと入ってきた男たちは、全部で八人。八人全員が部屋に入り切るのを見定める。きっとドアの後ろの一樹は息を殺しているはずだ。

「あいつ、どこ行った？」

リーダー格の男は、もうネックウォーマーをはずしている。やっぱりこの間見た奴だ。

「知らない」

言いながら、ちらりと後ろに視線を送る。部屋の隅には、段ボール箱が意味ありげに重ねて置いてあった。さもそこに、一樹が身を潜めているというふうに。男たちは、菫子のわかりやすい合図で、一斉に段ボール箱に突進してきた。高く重ねられた段ボールが押し倒される。その途端、ドアの陰から一樹が飛び出した。するりと入り口を抜け、階段を駆け下りる。

男たちがはっと振り向いた。

ドアの一番近くにいた男が飛び出していった。二人が後に続く。

階段の下で怒号が聞こえ、ものの一分もしないうちに、一樹が連れ戻されてきた。菫子は、肩を落とした。一樹は両腕を後ろに回され、奇声を発している。

「やるじゃねえか」

にやりと笑う金髪男が不気味だった。唇のピアスがぎらりと光る。これが一樹と考え出した乾坤一擲(けんこんいってき)の作戦だ。でも失敗してしまった。

「残念でしたー」

後ろの誰かが言い、どっと笑い声が上がる。

「じゃあ、いいな？　さっき決めた通りで」

「早くしろよ。俺、ビリケツなんだから。明日の朝までとか、言うなよ」

「お前、ほんと、クジ運わりーよな」

「大丈夫。最初はゴローだろ？　あいつ、すぐ終わるから」

卑猥な笑い声。男たちの毛穴という毛穴から、獣欲が匂いたった。体中が粟立つのを覚えた。気を失いそうになるのを、なんとかこらえた。

二人が菫子に近づいてきた。思い切り身を引いて、壁に背中をくっつけた。ドア近くでまた一樹が奇声を上げる。彼を押さえていた男が、ものも言わずに一発食らわす。一樹は、空気が抜けるような音を発したきり、黙った。

二人の男が手を伸ばしてくる。

「近寄らないで！」

壁沿いに横っ跳びして、スカートのポケットに手を入れた。ぐっと握り込んだものを、男たちに投げつけた。ぱっと白い粉が散る。

「げっ！」一番近くに来た男が目を剝いた。真っ赤なTシャツの胸に大きく「Trust Me」とプリントしてあった。そこに向けて、また粉を投げつけた。辺り一面、真っ白になった。

菫子は何度もポケットに手を突っ込んで、後ろに控えた奴らにも投げた。

男たちは体を折り曲げて、咳き込んだ。目を押さえて痛がっている者もあった。

一樹と二人でここに閉じ込められてから、空の紙袋の中を検めた。セメントや石灰や、訳のわからない粉が少しずつ残っているのを掻き集めた。それを菫子のスカートのポケットに詰めた。じっとしていられなかった。

そういう細工を施しているうちに、怒りの感情が湧いてきた。憤怒は、人を動かす大きな原動力になる。一樹をドアのそばに立たせて、先に逃がすという作戦を立てた頃には、怒り心頭に発していた。

なんだってこんなひどい目に遭わされなくちゃいけないのか。知恵と工夫とを総動員して、どんなことがあっても家に帰るんだ。黙って言いなりになんかなるもんか。

「くそっ！　なんだってこんな――」

ゲホゲホと咳をしながら、赤Tシャツ男が突進してきた。

「何が Trust Me よ！　ふざけるな！」

菫子は最後の粉を撒き散らした。

「私には、指一本触れさせないからね！」

ああ――と思った。これ、セリフだ。私が心の底から発した言葉。岩を突いて湧き出た清水のように滑らかに喉を滑っていく。こういうふうに言えばいいんだ。

「一人じゃ何にもできないくせに！　あんたらみたいな脳みそのない可哀そうな奴らがつる

んだって、どうせたいしたことはできないってこと！」

菫子に対峙した全員が、あんぐりと口を半開きにする。全員が粉を被って白い頭になっている。最後尾で一樹を押さえていた男以外は、いかにも間抜けな風体だ。

「あのなあ」金髪男が気を取り直して一歩踏み出してきた。「いい気になるなよ。これから――」

「うるさい！」

最後まで演じきらないと。

「あんたらの相手をするほど、私は暇じゃないの！　もう帰る！」

ずんずんと前に出た。勢いに圧倒されて、男たちはもうちょっとで道を譲るところだった。

「ちょっと待てよ」

金髪男が、革ジャンのポケットから何かを取り出した。パチンと金属的な音がした。飛び出しナイフだった。

「じゃあ、こうするしかないよな」

異様に赤い唇の片端が持ち上がる。さあっと血の気が引く。現実に起こっていることとは思えない。途端に妙な高揚感に包まれた。

「お前と遊んでる暇はないいんだよな」

「あっそ！」

自分でもびっくりするくらい、すらすらとセリフが口をついて出てくる。目にしたばかりのナイフが舞台の小道具に見える。大学の美術部員が作ったニセモノの料理と同じだ。

私に力をください！　地上数千メートルを飛んでいるジェット機のパイロットに呼びかける。人間が生きていけない領域を今、超高速で突き進む誰かの力が降臨する。確かにそれを感じた。猛（たけ）り立つ気持ちが次のセリフを菫子に言わせる。

「じゃあ、やれば？」

一歩前に出ながら、両手をポケットに突っ込むと、相手は動きを止めた。今度は何を取り出すんだとでも言いたそうに、目をすがめる。

「いい度胸してるよな」

金髪男が振り向いて、仲間に問いかける。他の男たちは、おざなりに笑いはしたが、顔がやや引き攣っている。菫子の強腰に呑まれたらしい。

こんな女、見たことない。何がこいつにこんな態度を取らせるんだ？　こんな状況で。そんな心の中の呟きが聞こえた気がした。

誰もが疑心暗鬼に囚われているようだ。

答えはすぐに出た。遠くで車の音がしたと思ったら、倉庫に向かって何台もの車が突進してきた。カーブを曲がるタイヤのきしみ。急ブレーキ。力まかせに車のドアが開け閉めされて、大勢の足音が階段を駆け上がってきた。菫子を取り巻いた男たちは、一歩も動けないままだった。

ドアが思い切り開けられて、入り口近くで一樹を捕まえていた男が飛び上がった。制服警官がどっとなだれ込んできた。怒号が飛び交い、警棒が振り回された。何人かに圧し掛かられてねじ伏せられた男もいた。ほとんど抵抗する者はいなかった。その隙もなかった。

「何で？　何だってここが――」

そう呟いたのは、たぶんリーダーの男だ。

「通報があったんだ。で、ここはすぐに突き止めた。警察を舐めるなよ」

制服警官の後ろから、乗松純が現れた。

「遅いよ、乗松さん」

菫子はそこまで言い、その場にへたり込んでしまった。

「おい、大丈夫か!?」

乗松は菫子に駆け寄った。隣にしゃがんで菫子の腕を乱暴に引っ張った。

「俺は猛烈に頭にきてるぞ。今度という今度は――」

「一樹は？」

乗松を押しのける。引きたてられる男たちの間に一樹を見つけた。一樹は泣きじゃくっていた。埃にまみれた頬に涙が流れた跡が幾筋もついていた。張りつめていた気持ちが一気に萎んだのか。そばに膝をついた喜多がいた。

「一樹、ごめん」

駆け寄っていって抱きしめた。小学生みたいに細くて頼りない体だ。えっ、えっ、えっ、としゃくり上げながら、一樹が菫子を見上げる。

「え？　何？」

一樹が言う言葉が聞き取れない。背中を撫でて落ち着かせる。

「お母さんを見つけて、トーコさん」

「お母さん？　一樹のお母さんて――」

「お母さんはまたいなくなった。あそこにいたのに。いつ行ってもいたのに。もうどこに行ったのかわからない」もう一回しゃくり上げる。「お母さんはおかしくなっちゃったんだよ。花をあげても喜ばなくて、僕のこともわからなくて――」

菫子は、じっと一樹を抱きしめていた。

テーブルの上にガラスの一輪挿しがあり、赤いボンボンのような千日紅(せんにちこう)が挿してあった。湧新四丁目に数年前に開店したカフェ。珍しく垢抜けたたたずまいだ。ビルの一階なのに、内部は古材を使って古民家風に仕上げてある。壁にかけられたアンティーク時計が優しく時を刻んでいる。ここでは抹茶に和菓子がついたセットが注文できる。桜子が一人で憩う秘密の場所だ。生花市場から戻り、花の水揚げ作業を終えて少し時間ができると、たまに店を抜けてやって来る。

抹茶茶碗を、手のひらでくるむようにして温かさを感じ、立ち昇る香りを吸い込むと心が落ち着いた。

フラワーショップを出る前に、レイカが心配してかけてきてくれた電話の内容を思い浮かべる。おそらく美帆の口から耳に入ったのだろう。

「菫子ちゃんの様子はどうなの？」

知らなくてごめんね、と謝った後、レイカは深刻そうな声を出した。

「それがね――」

こう答えられることを神に感謝した。

「もっのすごく元気なの」

てたでしょ」

「なんでよ。あんな怖い目に遭ったのに。前に襲われた時は、あんなにしょげて臆病になっ

「ほんと。もう勇気凜々て感じ」

「うそ」

「でしょ？　私もそりゃあ心配したのよ。前の時はレイカちゃんのおかげで助かったけど、今度は車で拉致されて、監禁されて——」

五日経ったのに、未だに震えがくる。

あの日、菫子はミュージカルのダンスのレッスンを見学すると言って家を出た。湧新地区で四件も続けて殺人事件が起こっているし、菫子はストリートギャングと呼ばれる不良少年たちに襲われている。桜子も神経質になっていた。この辺りの住人は、皆そうだろう。年頃の娘を持つ人ならなおさらだ。

でも、いつまでも部屋に閉じ込めておくわけにはいかない。ひどく落ち込み、食欲もなくなった菫子が、自ら行くと言ったのを、止めなかった。いい気分転換になればと思ったのだ。そんな自分の判断を、後で呪うことになるのだけれど。

菫子が言い置いて出た時間になっても戻って来なかった。何度スマホに電話しても出ない。ラインを送っても未読のままだった。店でじりじりしながら待った。あの時の心臓をきりき

りと突き刺される感覚を、もう二度と味わいたくない。脂汗が滲み出てきた。急に空気が薄くなったみたいに、息がしにくくなった。

初めは、「大丈夫ですって。きっと久しぶりに会った出演者たちとおしゃべりして、スマホを見る暇がないんですよ」と言っていた美帆も、だんだん寡黙になった。ちらちらと桜子の方を見ながら、作業しているようだ。桜子は花を活けて回る予定だった店に電話して、一日先にずらしてもらった。そのつもりで仕入れていた花が無駄になるが、そんなことはどうでもよかった。

午後五時を回った時点で、もう我慢ができなくなった。女子高生の午後五時なんて、心配する時刻ではない。それは重々承知していた。でも、虫の知らせとでも言おうか、どうにも心がざわついて仕方がなかったのだ。

純に電話した。彼しか思いつかなかった。殺人事件の捜査にかかりきりで、忙しいのはわかっていたけれど、しかるべき部署に話をつないでもらえると思ったのだ。純は、桜子の話を聞くと、「すぐ行く」とだけ答えて、本当に店まで飛んできてくれた。

彼の仕事は早かった。ダンススタジオに問い合わせて、市民ミュージカルのダンスレッスンは、午後三時前には終わっていることを確認した。確かに菫子がそこに来たということも関係者から聞き出した。それからの足取りがふっつりと消えていた。

湧新署に取って返した純から連絡が入った。

菫子らしい女の子が、南部地区の廃倉庫に監禁されているらしいと通報があったというのだ。聞いた途端、桜子は腰が砕けたようになって、店の床に座り込んでしまった。美帆が驚いて立たせようとしてくれるのに、両膝がぐなぐなとなって、全く力が入らなかった。床に落としてしまったスマホを拾い上げ、美帆は純と話した。通話を終えた彼女は、毅然とした口調で言った。

「乗松さんにまかせましょう、桜子さん。あの人は、やる時はやる人です」

「どうして」泣いていたと思う。泣きながら美帆に食ってかかった。「どうしてそんなことが言えるのよ」

「だって――」美帆はちょっとだけ言葉に詰まった。「だってあの人は冒険部だったんでしょ？ それだけの値打ちはありますって」

今だから笑って言える話だ。

美帆の予言通り、純は菫子を連れ戻してくれた。だがその顚末を聞いて、また倒れそうになった。湧新一丁目のビルの前庭から、堂々と菫子をさらったというのだ。その時に、中村一樹が一緒に連れ去られた。ビルが面した幹線道路では、人通りも車の行き来もある時間だったのに、エアポケットみたいに誰にも見られず、車に押し込まれたのだ。偶然居合わせた一樹だけが、巻き添えになった。

純からの連絡で、美帆に付き添ってもらって湧新署に駆けつけた。店番は、トキさんに頼んだ。彼が来るのを待たずに店を出たので、店が空っぽな時間ができてしまったが、そんなことは気にならなかった。

純からは、菫子が無事だと聞かされていた。アウトローな荒れ狂った少年たちには、何もされていないと。それでも菫子は、この前以上に怯えて自失状態だろうと腹をくくって行った。母親の自分が取り乱しては、彼女を追い込むだけだと自分に言い聞かせ、何とか平静を装って署の二階の刑事課へ足を踏み入れた。

その決意は、娘の顔を見た途端に崩壊した。

菫子に駆け寄り、椅子に座った彼女の前でひざまずくと、声を出さずに泣いた。美帆が背中をさすってくれた。

「桜子さん、それは心配したのよ。もう、見ているのが辛いくらい」

美帆が言い添え、菫子が「ごめんね、お母さん」と言ったのを聞いてまた泣いた。自分でも情けないと思うくらい。

「でもさ、もう大丈夫。あいつら全員、乗松さんが捕まえてくれたから」

それでようやく純にも礼を述べた。

いつもらしくない桜子に殊勝に頭を下げられて、純は据わりが悪そうに、パイプ椅子の上でもぞもぞしていた。

「まあな、危ないとこだったけどな。奴らは南部地区を拠点にして悪さを働くバカどもだ。時折、こっちにも足を延ばす。ヤバイとなったら川を越えて東京へ逃げ込む。なかなか尻尾をつかませなかったけど、今度はがっちり押さえた。全員、もれなく。どっかの能天気なお嬢さんのおかげで。今、喜多警部補が一人一人絞り上げてるとこだ」

純の様子から、菫子はもうさんざんお灸をすえられたようだった。憤慨しきった純の勢いは止まらない。

「あいつら、もう当分娑婆に出てこられないようにしてやる。ああいうバカどもが管内をうろつくのは、我慢がならん。腐った根性を入れ替えるのに、どんだけ時間がかかるか知らんが、もう勘弁してくださいと言うまで――」

そこで憔悴しきった桜子に目をやると、軽く咳払いをした。

「この子にはようく言って聞かせるから」

桜子が菫子の肩を抱いてまた頭を下げた。

「まあ、今回は菫子のせいじゃない。あんなふうに連れていかれるとは、俺も予想してなかった。菫子にそんなに執着しているとは。菫子にというよりも、前にオカマにコケにされたのが気に入らなかったんだろ、たぶん」

純は、菫子と一樹が助かるために起こした行動を語ったが、桜子の耳には入らなかった。後で美帆から感嘆混じりに説明してもらって、ようやく理解できた。

「あんなことになるなんて思いもしなかった。ほんと、最悪」

案外けろりとして菫子は言い放った。

「怖かったでしょう？　菫子ちゃん」

美帆がいたわるように声を掛けると、頬を紅潮させた。

「怖かったよ。でもね、怖がってるって向こうに思われたくなかったの。だから――」そこで胸を張る。「演じたわけ。あんたらなんか、どうってことないよって。こっちが黙って言いなりになるとでも思ってんの？　って」

不良少年の前で虚勢を張る娘の姿を想像して、桜子は顔をしかめた。

「そっか。菫子ちゃん、女優だもんね」

美帆が顔を輝かせた。

「そうなの。それ、忘れてたけど、切羽詰まって思い出した。私の秘蔵の武器を」

「エライ！」

調子に乗って美帆が続けた。

「ふうん」

顚末を聞いたレイカは電話の向こうでため息をつく。

「大変だったわねえ、桜子さん。それなのに菫子ちゃんは、勇気凜々てどういうこと？」

「つまり、あれだけの目に遭ったことが、逆にあの子に自信をもたらしたってことなのよ」

「ちょっとやそっとでは経験できない究極の窮地を切り抜けたことで？」

「まあ、そういうことかしら」

レイカはちょっと考え込んだ。

「人間ってそういうものかもしれないね。どん底を味わって、そこで見える景色が人を変えるってことがあるのよ」

「そんなもの、味わって欲しくなかった。母親としては」

「わかる。危険なものや汚いものに触れさせたくないよね。母親の心境としては。でもね、桜子さん、ずっと母親が庇ってやることなんてできないよ。いつか一人で生きていかなくちゃなんないんだから。そういう意味では、菫子ちゃんは、生きる力を得たってことよ」

「レイカちゃん」

「何？」

「あなたって深いわねえ」

「ま、オカマだからね」

レイカは澄ましてそう答えた。

一樹のその後のことも伝えた。レイカにも知って欲しいと思っていたところだった。

警察で保護されて事情を聴かれ、菫子がだんだん元気を取り戻していくのに、一樹は黙したままだった。彼の伯母に連絡はしたらしいが、湧新署にまでは今、引き取りに行けないと言われたらしい。客が立て込んでいるので、もう少し待ってくれと。

そうも待っていられないから、純が「ふみ」まで送っていくという。気を取り直した桜子は、一緒についていって富美子に謝りたいと言った。純は、菫子も被害者なんだからそんなことはしなくていいと言い、美帆は、また日を改めたらと提案したが、桜子は聞き入れなかった。

富美子はフラワーショップ小谷の客でもある。菫子も連れてお詫びに行かないと気が済まないと言い張った。

美帆が運転するフラワーショップのワンボックスカーと、純が運転する警察の車と二台が連なって「ふみ」へ向かった。店の外に出てきた富美子は、意外にも一樹をぎゅっと抱きしめた。それから、純にも丁寧に礼を言った。

もう一部始終を聞かされていたと見え、富美子は落ち着いていた。自分が満足に相手をしてやれなくて、一樹が徘徊をやめないのだと辛そうに言った。桜子が謝罪しても、却って恐縮する始末だった。

「一樹のことを気にかけてくれて、有難いと思ってるの。最近、少しずつあたしにものを言うようになったのは、お宅さんのおかげです」

ぷいと店の中に入ってしまった一樹の後ろ姿を見送りながら続けた。

「光代が戻って来てくれれば、一番いいんだけどねえ。やっぱり母親が恋しいんだろうねえ」

「光代さんの居場所、わかっているんじゃないんですか？　一樹君。私たちにはそんなふうなことをほのめかすんですけど」

桜子の問いには、顔の前で勢いよく手を振った。

「とんでもない！　あれっきり音沙汰ありませんよ。一樹だって知らないに決まってます。お母さんに会ったとか、どこかに閉じ込められてるなんていうのはね、あの子の妄想なんですよ。可哀そうだけど」

店の中から客が富美子を呼び、彼女はまたぺこぺこと頭を下げて行ってしまった。

桜子たちは、引き揚げるしかなかった。純は湧新署へ。桜子と菫子と美帆は、フラワーショップへ。

　しかし、一樹の言う通りだったのだ。

　彼は母親の居場所を知っていて、そこを時折訪れていた。光代から口留めされていたせいで、誰にもそのことを打ち明けなかった。もし誰かにしゃべったら、母親がまた行方をくらますと頭から信じていたのだ。ところが、一樹が菫子と共に監禁される二週間ほど前から、その場所から光代の姿が消えていた。

　一樹は一樹なりに悩み続けていたのだろう。光代はひょっこりと戻って来るのではないか。自分が口を滑らせたせいで、戻って来なくなったらどうしようと。でもとうとうそのことを菫子に打ち明けた。あの日、一緒に恐ろしい目に遭い、二人で切り抜けたことが、頑な一樹の心に作用したのか。諦めず、窮地を切り抜けた菫子ならどうにかしてくれると、頼ることを選択した。

　菫子が一樹から聞き出した場所へは、純を始めとした数人の警官が出向いた。

「ひどい荒れようだった。菫子が行かなくてよかった」

　純が暗い声で語ったものだ。

　湧新三丁目のはずれにある木造モルタル建築の二階建てアパートの一室。あんまり古くて汚いので、八室の内、入居者がいるのは二室のみという代物だった。もう潰れてしまったキャバレーの従業員用に建てられたものだという。前は雑居ビル、後ろは五階建てのマンションに挟まれ、陽の射さない陰気な場所だった。長く湧新地区に住んでいる桜子も、その存在を知らなかった。

二階の端の部屋に、光代は住んでいた。住んでいたとはとても言えないような状況で。純によれば、生活感がまるでなく、汚れ放題だった。

「あそこで、クスリ三昧の生活をやってたんだろうよ」

乾燥した植物片、薬剤そのものである粉末、薬剤を溶かした液体、錠剤が散乱していた。つまり、あらゆる形状の危険ドラッグを試していた様子が窺えた。敷きっぱなしの布団の上に、人形(ひとがた)の窪みがあった。光代はそこから動かずに、誰かが与える危険ドラッグを使い続けていたのだろう。

「本当にそこにいたの、光代さんなの？」

問うた桜子に、純は答えた。一樹にはまた事情を尋ねるけれど、まず間違いないだろうと。なぜなら、その布団の周囲には、一樹が持ってきたらしい枯れた花がいくつも落ちていたのだった。二、三本の花をセロハンでくるんだままの花束。フラワーショップ小谷で買い求めては、一樹はせっせとクスリ漬けの母親に届けていた。

それを光代は、花瓶に挿すでもなく、床に投げ出していた。花は枯れ、一樹はまた花を届けた。そうすることで、母親の正気が戻ると信じていたのだろうか。危険ドラッグで狂ってしまった母親に人間らしさを取り戻すのは、きれいな花を捧げることだと一途に思い込んで。

枯れた花の中に、三本のカーネーションの束があったらしい。母の日に小銭を握りしめてカーネーションを買いに来た一樹のことを思い出して、桜子は泣いた。

菫子に言うと彼女も泣いた。さっき電話で伝えたら、レイカも鼻を啜り上げていた。

桜子は、抹茶をゆっくりと喉に流し込んだ。優しい苦みが口の中に広がる。それでも前に進まなければならない。


光代がいた部屋には借主は別にいたが、又貸しの又貸しが行われていて、借主本人も、実際に誰が住んでいるのか知らないという物件だった。飲み屋街や簡易宿泊所が寄り集まった場所には、ままある話ではある。光代が一人で住んでいたとは思えない。彼女に危険ドラッグを与えていた人物がいたはずだ。その男にくっついて、またどこかに行ってしまったのだろうというのが純の見解だった。

本来なら、警察がその先を探すのが筋だろうが、今はそんな些末な事件にかまけていられないのだと付け加えた。そう言われると、桜子には返す言葉がなかった。一樹のことが気にかかって仕方がない。

富美子に一樹の様子を尋ねたら、やっぱり以前と同じように深夜徘徊を続けているという。菫子に向かって開かれた心は、母親の居所がわからないことで、再び閉ざされてしまったようだ。またあの子は、自分なりのやり方で母親を探しているのだ。

富美子は光代の居場所がわかったら、必ず知らせると約束してくれた。警察のお世話になったとしても、今度こそまっとうな人間にさせて、一樹と暮らすようにさせると言った。

「一樹はまたきっと母親を見つけると思うんだよ。どうせ光代は遠くへ行きはしないだろうから。そうしたら、今度はあたしが乗り込んでいって、引きずってでも連れて来るつもりでいるのよ」

富美子の予測は半分は当たり、半分ははずれた。

一樹の異変に最初に気がついたのは、美帆だった。一人で店番をしていた時、ふらりと一樹がやって来た。小銭を出して、キキョウを三輪だけ買ったそうだ。

「お母さんにあげるの？」

すべての事情を知っている美帆が、セロハンで包みながら尋ねた。一樹は一言も答えなかった。

「ぞっとするほど暗い目をしてた」と美帆は帰ってきた桜子に訴えた。

いったい一樹に何が起こったのか。菫子にならば彼は本当のことを話すのだろうか。桜子は考え込んだ。正直なところ、娘には、危険ドラッグの常習者である光代に近づいて欲しくない。手前勝手な言い分だとは充分承知している。

菫子が連れ去られた時に、一樹がいてくれてどれほど助かったか。一樹がいたおかげで、菫子はあんな状況に置かれても心を挫けさせることがなかった。最後まで諦めなかった。二人で戦い抜いて戻ってきたのだ。

揺れ動く気持ちを持て余している時、配達に出ていた美帆が戻ってきた。

「あのキキョウの花束、見つけましたよ」

ワンボックスカーを降りるなり、興奮した口調で訴えた。

「え？　どこで？」

「それがおかしなとこで」

光代と一樹が以前住んでいた雑居ビルと、隣のビルとの隙間にそっと置かれていたのだという。

「それ、どういうことかしら」

「でしょ？　お母さんにあげるならまだしも。あんなとこの地面に置いてあるなんて」

気になった美帆は、ワンボックスカーを路上駐車したまま、その隙間に入ってみたらしい。

「人が一人、ぎりぎり通れるぐらいの隙間だったんですよ」

しかも奥に行くほど間が狭まっていて、向こうまでは通り抜けられなかったと言った。

「どういう意味なんでしょうね。あたしはてっきりお母さんが見つかったんだと思ってたんだけど……」

桜子も首をひねった。全く不可解な行動だ。あの子が花を買う理由は、美帆が言う通り、母親に渡すためとしか考えられなかった。雑居ビルの中の部屋ならまだしも、そんな隙間に花を置く意味がわからない。ただ、このことを聞いたら、きっと菫子は自分で見に行ってみると言い出すに違いないと思った。もう二度と危ないことに首を突っ込んで欲しくない。

だから——だから自分で確かめに行くことにした。そのことを美帆に告げ、ソムリエプロンをはずした時、店の前をレイカが通った。普段着のまま、コンビニ袋を提げて。

レイカは、桜子の頼みに快く応じた。二人で並んで美帆が見つけた花束の場所へ向かった。街路樹として植えられたクロガネモチには、真っ赤に熟した実がたくさんついていた。それを見て、今年のクリスマスリースには、何をあしらおうかとちょっと思案した。

「一樹はね、一樹なりに精いっぱいやってるよ。今度のことでもわかるでしょ？」

レイカの言葉に、引き戻された。

「レイカちゃんが一樹を気にかけてくれたおかげだよ。それであの子、菫子を助けようと車に潜り込んでくれた」

レイカも菫子も一樹のことが気になって探すのだけれど、つかまらない。ふらふらと出歩いていて家にもいないし、外でも出会わない。夜は仕事で忙しい。意識的に避けられている気がするとレイカは言った。

「一樹を見ているとね、痛いんだ。ここが」レイカは自分の胸を押さえた。「あの子の心の中には、子供らしいのびやかなものと、錆びて冷たく固まったものがある気がする」

それはあなたが愛情に飢えた子供時代を送ったから？　と尋ねたかったが、やめた。

「早く行こう。雨が降らないうちに」

レイカが足を速める。空は暗鬱な雲に覆われていた。

数か月前まで光代と一樹が住んでいた雑居ビルは外壁が黒ずみ、ヒビが目立つ古びた建物だった。築何十年なんだろうと、正面に立って桜子は考える。両隣のビルも似たようなものだ。比較的大きな方のビルは、一階がパチンコ屋になっていて、客が出入りするたびに電子音が流れ出していた。

もう一回、雑居ビルの前に戻って様子を窺う。住宅用ではないと聞いたが、各階にどんな事務所や店が入っているのか、表示もないし、皆目見当がつかなかった。

「どっちの隙間だって？」

レイカが両方のビルの隙間を観察している。

「そっちだって。パチンコ屋さんとの間」

「ふうん」レイカが薄暗い空間を、腰をかがめて覗き込む。萎れかけた可哀そうなキキョウの花が、入り口の地面に置いてあった。

「大喜びで足を踏み入れるってとこじゃないわねえ」

砂利の上に食べがらやビニール袋、水を吸って膨らんだマンガ本などが散乱している。陽が射さないからか、じめっとした感じだ。

「でもここまで来たんだから、行けるとこまで入ってみようよ」

桜子はレイカの背中を押した。

「え？　ちょっと、あたしが先？」

足を突っ張るレイカをどんどんと押し込む。

「やだなあ。蜘蛛とかゴキブリとかいそうじゃん」

「そんな大きな体して、何言ってんの？」

「虫、ちょー苦手なんだから。そういうの出たら、桜子さん、踏みつけて逃げるからね」

「早く行ってよ」

雑居ビルの方には各階に小さな窓があるが、ここから光や風を取り込もうとするのは難がある。後からパチンコ屋のビルが建って、こういう構造になったのかもしれない。ご丁寧に三階辺りに落下物防止網までついているから、たぶんそういうことなのだろう。ごちゃごちゃしたこの街には、昔は通路として機能していた私有地が、境界線が曖昧なまま、隣の敷地に取り入れられてしまったような場所が多々ある。

パチンコ屋のビルは、のっぺりした灰色の壁だけだ。奥へ進むと、二階部分にへこみがあって、入っているサウナの空調設備用なのか、大型の室外機がずらりと並んでゴーッという騒音を撒き散らしていた。直下に入ると、風圧を感じる。

「どうする？　まだ進む？」

騒音に負けないように、レイカが大声で怒鳴ってくる。

「もうちょっと行こうよ」

桜子も怒鳴り返す。レイカは渋々という感じで歩を進めた。靴でゴミを踏んづけて、「ギャッ」と飛び上がりそうになっている。

美帆の言うようにだんだん隙間は狭まってくる。大柄なレイカが身動きが取れなくなるんじゃないかと心配になってきた。こんなところに挟まってしまって、レスキューを呼ぶようなことにならないうちに引き返した方がいいかもしれない。

ポツンと鼻の頭に滴が落ちてきた。雨か、それともエアコンの室外機から飛んできたものか、レイカもそれを感じたのか、上を見上げた。そのまま、立ち止まる。

「レイカちゃん、早く行ってよ」

背中を押すが、じっと固まったように動かない。

「どうしたの？」

肩がつかえて体ごと回すことができないレイカが、首だけを巡らせて振り返った。

「あれ、何かしら？」

「どれ？」

桜子も釣られて上を向く。レイカが指さしているのは、雑居ビルの落下物防止網だった。一階の小窓に、なぜかここだけ軒がついているので、それが邪魔になってよく見えないが、金属製の網の上に何かが載っていた。

よく目を凝らす。何か大きな物体。色褪せた布に包まれているように見える。いや、そうじゃない。布は洋服だ。風雨にさらされて、くしゃくしゃになった洋服。それを纏（まと）っているのは――。

「うぎゃー!!」

叫び声を上げたのは、レイカだった。

逃げ出そうと手足をジタバタ動かすが、狭い空間なのでどうにもならない。のけ反ったレイカに圧し掛かられて、桜子も仰向かざるを得なかった。

それは人間だった。もう息絶えているのは明らかだ。おそらく上から落ちてきて、うつ伏せで落下物防止網に引っ掛かったのだ。

向かい合った場所にある大型室外機の排気にずっとさらされているせいで、腐敗と乾燥が同時進行している。黒い髪の毛に縁どられた顔面は茶色く変色し、元の顔がどんなだったか推測するのは難しい。眼窩も口も、ただの暗い空洞に見える。下から見上げると、ずっとそこで声なき声を上げ続けていたように見えた。

「ヒエーッ、な、な、な――」

まだ暴れ続けているレイカの体を後ろから支えながら、じっと桜子はその墜死体を見上げていた。風貌は変わり果てているけれど、それが誰なのかはわかった。

中村光代だ。一樹の母親。

いなくなった母親を一樹は探し続けた。そして見つけた。母親がこのビルの屋上から飛び降りて命を断ったことを理解した。母の死を受け入れるのは耐えがたかったに違いない。あまりにショックが大き過ぎて誰にも言えなかったのか。伯母の富美子にもレイカにも、菫子にも。

それでもキキョウの花を買ってきて、母の許に供えた。花を捧げるという行為は死者を弔い、生き残った者に覚悟を促すことになる。三輪のキキョウが、一樹の心に癒しをもたらしますようにと、桜子は祈った。

桜子の通報で、警察が駆けつけてきた。

光代の体を引き上げるのに、長い時間を要したという。店に出なければならない桜子もレイカも、簡単に事情を聴かれただけで解放された。だからその作業を最後までは見なかった。見られなかった。

フラワーショップに帰っても、一樹の心を占める深い闇のことを思うと、暗澹たる気持ちになった。遺体を菫子が見つけなくて本当によかったと、それだけは思った。しかし、隠しておくこともできない。一樹が助けを求めたのは菫子なのだ。

ニュースなどで知るよりはと、学校から帰ってきた菫子に正直に話した。

彼女は黙ってしまいまで聞き、青ざめた。

「可哀そうな一樹」

「いなくなったお母さんを探し続けていたのね」

「ああやってビルとビルの間に潜り込んでいるうちに偶然見つけたんだろうね」

その光景を頭の中で思い描いているように菫子は言った。

「こんなことになるなんて、思っていなかったんでしょうね。お母さんの居場所を早く誰かに教えていればよかったって後悔しただろうね」

「一樹は悪くないよ。お母さんから口留めされていたんだから」

言いながら、菫子が唇を噛んだ。

そうだ。一樹は、ただ大好きな母親の言に従っただけなのだ。それでも自分を責めているに違いない。だから母親の死体を見つけても、通報しなかったのかもしれない。

「これでよかったんだよね、お母さん」

菫子の言葉にはっとした。この子は強くなった。一樹にも、いつか心の平安がやって来るはずだ。母親の死という絶対的なものを受け入れた時に。お金を払って買ったキキョウの花束は、彼の決意の表れだと思いたい。

五日ほどして、桜子とレイカは湧新署に出向いた。

死体の発見者としてもう一回、事情を聴きたいと、言われていた。五日前に簡単に警察署でしゃべったことを、丁寧に繰り返した。担当の警察官の隣に喜多もいた。死体が一樹の母親ということで、少年係の彼も同席しているらしい。ふくよかに肥えて物腰の柔らかな人物の前では、警察嫌いのレイカもおとなしく従っていた。

警察官から光代の死因は、墜落した時の全身打撲によるものだと聞かされた。屋上には、争ったような形跡はなかったし、光代がフェンスに足を掛けて上った痕が残されていたから、突き落とされた線は消えたらしい。もしかしたら、落ちてしばらくは息があったかもしれないと言われて、レイカは呻いた。一樹が見つけた時には絶命していただろう。

前のアパートに、いつまで光代がいたかははっきりしないが、おそらく抜け出してすぐに、元の住居だったマンションから飛び降りたのだろうと結論づけられていた。破滅的人生の締めくくりは、やはり破滅的行為だった。

遺体はすでに富美子によって引き取られ、姉妹の郷里である山梨県甲府市で葬儀も営まれたようだ。一樹はどうしているのかと問うと、やはり富美子が養育するそうだと喜多が教えてくれた。また湧新で暮らすことに安心したが、それが一樹にとっていいのかどうかはわからない。二人ともが心配そうな顔つきをしたせいだろう。喜多は言葉を継いだ。

「あの子は心理カウンセリングを受けた方がいいのではないかと思いますね。長期的なケアが必要でしょう。児童相談所や教育委員会にもつなぎましたから、これから環境が整っていくと思いますよ」

そううまくことが運ぶだろうかとは思ったが、今まで捨て置かれた少年に大人の手がいくつも伸ばされるのは、歓迎すべきことだろう。

「いや、お手間を取らせてすみませんでした」

一時間ほどの聴取の後、警察官は頭を下げた。

「この間、お嬢さんがひどい目に遭われたところだというのに」

その時に一緒に監禁された男の子の母親だということは、喜多の口から伝わっている。

「はいはい、じゃあ、もういいのね」

レイカが立ち上がり、さっさと部屋を後にした。桜子も続く。

警察署の正面玄関を出て、三段ほどのコンクリートの段を並んで下りた。駐車場の方から車が一台、ゆっくりと出てきて目の前で停まった。ウィンドウが下ろされて、純が顔を出した。

レイカが露骨に嫌な顔をした。

「警察にご協力いただき、ありがとうございました」

純が真面目くさってそんなことを言う。

「乗れよ、送っていく」

「いいよ。レイカちゃんとタクシーで帰るから」

「いいから。ちょっと話もあるし」

「ふん、この人の話なんてろくなもんじゃないわよ」

嫌がるレイカを押して、二人で後部座席に乗り込んだ。背の高いレイカが頭をぶつけて

「イタッ」と声を上げた。

　車が走り出すと、純はハンドルを握りながらしゃべりだした。案外慎重な運転だ。

「喜多さんは何も言わんが、だいぶ困ってる」

「困ってるって？　いったい何によ？」

「中村一樹の取り扱いに手を焼いている。母親の死に関しての事情を聴きたくてもうまくいかん」

「あの子に何を聴くっていうの？　子供ほったらかしで男にうつつを抜かしていた母親は、クスリのやり過ぎで訳わかんなくなって、飛び降り自殺したんでしょ？」

　レイカが早口でまくしたてる。いつもなら言い返す純が、言葉を選ぶように宙を見つめた。

「まあ、状況的にはそうなんだけど、警察としてはあらゆる可能性を検証してみないことには、結論を出すわけにはいかない」

「あらゆる可能性ね。警察も大変だわ」

　皮肉っぽくそう言ってシートに体を預け、それきりレイカは黙った。

「あの人、自殺したんじゃないの？　事件性があるってこと？」

　恐る恐る尋ねてみた。これ以上物騒な事件が起こるのはごめんだ。

「だから、そこんところを一樹って息子に訊きたいんだ。中村光代の一番身近にいたのは息子なんだから」

桜子は考え込んだ。母親の死を、自分の中でうまく処理できていない一樹の心境を思うと、これ以上、あの子を煩わせたくない。喜多が言ったように、今彼に必要なのは、心のケアなのだから。

もし光代の死に何らかの疑問があるなら、それを明らかにしようとする警察の姿勢も理解できなくはない。純は、畳みかける。

「あのな、中村光代は、死ぬ直前まである男と関係してた。山岸って男だ。聞いたこと、あるか？」

桜子は首を振った。

「私は、中村さんのことはほとんど知らない。一樹君が花を買いに来てくれるから、あの子とは話してたけど」

一樹は、アパートにせっせと赴いて光代に花を贈っていた。それをどういうふうに光代は受け取っていたのだろう。笑って「ありがとう」と言ってやっただろうか。そうだと信じたい。だからこそ、一樹は死んだ母親にも花を手向けたのだ。ビルの隙間で二十四時間稼働する空調設備の排気にさらされて、干からびていく母親に。

「山岸は、左の頬骨の上のところに引き攣れたような目立つ傷がある。異様なほど痩せてて、死神みたいな風貌だ」

　桜子は、顔をしかめた。

「見たことないよ、そんな人」

　レイカを見やるが、そっぽを向いたきり、もう絶対口をきくもんかと全身で訴えている。

純がおかまいなしに後を続けた。

「一回、危険ドラッグの製造販売に関わった容疑で逮捕された。結局、製造の方は立件できずに執行猶予つきの判決で済んだが、その期間ももう終わった」

「危険ドラッグ？」

　話はどんどん剣呑な方に向かう。窓の外を流れていく景色に目をやった。どうということのない、見慣れた風景だ。並んだ店の看板。太陽光をぎらりと照り返すビルのガラス。歩道をコートの襟を立てて歩く女性たち。車が巻き起こす埃っぽい風に揺れる街路樹。

　この街は、どうなってしまうんだろうねと言った夫の言葉が頭に浮かんだ。

「それまではかなり深く危険ドラッグの流通に関わっていたらしくて麻薬取締官にもマークされていたらしい。執行猶予がついたのは、運がよかったんだろう。今はただの半グレだから、マークもはずれたようだが。組織的なものからは足を洗ったが、ああいう輩はクスリからは足を洗えないもんだ。そいつが光代と付き合ってた。光代の方も一回ヤクで挙げられてる。クスリ全般に対して抵抗感が薄い。どうだ？　きな臭い匂いがプンプンしてきただろ？」

いくぶん楽し気に言う純に軽い嫌悪感を抱いた。

「だから？　危険ドラッグの流通と光代さんの死に何か関係があるの？」

怒気を含ませた言葉を投げつけた。純は気にもしない。

「山岸は光代と知り合ってしばらくして、あのアパートにしけ込んで、二人でセックスとドラッグを楽しんでた。光代はそのうち店も無断欠勤し、家にも戻らなくなった。で、山岸とまあまあ付き合いのある奴に事情を聴いた。あいつ、危険ドラッグならまだたくさん持ってると豪語してたらしい。光代に乞われるまま、面白半分に出来損ないのクスリを渡してるって。自分で試すのも嫌な代物だと言ってたみたいだ」

頭が痛くなってきた。純が声を潜めた。

「奴は『フライ』っていう隠語で呼んでた。死にたくなるクスリなんだってさ」

「死にたくなるクスリ？」

桜子はオウム返しに言った。興味を引かれたのか、レイカも純の方を向いた。

「で、結局光代は屋上から飛び降りた。そのクスリのせいかどうかはわからん。でもその直後に山岸は湧新から姿を消した。ヤバイことになったと焦ったのかもしれん。あんな危険な奴はふん捕まえて収監しないとダメだ。また同じことを繰り返すに決まってるんだ。それには、今回の光代の死の背景を探る必要がある。なのに、一樹は何もしゃべらん。あいつの口を開かせる必要がある。母親のそばにいた息子が、その辺の事情は一番よく知っているんだから」

「だから？」

だんだん純の、いや警察の意図が見えてきた。

「だから、一樹によく言い聞かせてもらいたいんだ。母親は間接的に殺されたかもしれんって。警察に協力するようにと」

「あんたね――」

とうとう我慢できなくなってレイカが割って入った。

「一樹の気持ちを考えたことがある？　あんなとこに引っ掛かって無残に息絶えた母親のことを誰にも言えずに、そっと花を捧げた十四歳の子の気持ちをさ」

背中を向けたままの刑事に、後部座席から喚いた。

「レイカちゃん……」

桜子の呼びかけを無視して、レイカは続けた。

「犯人なんてどうだっていいよ。あの子はもうボロボロなんだよ。それなのに、あんたらはまた傷口を広げようっていうんだ」

　純は、ぴくりとも表情を変えず、いきり立つオカマをバックミラー越しに真っすぐに見つめていた。

「警察のやり口はいつだってそう。犯人さえ捕まえれば後はどうなってもかまわないんでしょ？　一樹は一番の被害者なんだよ。それを——」

　気持ちが昂って言葉が続かない。

「そうだ。それが俺らのやり方だ」詰め寄られても、純は平然と言い放つ。「山岸を拘束して徹底的に調べないと、また犠牲者が出るかもしれん。それをするのが警察だ」

「遅いよ……」

　レイカは力なく呟いた。そして「ここで停めて」と言って車を停めさせ、桜子を置いたまま降りていった。

　悄然とした後ろ姿を、桜子は見送った。純が車を出す。彼は小さく嘆息したが、特に動じる気配はない。こんなふうに事件の関係者になじられる場面には、何度も遭遇しているのだろう。この人の原動力は憎しみなのだ。それがよくわかる。

　犯罪を憎み、犯罪を為す人間を憎む。それがなければ、この仕事は務まらない。

　だからこそ、一樹の口を割らせようとする。別の担当者の事件でも、頼まれたらこうして頭を突っ込んで、彼が信じる正義に則った捜査を押し進めようとする。反感を覚えないではない。だがたぶん、愚直とも言えるこの姿勢に、私たちは守られているのだろう。

「あいつの言うことは合ってる」

意外にも、純がポツリとそんなことを言った。はっとして元同級生の刑事を見返した。

「そこまでする権利は警察にはないよな」

誰に言うともなく、そんな言葉を口にする。そして、「くそ」と片手で髪の毛を掻きむしった。「あっちこっちでおかしなことばっかりが起こりやがる」

悲しい気持ちで純を見つめた。

「このちっぽけな街で。で、警察は端緒のひとつもつかめていないときてる」

いきなり膨張した街は、底知れぬ暗闇を内包し、それでもまだ成長を続けているということか。我知らず身震いをした。

「菫子に――」

赤信号で停まった時、くるりと振り向いて純が言った。

「え？」

「菫子に気をつけてやれ。もっと辛いことが起こるかもしれん」

「どういうこと？」

「あのな、菫子を連れ去ったヤンキーども、バックに黒幕がいる」

「黒幕って？」

「つまり、裏であのバカらを操っている人物だ」

もうその先は聞きたくなかった。だが、否応なしに耳は純の言葉を拾い続ける。

「あの中のリーダー格の男を担当官が締め上げげたら白状したってよ。黒幕はああいう悪たれとは違う。慶学館に通うＩＱ一五〇の少年だとよ。そいつは面白半分に思いついたままの悪さを、ストリートギャングたちにやらせてたらしい。自分は一切手を汚さずに」

「でも、それって罪になるの？　慶学館の生徒がそんな愚かなことに手を貸すとは思えないんだけど」

「いいか」

純は半身を後ろに向け、左手を背もたれに回した。安っぽい合皮のシートの上で、指を苛立たしげに動かしている。

「そいつはな、ちょっと前まで菫子と付き合ってたんだ。菫子からミュージカルの話をさんざん聞かされて興味を持った――」

純の声が、氷河の上を渡ってきた風のように冷たく感じられた。桜子は、細い息を吐いた。

「興味を持ったものに、そいつはどういうことをするか。持ち上げて――」

　親指が、くっと上に向いた。

「落として叩き潰す。思い切りな。そういう性情の持ち主なんだってよ。リーダーの奴も、しまいには腰が引けたと言ってた。あいつは、人間の感情を持ち合わせていないんだって。怪物だって言ってたぜ。あのワルが」

「そんな……」

「与謝野を襲ったのは、菫子を拉致した奴らだったんだ。市民ミュージカルをぶっ潰すために。それもそいつのアイデアなんだ。ついでに菫子を連れ去って、好きなように嬲(なぶ)っていいって言ったのも、奴だって。ついこの間まで付き合ってた女の子をだ。ぽいっと捨てるだけじゃ、飽き足らないんだ。徹底的に壊してしまわないと気が済まない。そいつには心がないんだ、たぶん」

　桜子は両手を口に持っていった。思い切り押さえていないと、絶叫してしまいそうだった。

　信号が青に変わり、後ろの車がクラクションを鳴らす。純は舌打ちして思い切りアクセルを踏んだ。

第五章　髪に挿したプリムラ

夢を見ていた。

明るい海辺のレストラン。デッキに並んだテーブル。大きな日除けパラソルが、頭の上ではためいている。

たぶん、南欧のどこか。

向かい側に座った母は、熱心に目の前の料理の説明をしている。フランス語で。ややハスキーな声。この声をずっと聞いていたいと思う。

フランス語は、母の声に合っている。

「フォアグラのタルティーヌ。極薄にスライスして焼き上げたジャガイモで挟んであるのよ。中のフォアグラには、イチジクのコンフィを合わせてある。ほら、一口噛んでごらんなさい。フォアグラの油脂とイチジクの香りと甘味が溶け合っているでしょ？　ヴィネグレットの酸味がアクセントなの。複雑にして巧妙な味」

でも語っている相手は自分じゃない。

隣の男が母の肩を抱き寄せる。耳に何かを囁きかける。美しい母は、忍び笑いをする。おそらくは、「君を味わう方が興味があるな」というような陳腐な言葉を口にしたのだろう。

場面は変わる。

母がグランドピアノの前に座る。両手を鍵盤の上に置いて、一瞬天を仰ぐようにする。

そして、轟音が鳴り響く。バッハの『パルティータ第2番』。

目を閉じて弾き続ける母は、トランス状態にあるように見える。情動に身を委ねているのだ。背中で踊り狂う黒髪をじっと見つめる。

パリのアパルトマンの一室。

開け放った寝室のベッドでは、男がまだ眠っている。皺の寄ったシーツを体に巻き付けて。

ピアノ曲が唐突に終わる。

母は立ち上がって、キッチンに消えていく。冷蔵庫を開け閉めする音。ビン類がカチャカチャと触れ合う。

ピアノの蓋は開けっ放しだ。そっとピアノに近づく。鍵盤を叩いてみる。母がやって来る気配はない。耳で憶えた曲を弾いてみた。この大きな楽器を母のように力強く弾きこなすには、どうしたらいいのだろう。

背中をすっと伸ばして、目を閉じて弾き続ける。

「ノン、そこをどいて！　ピアノに触ってはだめ。言ってあるでしょう！」

厳しい声が飛んできて、身がすくんだ。

「いいじゃないか。この子はピアノを弾きたいんだよ」

いつの間にか男が起きてきて、後ろに立っていた。上半身裸の男。体を包んだ筋肉は、しなやかで無駄がない。ひょいと抱き上げられ、男の膝に載せられた。

「俺が教えてやろう」

男の体からは、母の香水の匂いが立ち昇る。母との睦み合いの残り香。

男が長い指を鍵盤に載せ、滑らかにいくつかのフレーズを弾いた。この男もピアニストなのか？　母より随分若いけれど。

「ノン、だめって言ったでしょ？　やめなさい、アンリ」

足音も高く母がキッチンから出てくる。ピアノの蓋を乱暴に閉じられた。男は首をすくめて立ち上がる。トンと床に下ろされた。

「いいわね」

母が日本語で噛んで含めるように言う。

「ピアノに触ってはだめ。あなたには才能がないのよ、ミツル」

夢は永遠に終わることなく続く。


女の首には、細いロープが巻き付いていた。

侵入者は、女の体をそっと横たえた。狭い玄関。上り口のフロアで、女はかっと目を見開いたままだ。その瞼をそっと下ろす。

それから、外の廊下を誰かが通りはしないかと耳をそばだてる。深夜のメゾネット式住宅。さっきまで身を潜めていた植え込みが、さわさわと風で揺れる音がするだけだ。

ほっと体の力を抜いた。声を出す間もなく絶命した女は、それでも力の限り抵抗した。自分の部屋のドアを開け、玄関の照明を点けた途端、後ろからついて入ってきた侵入者にロープで首を絞められるとは、想定していなかったろうが。

声は出なかったが、手足を思い切りばたつかせた。足が当たって、玄関の靴箱の扉が開いた。中には、同じ型で色違いのパンプスが何足も並んでいる。同じシューズメーカーのものだろうか。こだわりがあったのか。もう今となっては意味がないが。

靴箱の上に飾ってあった紫水晶の結晶でできた置物が、玄関フロアに落ちてこなごなに割れていた。

隣の部屋の住人が物音に気づいただろうか？　隣室も静まり返ったままだ。深まった秋の夜の冷気に包まれたまま。

侵入者は、女の首からロープを慎重にはずした。今度の犠牲者はロープをはずそうとして、首を引っ掻く暇もなかったようだ。きれいな白い肌には、ロープの痕だけが赤紫色に残っていた。

侵入者は、ポケットからダリアの花を一輪取り出した。ダークレッドの花だ。ちょっと迷った挙句、女の髪の毛に挿してやった。死んだ女の悲しい装飾品。

壁のスイッチを押して玄関の照明を消した。それでも玄関スペースはほんのりと明るかった。見れば、壁の高い位置に小窓があって、そこから月の光が射しているのだ。透明なガラスの向こうに満月が出ていた。

✼

スマホのディスプレイに青い花が映し出されていた。花びらの芯に白い筋が入った可憐な花だ。

桜子はぶるっと身を震わせた。花がきれいであればあるほど、これが死体のそばにあったものだと思い知る。

「プリムラだね」ぽつりと呟く。「プリムラ・ポリアンサ。ヨーロッパ原産のサクラソウの仲間」

純は、もう一回自分の目で青い花を確かめた。

「うん、そうだってな。鑑識も言ってた」

「なら、もういいでしょう？　悪いけど私には何も答えられない。歓楽街の花屋にはね」

多少、嫌みも込めた。

「鑑識じゃ、花の名前しかわからん」

スマホを上着のポケットにしまう。

「どうして花がいつも殺人現場に置かれているのか。花に何か意味があるのか、俺はそこが知りたいんだ」

捜査に対する純の執念深さには、戦慄さえ覚える。

「そんなこと……」

わかるわけないじゃない、という言葉を呑み込む。最初の殺人が起こってからもう八か月が過ぎた。懸命の捜査を続ける警察をあざ笑うかのように、立て続けに五件の殺人事件が起こった。マスコミは警察の無能ぶりを書きたて、市民も恐怖と苛立ちを募らせている。

捜査本部も相当ぴりぴりしているはずだ。純の様子を見ればわかる。どんな小さな手がかりでもつかもうと、何度も検証したものを、さらに見直している。

「絶対に意味があるはずなんだ。でなけりゃ、頭がおかしいかだ。死体に花を添えるなんて」

檻の中の熊のように作業場を歩き回る。苛立つ刑事を美帆が不安そうに眺めた。家族と同居している彼女でさえ、怯えているのだ。

いったい犯人は何がしたいのだ？　あと何人殺すつもりなのか？

桜子は額に手をやった。さっきまで水揚げ作業をしていた手は、冷え切っている。

「今度の現場には、ちょっとした違いがあるんだ」

考え込む桜子を助けるように、純が言った。

「女のそばにあったのは、そのプリムラっていう花なんだけど、別にダリアの花びらが一枚だけ落ちていた」

はっとして顔を上げた。ますます混乱する。

「ダリア？　間違いないの？」

「間違いない。鑑識で鑑定したから。深紅のダリアだった」

「どういうことかしら」

「ダリアを置いてみて、そぐわないからプリムラにしたとか？」

横から美帆が口を挟んだ。

「じゃあ、犯人はいくつもの花を用意してたってことか？　どれにするかその場の雰囲気で決めるのか？　ふざけた野郎だ」

「野郎なんですか？　もしかして女性だったりして。だってお花を飾っていくんでしょ？」

美帆はだんだん元気が出てきたようだ。話すうちに頬がぽっと赤らんでくる。

「殺し方からしてたぶん、犯人は男だな。初めの二件は冷水に浸けるとか、枕で窒息死させるとか女性がやりそうな方法だが、後になるほど力が必要な殺し方だ」

純の直截な言いように、美帆は顔をしかめた。

なんとか純に協力したいと桜子は気を取り直すが、心もとない。

「最初はパンジーでしょ。それからマリーゴールド。次がデンファレで、その次がクレマチス。そして今度はプリムラ」

「ダリアとどっちにしようかって迷った挙句にね」

美帆が力なく微笑んだ。

「後の二件は、絞殺なんでしょ？　ニュースでそう言ってた。確かに力がいるよね」

毎日定時に、捜査本部が記者会見をして捜査状況を発表している。そうでもしないとマスコミも市民も治まらない。

「最初の方は、なんだかやり方に凝ってる気がするな。だんだん雑になるっていうか、手っ取り早く済まそうって感じ」

さっき純の言い方に嫌悪感を覚えたようだったのに、美帆は話に乗ってきた。

純が立ち止まって、「うーん」と唸った。

「鋭いな、お前」

美帆がたちまちむっとした顔をする。

「初めの三件に関しては、犯人は殺人の過程を楽しんでいる気配がする。それに比べると、後の二件の殺し方は、あっさりし過ぎているよな」

「こんなこと言っては何なんだけど――」

桜子は保存庫の中のダリアに目をやった。フォーマルデコラ咲きという、最もダリアらしい咲き方のピンクのダリアだ。

「後の被害者二人は、弁護士さんに研究所の研究員さんよね。先の三人とはちょっと違う気がするんだけど」

「そうなんだよなあ。どっか違和感があるんだよなあ」

独り言のように言って、純が頭を掻きむしる。

「花はどういう役割なんだろ」

桜子も呟いた。そこしか、自分に答えられるところはない。

「桜子さん、知ってました？　クレマチスって毒があるんですって」

「だからってクレマチスを食う奴なんかいないだろ？」

純が嚙みついた。途端に、桜子と美帆が「あっ！」と声を上げた。

「何だよ」

「エディブルフラワー」

「は？」

「エディブルフラワーだよ。食べられる花。パンジーもマリーゴールドもデンファレも。それからプリムラも、お料理に添えられる花だ」

「でもクレマチスは違うんだろ？　毒があるんだから」

「ダリアも違いますね」

美帆は小声になった。

「偶然だろ？　そんなの。全部がそうならヒントになるかもしれんが」

「まあね」

桜子は諦めて花鋏を取った。紫のバンダや赤いピンクッションをあしらったエキゾチックな花束を作り始める。

「じゃあ、クレマチスは間違えて置いてきちゃって、その次もうっかりダリアを置いたから、後でプリムラに取り替えたとか」

「そんなドジな殺人犯いるか」

「そこまでエディブルフラワーにこだわる理由はないと思う」

純と桜子に突っ込まれて、今度こそ美帆がしゅんとなる。

「美帆ちゃん、モンステラを二本、お願い」

「はーい」

美帆が深い切れ込みの入った大きな葉を桜子に渡した。

「やっぱ、無理かあ！　花から何かわかると思ったんだけどな」

「おあいにく様！　さあ、もう行って行って。うちも忙しいんだから」

桜子に追い出されて、純が冬支度の街に足を踏み出した。


晃はふと立ち止まった。

真っ白なプーマのスニーカーにポツンと黒い染みができている。眉を寄せ、しばらくそれを眺めた。

昨日、茉奈が殺された。スマホをいじっていて、そのニュースを偶然目にした。何度見返しても、高崎茉奈という名前だ。神奈川県多摩川市湧新地区に住む高崎茉奈が、二人もいるとは思えなかった。念のため茉奈のアパートまで行ってみた。メゾネット式住宅の入り口には、警察の黄色い規制テープが張り巡らされ、茉奈の部屋はブルーシートですっかり覆われていた。

そこまで見届けて踵（きびす）を返した。

これはいったいどういうことだろう。ニュースが報じる警察の見立てでは、湧新地区で起こっている連続殺人犯の仕業だという。

連続殺人が起きているのは知っていた。だが、茉奈がその犠牲者になるとは夢にも思わなかった。あまりにもかけ離れている。飛び級で大学へ進学した天才肌のリケジョ、製薬会社の研究所に勤める優秀な研究員、自分の欲望だけを優先する鼻っ柱の強い女。彼女が狂気に支配された殺人犯の手にかかるなんて。

「あり得ないな」

スニーカーにできた染みに向かって言ったのか、茉奈の死に対して言ったのか、自分でもよくわからない。ようやく歩きだす。

ちょっと前には、カープたちのグループが根こそぎ挙げられた。あのバカどもがへまをやったのは、まだ頷ける。菫子を連れ去って、集団レイプしようとして、逸るあまりドジったのだろう。脳みそは恐竜なみに小さい奴らだから。

さっさとことをやり遂げて姿を消していれば、あんなことにはならなかったのだ。監禁した女子高生を貪る途中で逃げられたとか、騒ぎを誰かに気づかれて通報されたとか、そんなところだろう。

菫子を車に押し込むことに成功した報告までは受けた。仲間がすぐに彼女のスマホを取り上げたということも。別に連絡してくれなんて言ってないのに、カープは首尾をいちいち報告してきた。

「な、うまくいってるぜ」とその都度言った。

小学生くらいの男の子がいつの間にか車に潜り込んでいて、そいつが上着の下に盗んだ鳩を隠していたとか、どうでもいいことまで。そうすることで、約束の一人頭百万の報酬を確定させたかったのかもしれない。

「夕方六時にお楽しみ決行」

その電話を受けたのは、四時半くらいだった。それが最後だった。

全員が逮捕されてしまったから、菫子がどうなったかはわからない。助け出されたのは、あいつらの毒牙にかかった後だったのか、それももう興味はなかった。

歩道をうつむき加減に歩きながら、晃は考えた。

茉奈は生前、裏取引をやった女弁護士が殺人の犠牲者になったことを気にしていた。あの弁護士に、茉奈は「フライ」を渡したと言っていた。危険ドラッグのつながりで彼女らは殺されたのか？　中国の化学工場を経営するチェンという男に命じられた誰かが、口封じで消したとか？　そうなると話はぐっと大きくなる。初めの三人の被害者のことはよくわからないが、彼女らも危険ドラッグやその流通に関わっていたということか。

このことに警察は気づいているのだろうか。

いくら考えてもわからない。拘束されたブラホのメンバーの取り調べが進めば、どうせ自分のところにたどり着くだろう。菫子や与謝野を襲わせたのが晃だと、グループ内の何人かは知っているし、カープのスマホには、晃とのやり取りが履歴として残っているだろうから。茉奈と肉体関係を持っていたことも、警察は勘づくだろうか？　そしてどう動くだろう。晃が両方の事件の関係者だということで、ふたつがつながっていると判断するだろうか。それを聞きたいと思った。

背後に横たわる謎のことを考えると、ぞくぞくした。セックスする時、絶頂を迎える直前の、あの戦慄にも似た快感が体を突き抜ける。

面白くなってきたじゃないか。晃は自分に向かって言った。予想を超える展開だ。予定調和から逸脱する人生が始まるかもしれない。

すっと顔を上げた途端、車が横につけてきた。ありふれた車種だが、瞬時に警察だと感じ取った。

「二宮（にのみや）晃君だね？」

降りてきたのは、人の好さそうな初老の男だ。湧新署の喜多だと名乗った。

「ちょっと話を聞かせてもらいたいんだ」

にこにこと笑いかけてくる。運転席の男をちらりと見た。こちらは精悍な顔つきの、いかにも刑事という雰囲気だ。

「いいですよ」

晃がすんなり答えたことに、相手は拍子抜けした様子だった。

「じゃあ、悪いんだけど、湧新署まで一緒に行ってもらえるかな？」

「いいですよ」

運転席の男が降りてきて、せかせかと後部座席のドアを開けた。「どんなことですか？」とも尋ねない晃に、逆に警戒心を持ったようだ。

「よっこらしょ」

晃の隣に、喜多が乗り込んできた。でっぷりと太った警察官が座ると、シートが深く沈んだ。

湧新署に入るのは初めてだった。建物は案外新しい。

「こっち」

喜多が案内したのは、二階の小部屋だった。狭い階段で上がるようになっている。もうひとつ大きな階段があって、そっちは大勢の人が上り下りしていた。

「すまんね。今、取り込んでるから、うち」

連続殺人事件で、という意味だろう。喜多の後ろから部屋に入った。殺風景な部屋だ。スチール机とパイプ椅子。ここは取調室なのだろうか。

勧められた椅子に腰を下ろした。喜多が机の向こうに、ようやく大西（おおにし）と名乗った警察官が部屋の隅の小机の前に座った。これで話が始まるのだろうと思ったら、もう一人が入ってきた。名乗りもせずに、大西のすぐ横の椅子に座った。目つきが鋭い。じっと晃を睨みつけるようにしている。

「じゃあ、始めようかね」

喜多は書類に目を落として、何人もの名前をつらつらと読み上げ、知っているかと尋ねた。カープの本名は、合田由宏（ごうだよしひろ）という立派なものだったということを思い出した。ガンジンは香椎大地（かしいだいち）。親は、おおらかで屈託のない子に育つようにと名付けたのかもしれない。あんな筋肉バカに育つとは思わなかったろう。

あとの名前には聞き覚えがない。だが、ブラホのメンバーだということは推察できた。面倒くさいから、全員知っていると答えた。

「その連中が何で今拘束されているか知っているね？」

柔らかな口調とはうらはらに、じっと見据えてくる視線には力があった。

「知ってます。女の子を一人さらっていって、乱暴しようとしたんでしょ？」

すらすらと答える。別に威圧に負けたわけじゃない。市民ミュージカルをぶっ潰すという名目で、菫子と与謝野を襲わせたのが自分だと、もう調べはついているはずだ。百万円の報酬のことも耳に入っているのだろうか。どうでもいいけど。

「幸いにも女の子は無事だったんだよ。早くに警察が駆けつけたから」

「そうですか」

後ろで見ていた警察官が、ぎりっと歯ぎしりしたように見えた。

「彼らは、今度の犯行は、君が思いついて実行させたことだと言ってる。それに間違いないかね？」

「ええ」

「ほんとに？」

「その計画を立てたのは認めます」

「それ、犯罪に加担したってことだよ」

「わかってます。あの、刑事さん？　ひとつ訊いていいですか？」

喜多が頷く。

「どうしてあの場所がわかったんですか？　あいつら、絶対見つからない場所を知ってるからって、自信たっぷりだったんだけどなあ。女の子を連れ込んだ倉庫のことですけど」

喜多がちらりと背後に目をやる。後ろに陣取った男が軽く顎を動かした。前に向き直った喜多は、おもむろに口を開く。

「通報があった」

「そうですか。あいつらが倉庫に入るところを見られたってことですよね」

どこまでへまをやるんだ。

「そうじゃないよ」

喜多は、小さく吐息をついた。

「君らはネットやスマホを当たり前のように使っているよね。そんなものがなかった時代があったことすら信じられんだろう。だから、携帯電話とかスマホとかの通信機器がなければ、どこへも連絡がつかんと思ってる。そうだろ？」

「そうでしょ？　普通」

「あのな、バカを言うなよ」年を取った警察官は、急にぞんざいな口調になった。耳の奥で、滅七の和音がかすかに鳴る。

「被害者と一緒に連れていかれた男の子が、どっかから鳩を勝手に持ってきてた」

滅七の音が大きくなる。

「あれ、伝書鳩だったんだ」

「伝書――鳩？」

「そうと知って持ってきたわけじゃない。だが、被害者の女の子は気がついたのさ。鳩の足についていた伝信用の筒に」

床に落ちていた紙に連れ込まれた倉庫名と名前を書いて、助けを求めたらしい。伝信を託された鳩は、窓の格子をすり抜けて飼い主のところに舞い戻った。メモを見た飼い主が、警察に通報したというわけだ。

喜多の説明を、呆気に取られて晃は聞いた。

聞き終わってもまだしばらくはぽかんとしていた。それからクックッと笑いが込み上げてくる。

伝書鳩！　そんなものが今の時代に機能しているなんて。そんな前時代的なものにしてやられるなんて。

愉快だった。カープたちだけじゃない。自分も間抜けでうすのろだ。笑い続ける晃を、三人の警察官は黙って見ていた。喜多は飄々と。大西は薄気味悪そうに。そしてもう一人の刑事は憎々しげに。

「質問を続けていいかな」

晃の笑いが収まるのを待って、喜多が口を開いた。

「高崎茉奈さんは？　知ってる？」

早くも茉奈のスマホの解析が終わったということか。茉奈がスマホでやり取りしていた人物は、相当数いたはずだ。仕事上の関係者、肉体関係を持った男たちを含めて。素気ないやり取りしかしていない男子高校生のところに来るのは、もっと先だろうとたかをくくっていた。思いもよらないことは、時たま起こる。

連続殺人の犠牲者は全員が女性だ。犠牲者たちが性的暴行を加えられていたとは報道されていないが、それが目的だったのか？　それともやはり危険ドラッグ絡みか？　後ろででっかい犯罪組織が動いたか？　まあ、カープたちちんけなストリートギャングには、そんなことは依頼しないだろう。女の子一人、好きにできない奴らに。晃の頭の中で、様々な考えが目まぐるしく交錯した。

いったいこの結末はどこにたどり着くのだろう。久方ぶりに胸が高鳴った。

「知っていますよ」晃は余裕を持ってそう答えた。「でも、茉奈を殺したのは、僕じゃありません」

「高崎さんとはどういう関係？」

「時々会ってセックスをする関係」

「恋人同士ってこと？」

「いや、そうじゃなくて、セックスをするだけ」

喜多は理解に苦しむというふうに鼻の頭を掻いた。

「だから、茉奈を殺したりしませんよ。セックスする相手がいなくなる」

「てめえ!!」

最後に入ってきた警察官が、バネ仕掛けみたいに椅子から跳び上がったと思うと、一足飛びに晃のところに来て、襟首を引っつかんだ。

「ふざけんなよ！　菫子と付き合ってたんだろうが！」

なんだ、こいつ、菫子の関係者か。晃は首をねじ上げられながら、にやりと笑った。相手はますますいきり立つ。

「おい、落ち着け、乗松」

喜多と大西が止めに入った。面白い展開だ。もっと面白くしてやるか。

「あの、もう知っているとは思いますけど、市民ミュージカルの音楽監督を襲ったのもブラホの奴らですから。もちろん、計画を立てたのは僕です。でも、あそこまでやるとは思わなかった」

あいつらは、どうせ締め上げられて、べらべらしゃべったに決まっている。

引き離されて、後ろに下がっていた乗松が、猛獣のような唸り声を上げてまた飛びかかってきた。世の中、どうしてこんなに単純な奴ばかりなんだ。

乗松によって壁に叩きつけられた途端、頭の中で減七の和音が大音響で鳴り響いた。

百合子ママがつけている香水は、ユリの匂いがする。菫子は、思い切りその香りを吸い込んだ。

「菫子ちゃん、今度はパンケーキ食べに行こうよ。店の子が美味しいお店教えてくれたの。生クリームとアイスクリームとベリージャムがもう、山盛り」

「ほんと？　行く行く」

百合子ママが誘ってくれて、二人でケーキバイキングに行ってきたのだ。

「菫子ちゃん、どんなにしょげてるかと思ったけど、めちゃ元気そうじゃん」

ケーキをいくつも食べる菫子に、ママはそう言った。

「あー、あのね、私、自分の中の眠れる力を呼び覚ましたのよね。そしたらもう、怖いものなんかなくなっちゃった」

「眠れる力？」

おかしそうにママは繰り返した。

「そ。自分で思ってたほど、私はヤワじゃないって気がついたんだ」

「そっか。菫子ちゃんは、湧新のヒーローだもんね。あたしなんか、中一の時から知ってるもん」

「ヒロインって言ってよ」

ケーキを頬張りながら、ママに突っ込んだ。百合子ママは、もりもりケーキを食べる菫子を見ているだけで、たいして食べなかった。美味しいものを見ると、与謝野充のことを思い出して悲しくなるのだという。

一樹と一緒に監禁された時のことを思い出すと、本当は今でも震えがくる。でもそれ以上に、あそこから自力で抜け出したこととの方が大きい。正確にいうと、一樹と二人でだ。

諦めなければ、必ずどこかに突破口が生まれる。うまくできたドラマみたいだけど、それは本当だと実感できた事件だった。だだっ広い廃倉庫の一室に閉じ込められた時、もうおしまいだと思った。でもあいつらが出ていった後、床にへたり込んだりはしなかった。部屋の中に捨て置かれたものをひとつひとつ検めてみた。たいていが屑だった。

段ボール箱はくたくたで、足場にもならない代物だった。絶望して、天井を見上げたら、飛び回る鳩が目に入った。一樹が壁に衝突して落ちてきた鳩を捕まえた。足にアルミの小さな筒が付いていた。ピンときた。これ、伝書鳩だ。小学生の時、NHKのEテレの番組で見たことがあった。床を探し回って紙切れとボールペンを見つけた。ボールペンからちゃんとインクが出た時、「神様！」と心の中で叫んだ。助けを求める通信文を筒に丸めて入れて、鳩をそっと窓から逃がした。

その後も、じっとしてはいられなかった。何か武器になるもの、身を守るものはないかと探し回った。床に散乱した紙袋の底に残った粉を掻き集めた。一樹も手のひらを真っ白にしながら手伝った。そうしながら、体の内から力が湧いてくるのを感じた。やれることは全部やろう。あの鳩が誰かにあのメモを届けるまでに。

一樹だけでも逃がす方策も考えた。隙間から隙間をするりするりと抜けていくすばしっこい一樹なら、うまくやれるはずだ。そういうことを考えているだけで恐怖は遠のいていった。

その代わりに怒りが湧いてきた。怒りが恐怖を凌駕した。

あいつらが戻ってきた時、口から出たのは威勢のいい啖呵だった。さっきまで怯えて縮こまっていたのに、何かに憑依されたみたいだった。いや、違う。操られているんじゃない。確かに主体は私だ。舞台の真ん中で堂々とセリフを口にする演技者。

怒りは頂点に達し、その感情を乗せた言葉が口をついて出てきた。

あの数分間の高揚感、陶酔、自信。これが演じるということの真髄だと感じた。

鳩が運んだメッセージは絶対届くと信じていた。だから、警察が踏み込んで来てくれた時も、そう驚きはしなかった。まるで次の出番の役者が舞台に現れるのを待つ心境だ。

きっと一樹にも何かが作用したのだろう。彼が誰にも言わずにきた大切な母親の居場所を菫子にだけ告げて、助けを求めた。

不幸にも、母親は自ら命を断った。それを見つけたのも一樹だ。母の遺体に花を手向けた行為は、何を意味しているのだろう。一樹が今抱えている感情はどんなものなのだろう。

あの子の芯にある悲しみや嘆きや怒りの感情を、外に放出する術を教えてやりたかった。悲しい時は「悲しい」と、辛い時は「辛い」と口にしていいんだと。伯母と共に、母親を葬って戻ってきた一樹は、また街の中を徘徊しているようだ。だけど――と菫子は思う。一樹はやるべきことを知っている子だ。必ず己の人生を歩んでいく。連れ去られようとした菫子を、何とか助けようとした一樹の強さと優しさを信じたかった。

「おっかえりー！　菫子ちゃん」

フラワーショップ小谷の前で、イーゼルに載せた黒板にポップを書いている美帆が、振り返って笑いかけた。

黒板には、数日後に迫った「いい夫婦の日」に向けて、花束を贈る呼びかけが丸っこい文字で書いてあった。

「ママ、ありがとう。お世話になりました」

店の中から母の桜子も声を掛ける。

「もうお腹いっぱい。晩ご飯、食べられそうにない」

「大丈夫よ。ダンスのレッスンに行くんでしょ？」

百合子ママと二人揃って店の奥に入る。桜子が丸椅子を出してきて、そこにママを座らせる。

「今、コーヒーを淹れるから。店先で悪いけど」

「気を遣わないで。あたしももうすぐ髪のセットに行かなくちゃ」

「忙しいのに、菫子に付き合わせて悪かったね」

「いいの、いいの。あたしも菫子ちゃんから元気もらったわ」ママは丸椅子に腰かけた。銀ねず色のタイトなパンツの足を組む。「何せ、菫子ちゃんはこの街のヒロインだもんね。ワルモノをやっつけて、胸を張って戻ってきたヒロイン」

ママにコーヒーカップを渡しながら、桜子がちらりと視線を送ってくる。母が自分の様子をじっと観察しているのがわかる。

菫子が本当に参っていたのは、自分を拉致してレイプするよう命じたのが晃だったという事実だ。それだけでなく、与謝野充を襲撃するアイデアを思いついたのも晃だった。理由は皆が夢中になっている市民ミュージカルを潰すため。彼にとってはほんの遊び、あるいはうさ晴らしの感覚だったらしい。

そういうことを晃は、悪びれもせずすんなりと自供したそうだ。その話を乗松に聞かされた時、菫子は洗面所に駆け込んで嘔吐した。震える体を母に抱き締めてもらいながら、乗松が汚い言葉で罵るのを聞いていた。乗松がわざとそうしているのがわかった。彼なりに慰めてくれていたのだ。無骨で不器用なやり方ではあるが。

それは不思議なことに功を奏した。いつの間にか晃のことを冷静に見られるようになっていた。

大人っぽいふうを装っているけれど、案外脆い精神の持ち主だと思っていた晃の正体が、邪悪な魂に彩られた人物だったとは。晃がふいに別れの言葉を口にした理由は、くるくる変わる心模様の一環だったのか。驚愕の次に湧き上がってきた感情は、やっぱり怒りだった。憤怒は、一番野性的で能動的な感情だと思う。

突き動かされるままに怒りに身をまかせることも、ひとつの解決策になる。それも学んだ。怒りの陰に悲しみが隠れているということも、自覚してはいたが。悲しみは、たぶん晃に向けてのものだ。可哀そうな人だと思った。自分で自分を制御できないのだ。常に不安に苛まれ、何をやっても夢中になれない傾向が、確かに晃にはあった。何に関しても投げやりだった。勉強にも、ゲームにもピアノにも。おそらくは人生にも。そんな晃のために、両親は腕のいい弁護士を雇ったという。

事件の背景を知らない美帆と百合子ママが軽口を叩き合っている。こういう日常の何気ない風景に、菫子の心は解きほぐされていく。

「これで連続殺人の犯人が捕まれば、言うことないんですけどね」

店の中に入ってきた美帆が言う。

「そうよねえ。いい加減にしてもらいたいわね。夜の湧新三丁目なんて、ひどいもんよ。商売あがったりだわ」

百合子ママは、コーヒーをふうっとひと吹きして言った。

「花屋もそう。ママたちのお店が繁盛してもらわないと困るわ」

桜子は半分諦めたように、首を振る。

「『花を愛でる殺人鬼』なんてマスコミは勝手なネーミングで呼んでるけど、ムカつく。私の従姉なんて、来年は絶対司法試験に合格して、検察官になってふざけた殺人鬼を訴追してやるって息巻いていますよ」

「やれやれ」

美帆が宙を見つめて、殺人現場に残された花の名前を口にした。何度も従姉と探偵気分で推理を重ねているのかもしれない。

「これ、この間、いいとこまで推理したんですよね。桜子さんと乗松さんとで。パンジーとマリーゴールドとデンファレ、それとプリムラはエディブルフラワーじゃないかって」

「へえ」

ママは興味を引かれたようだ。菫子はもう美帆から聞かされていたから、やり取りを黙って聞いていた。美帆は百合子ママが熱心に聞いてくれるので、悦に入っている。桜子は背を向けて作業に没頭し始めた。

「あのですね。つまり犯人は、被害者を食べ物に見立てたんじゃないですかね。エディブルフラワーを添えて」

「食べ物？　何だってそんな趣味の悪いことするの？」ママは疑り深い声を出した。「たとえば？」

美帆は「うーん」と唸った。

「最初の犠牲者は、冷たい水に浸けられて心臓麻痺を起こさせられたんでしょ？　冷やした食べ物ですよ。冷水で締めるしゃぶしゃぶとか、鳥刺しとか、カツオのたたきとか」

「ふうん」

同調しかねるように、ママは首をひねる。美帆が慌てて言葉を継いだ。

「次の犠牲者は、おかしなふうに縛られてましたね」

どこかの週刊誌が、警察が発表していない殺人方法をすっぱ抜いたのだ。乗松は、怒髪天を衝く勢いで怒りまくっていた。常に怒り狂っているああいう人は、思いのまま生きていると言えるのだろうか。それとも虚しいだけなのか。

「両腕を折り曲げるようにして縛られて、そのロープの端を背中に十字に渡されていたらしいですね」

誰もが眉を寄せて不快感を露わにしたので、美帆が急いで付け加えた。

「あれ、蟹を縛るやり方にそっくり。母方の祖父母が魚屋をやってるんで、小さい頃から魚のこと、よく教わってたんですよね。ガザミって蟹は気性が荒いから、ああやって爪を縛っとかないとそれを使って喧嘩して、足がもげてしまうんですって」

「美帆ちゃん、飛躍し過ぎだよ」

菫子は笑いながら百合子ママを見やって、ぎょっとした。ママは、大きく目を見開いて美帆を凝視している。まるで射貫くような視線だ。カップを持った手がかすかに震えている。

「ええと、次はなんでしたっけ。あ、首の後ろを一突きか。あれも魚の血抜きの方法に似てますけどね」

エヘへと笑って、美帆は気味の悪い推理をおしまいにした。

「血抜きじゃないわよ。あれ、うっ血させる方法なのよ」

絞り出すような声でママが言ったので、後の三人は「えっ」という表情でママを見返す。

百合子ママは、カップを桜子に返すと、バッグからハンカチを取り出して、額の汗を拭いた。

秋ももう終わろうとしている今、汗が噴き出すなんて不自然だ。

「うっ血って？　どういうこと？」

たまらず菫子は尋ねた。

「あのね、首の後ろに針を刺して仮死状態にして、血を抜かずに屠鳥する方法」

「屠鳥って？」

「鳩や鴨を料理する時に、そうやってわざとうっ血させるのよ。フランス料理でエトフェっていうやり方なんだけど、うっ血すると、血が鳥の肉全体に回って鉄分を含んだ風味のいい肉になるんですって」

「うへ。鳩を食べるの？」

美帆が、さっきまで自分が趣味の悪い話をしていたことも忘れたかのように顔をしかめた。

「でも、こじつけでしょ？　人間を食べ物に見立てて殺していくなんてあり得ない」

桜子がぴしゃりと言った。

「いいえ、こじつけなんかじゃないわ」

珍しく百合子ママが強い口調で言い募る。せわしなく額の汗を拭う。

「あの――、あのね、あたし、桐田先生と与謝野先生が揃ってお店に来てくれた時の趣向として、与謝野直美のエッセイを読み上げてたの。食に関するエッセイよ。確か『食べるという官能』っていう本。演奏旅行の都度、土地土地の美味しいものを探し出して食べるっていうテーマで書かれたものなんだけど、ピアノ演奏のことや人生観、男性との関係も赤裸々に書いてあるの。食べ物を口にした土地で、与謝野直美が演奏したピアノ曲をバックで流すという凝った仕掛けもして」

三人ともが黙り込んだ。与謝野直美のエッセイは、菫子も何冊かママに借りて読んだ。でもそんな符合には気がつかなかった。

「それって、何を意味してるの？」

恐る恐る桜子が尋ねた。

「あたしが選んで読み上げた料理と同じやり方で人が殺されたってことよ」

「そんなこと……」

ありえない、と桜子はまた口にしようとしたのか。でも宙ぶらりんになった言葉は、行き場を失った。

「待って。よく整理してみようよ」

美帆が慌てて言った。一度手にしたレザーファンの束をカウンターの上に置いた。ジーンズの尻ポケットからスマホを取り出す。

「最初の殺人は、三月十二日」

検索して言う。百合子ママがバッグから花柄の表紙の手帳を取り出した。急いでページを繰る。

「その日、桐田さんが初めて与謝野さんを連れて来てくれたのよ。桐田さんは、それまでにもその後も、ふらっと来られることがあったけど、与謝野さんを伴って来てくれたのは、数回だったと思う。その時、あたしが読み上げたのは、コールドミートを食べる話だったわ。ウィーンで」

「それじゃあ、第二の殺人。あれは——ええと——」美帆もスマホの画面を忙しく操作する。

「六月十日」

「来てるわ。確かに。二人連れ立って。というか、たいていは桐田さんが与謝野さんを無理やり連れて来るって感じだった」

「で、その時のメニューは？」

「ええと、あの日はどうまん蟹のことを書いた箇所を読み上げたの」

ママの声が震える。菫子は、知らず知らず口に手をやっていた。

「どうまん蟹って、ガザミのことでしょ？　ワタリガニとも言うけど」

「ええ。そう書いてあったと思う。浜名湖ではよそと差別化してそんな呼び名をつけてあるの。与謝野直美は、その時、浜松市でリサイタルを開いたから、その時の演奏も流したわ」

「じゃあ、ほんとに蟹みたいに女の人を縛り上げたの？　信じられない」

「誰が？　誰がそんなこと——」

菫子の呟きは無視された。

「第三の殺人は？」

黙って美帆の指先を見つめるしかなかった。

「八月九日」

「ああ」ママは絶望的な呻き声を出した。「その日も桐田さんは与謝野さんを連れて来てる。それで、あたしはピジョン・エトフェのところを読み上げたんだ。パリのレストランで鳩料理を食べたところ」

「それでその晩、鳩を屠鳥するのと同じ方法で女の人が殺されたってわけよね」

「あたしなの？　あたしが読んだエッセイの中の料理と同じやり方で人が殺されるなんて。あたしが悪いの？」

レースのハンカチを顔に当てて、百合子ママは泣きだした。

「いいえ、そうじゃない。ママは関係ない。ただそれに感化された人物がいたのよ」

桜子が言い、自分のスマホを取り出した。

「純を呼ぶわ。これ、ただの偶然とは思えない」


乗松純は、すぐにやって来た。車がフラワーショップ小谷の前に乱暴に停まった。助手席から純が降り立った。ドアを開けたまま、運転席にいる刑事に何かを言い、相手も何か言い返した。どうやら一緒に来た刑事を追い返したようだった。

車が行ってしまうと、純が店に入ってきた。緊張した面持ちだ。

その頃には、百合子ママも落ち着いていたが、ゲイバーのママがそこにいることに、純はやや驚いた様子だった。だが眉を片っ方、ちょっと持ち上げただけに留めた。桜子がスマホで簡単にしゃべった事柄が気になっているのだ。

「何だって？　エッセイに書かれた料理と似た殺し方ってどういうことだ？」

椅子に座った百合子ママと、立ちつくす桜子や娘の菫子、美帆をぐるっと見回しながら咆えた。

美帆がもう一回さっきの推理を純に説明した。後の三人は、黙ってそれを聞いていた。話が終わっても、純はしばらく口を開かなかった。顎に手をやって考えを巡らしている。それはそうだろう、と桜子は思った。にわかには信じられない話だ。ゲイバーでママが考えついた趣向に従って、殺人が行われたなんて。

「桐田と与謝野が来たのは確かなんだな？」

ママは頷いた。

「二人だけか？」

「桐田さんは、お一人で来ることも、スタッフの人とかと一緒に来ることもあった。ダンスの先生、あれ、どなただったかしら」

「武士末先生」

　菫子が助け舟を出した。

「そうそう。あの先生が一緒に来たこともあったわね。桐田さんは、あたしが与謝野直美に憧れていて、だから息子の与謝野先生と話したがっているのを知ってた。だからあまり気が向かない様子の与謝野さんをたまに引っ張って来てくれたの。あたしは、与謝野直美さんの話題を出したら、お二人が喜ぶと思ったのよ。ただ話題にするだけじゃなくて、凝った演出にして楽しんでもらいたかっただけ」

　またママは泣きそうになった。菫子がそっと後ろに回って、肩に手を置いた。

「その時の二人の反応は？」

「特に変わったことはなかった、と思う。桐田さんは上機嫌でお酒を飲んでいたわ。与謝野さんはあまり飲まなかったけど」

「何時くらいまでいた？」

　ママが視線を宙に泳がせた。記憶を手繰(たぐ)り寄せている。

「桐田さんは遅くまでいらしたわね。閉店までいることが多かった。午前一時までってことだけど」

「与謝野は？」

「あの方は飲まないから、いつも先に帰ってた。桐田さんも強く引き留めはしなかったわ」

「何時頃？」

詰問口調になる。

「そうね。まちまちよ。来店時間も毎回違っていたから。早く来られた時は、九時くらいに帰られることもあったわ。遅くても十一時より後までいたことはなかったと思う」

「三回の来店時の、与謝野が店を出た正確な時間はわからないか？」

ママが力なく首を振った。

「そこまでは無理よ。あのお二人だけじゃないもの、お客さんは」

「そのエッセイを読むっていうのは、どういう流れだったんだ？　彼らが来る前からあんたが決めてたのか？」

ママはハンカチをぎゅっと握りしめ、容赦ない刑事をすがるような目で見た。

「ええと……。いいえ、初めから決めてたわけじゃないわ。最初に桐田さんと与謝野さんが来られた時、与謝野直美さんの話になったの。あたしが大ファンだったものだから。優れた演奏家であることや美食家でもある話題。盛り上がったところで、『食べるという官能』をあたしが持ち出してきて、適当に選んだ箇所を朗読したの。その土地にちなんだ彼女の演奏をお店で流したのは、雰囲気を盛り上げるため」

以来、そういう趣向が習いになったのだとママは続けた。与謝野直美が書いたエッセイも、ピアノのＣＤも、常時ジュリアに置いてあるそうだ。

「その時、どんな話をした？　どんなことでもいいから思い出せ」

くしゃくしゃになったハンカチで、また汗を拭きながら、ママは必死に記憶を探る。

「桐田さんは、自分が若い頃、与謝野直美さんの愛人だったことを自慢げに話してたわ。それはもう誰もが知っていることだったから。息子の与謝野さんの前でそういう話題を持ち出すことにも遠慮したりしなかった。オープンで豪放な人だからね。与謝野さんも気を悪くしたような気配は微塵もなくて、微笑んで聞いていたと思う」

桐田は、与謝野直美が何もかもに貪欲だったと語った。自分の欲望には真っすぐに従う女だったと。

「ピアノに向かう原動力だったんだ。愛欲と食欲は」と言って、桐田は笑ったという。そしてエッセイにも書かれていないエピソードを皆の前で披露した。寝室で愛し合っている途中で、ふいにぷいと出ていき、ピアノに向かうこともあった。若い桐田は、不完全燃焼のまま直美を追いかけていき、全裸で憑かれたようにピアノを弾き続ける直美の体を後ろから愛撫したと言った。どんなに激しい愛撫を受けても直美は動じることなく、弾き続けていたらしい。

「しまいに膝の上に抱き上げて、彼女を挿し貫いた。それでも顔色ひとつ変えず、喘ぎ声のひとつも上げなかったな。さっきまで乱れに乱れていたのに。あれは見事だった。彼女はピアノに気持ちが向いたら、他のことはきれいに頭の外に追い出すことができた」

食べることに関しても、妥協を許さなかった。聞き及んだ未知の料理を探して、交通の便の悪い土地にも足を運ぶ。普通の観光客が躊躇するような汚い店でも平気で入っていった。

二回目に来店した時、ママが読み上げたどうまん蟹の章のくだりを聞くと、桐田は、隣り合って蟹を貪り食った男と、直美はたぶん寝たはずだと言った。

「そういう女なんだよ、あいつは。食べるという行為が官能を呼び覚ますのかな。口の中と子宮がつながっているんじゃないか」

記憶が次々と蘇ってくるようで、ママは苦痛の表情を浮かべた。

桐田は、こうも言ったという。

「エッセイには息子のことは一回も出てこない。関係を持った男のことは隠しもしないで記述してあるのに。直美の興味は、息子には向かなかったみたいだな。まあ、それも奔放な彼女のあり様として正しいのかもしれん。直美は子育てに回すエネルギーを惜しいと考えていたのさ」

百合子ママや、レイカたち店のゲイは、居心地悪い思いで与謝野を見やったそうだ。皆の心配をよそに、彼は穏やかに微笑んでいたという。

「だから、あたしは次に来られた時、わざとパリのレストランでのくだりを読み上げたのよ。あのオペラの勉強をしにパリに来た若い男というのは、桐田さんのことだと思ったから」

「桐田はどう言った？」

「自分だとは言わなかったと思う。ただ意味ありげににやにや笑ってらした」

ただ与謝野が先に帰ってから、「あいつはピアニストになれなかったことで、屈折した感情を抱いているんだ。ピアノは好きだったのに、直美は息子の望みをかなえてやろうなんてこれっぽっちも思わなかったんだ。直美らしいと言えば直美らしい」と言ったらしい。

ああ、とママが嘆息した。

「ああいうことをすべきじゃなかったのよ。与謝野さんの本当の気持ちを慮ることなく、あの人の表面だけを見ていた。彼は母親に対して複雑な思いを抱いていたんだと思う。平静を装っていたけど、あの人は本当はお母さんに愛されたかったのね」

桜子は、一樹のことを思い浮かべる。クスリ漬けになった母親に花束を捧げ続けた可哀そうな少年のことを。一樹と与謝野充がだぶって見えた。少年時代の与謝野は、母親の関心を引くためにどんなことをしただろう。あの人も母親の愛を乞い続けていたのだ。

犠牲者のそばにエディブルフラワーを置いて、料理に見立てたことを知らしめたのは、彼の母に対するメッセージだったのかもしれない。遠く離れた場所にいる母が、息子の行為とそこに込められた思いに気づくように。

純は「むう」と唸った。

「与謝野さんが犯人だっていうの？」悲傷に満ちた顔でママが問うた。「あたしが読み上げた母親のエッセイのせいで、乗り切ったはずの辛い少年時代を思い出して？　そして母親がこだわった食をなぞった殺人を犯したの？」

「乗り切ってなかったのかも」

美帆がぽつりと呟いた。純は何とも答えない。

「でも、そんなのおかしいよ！」

菫子が大きな声を上げた。皆ははっとして、彼女を見る。保存庫の前に立った菫子は、唇を噛み締めていた。

「与謝野先生が犯人なわけない。だって、その後の二件の殺人が起こった時、先生は意識不明の状態だったんだから」

百合子ママが、「そうか。そうよね」と救われたような声を出す。桜子と美帆と純は顔を見合わせる。

「お花がエディブルフラワーだって気がついた時、先の三件と後の二件とは、ちょっと違うねって話になったの。ね？」

桜子は純に視線を向けた。後はあなたが説明してよ、という意味を込めて。

「そうだ。それは捜査本部でも取り上げられたことなんだ」純は、慎重に言葉を選んだ。

「まず、初めの三件の被害者は、この辺りに住む一人暮らしの若い女性だ。一人は心を病んで引きこもり状態になった女性。それからＯＬ。次はホステス。だが、四件目の被害者は、女弁護士だ。年齢も五十代と、今まではかけ離れている。五件目はイブキ製薬の研究員。後の二人は高い学歴を持ち、専門職に就いている」

「違うわね。そう言われれば」

百合子ママはごくりと唾を呑み込んだ。喉ぼとけが上下する。

「それに——」純は広くもない店の中を見回した。全員の視線が彼に注がれている。「犯行の状況も違うんだ。前の事件では、手の込んだ殺し方をしている。おそらく時間もかかったろう。後の二件は絞殺したら、さっさとその場を後にしているようだ。犯罪心理学者はこういうふうに表現してる。最初の三件には物語性があるが、後の二件は、殺すことだけが目的のように思えるって」

「物語……」

「犯人が与謝野だとしたら、その物語は推察できるな。あいつは母親を憎んでいるのさ。自分を捨て置いて、音楽と食と男だけに傾倒した母親をさ。与謝野は、母親の身代わりとして手当たり次第に女を殺した。読み聞かされたエッセイに出てくる食材に、女を見立てたんだ」

そんなに単純な感情じゃないと桜子は思った。与謝野は母親を愛していた。子供というのはそういうものだ。どんなにひどい親でも、子供は彼らからの愛情を得ようと必死になる。本当に憎んでいたのなら、母親自身を手にかけるだろう。それができないがゆえに、彼は身代わりを殺した。

今日も世界のどこかでピアノを弾いているであろう、与謝野直美のことを思った。彼女への複雑な愛憎の念が、与謝野充を殺人鬼に変えたのか。

報われなかった母への思慕、偉大な芸術家への畏敬、失意、悲傷、憂苦、憤怒。自分でも制御できない感情が与謝野の中でむくりと頭をもたげる様を、桜子は思い浮かべた。

忘れようと努めていたはずなのに、それは彼の中で萌芽する機会を待っていたのか。殺意という芽に昇華する瞬間を。いや、ミュージカルのテーマに「食べる」ということを選んだ時から、その予感はあったのかもしれない。

そういった感情に翻弄されながら、彼は夜の街をさまよっていた。不意打ちのように生まれた衝動に苛まれた時、彼は目にしたのだ。母との生活を思うよすがとなるエディブルフラワーを。歩道のプランターから、また店の前に飾られた生花スタンドから。それはもしかしたら、桜子がアレンジしたものだったかもしれない。

罪のない花が、殺意を後押しするスイッチになったとは。

いたたまれない気持ちになった。

同じことに思い至ったのか、ママが辛そうに大きく息を吐いた。

「じゃあさ、誰か別の人が後の二件の殺人を犯したってこと？」菫子が独り言のように言った。「いったい誰が？」

「模倣犯だね」美帆は昂りを抑えられないようだ。「これでよくわかったわ。花さえ残せば、初めの犯人の仕業に見せかけられる。だけど、そいつはあれがエディブルフラワーで、被害者を食材に見立てた殺しだって気がつかなかったのよ」

「で、間違ってクレマチスやダリアを置いたわけ？」

「そうですよ！　でも何かの拍子にそれに気がついたんだと思う。で、最後の時には花を置き替えに戻ってきたんじゃないかな」

最後は叫ぶように言った。美帆は自分の推理に酔いしれている様子だ。

「いったい誰が？」菫子が同じ文言を繰り返す。桜子は、娘の様子を観察した。歌唱指導をしてくれる与謝野充には、信頼を寄せていたようだ。その人物が連続殺人犯かもしれないという事実を、この子はどう受け止めているのか。

　菫子の顔からは、特に動揺している様は見て取れなかった。菫子は随分大人になった気がする。この数か月で世の中の複雑さ、人間の怖さ、せつなさ、人生の難しさを学ばされたのだろうか。あまりに非情で有無を言わせぬやり方で。

　純が口を開く。

「後の二件が別の人物の仕業だとしたら、それは初めの事件の犯人を知っている人物の可能性が高い」

「え？　どうして？」菫子が疑問を口にした。

「もう与謝野が昏睡状態に陥って、新たな殺人も犯せない、弁明もできないという状況なのを知っているからこそ、模倣の殺人が成立するんだ」

「そっかぁ」

　心底感心したように美帆が言う。

「桐田から事情を聴く。今、東京に戻っているらしいから、こっちに呼び戻すか、こっちから出向くか」

　純はポケットのスマホを探りながら言った。

「ああ、あたしが余計なこと言ったって、桐田さん、機嫌を損ねないかしら」

百合子ママは困惑した表情だ。

「ママ、そんなこと言ってられないわよ。殺人事件に関わることだもの」

美帆がきっぱりと言った。

「だって――」

「桐田もそんなことより気になることがあるんじゃないか」

「そうよ。与謝野さんが殺人犯だと確定したら」

「それだけじゃない」スマホを片手に、もう外に向かって歩きだした純が振り返る。

「今んとこ、桐田しかいない。与謝野が狂った殺人を犯していると勘づく奴は。あれだけ行動を共にしていたんだからな。過去に与謝野直美とも親密にしてたんだし」

それに、と早口で純は付け加えた。

「与謝野の歪んだ感情を知っていて、わざとそれを煽り立てた気がする。長い間、あいつが心の中に閉じ込めていたものをつついて掘り起こすようなことをした。それで今頃になって与謝野は狂った妄想を実行し始めたのかもしれん」

「待ってよ。じゃあ、桐田さんには、女弁護士さんと製薬会社の研究員さんを殺す理由があったってことじゃない」

大股で出ていきかけた純の腕を、桜子はつかんだ。

「まあ、どっちにしても後の二件の被害者の背後を探れば、それが浮かび上がってくる。とにかく桐田は任意で引っ張る」

それだけ言うと、純は店の外に飛び出していった。スマホにがなり立てる声が聞こえた。

残された四人は、呆気に取られてその後ろ姿を見送った。

「とんでもないことになったわね」

桜子は、誰に言うともなく言った。

「与謝野さんと桐田さんがもし本当に犯人だったら、市民ミュージカルはもうおしまいだよ」

美帆が菫子を慰めたが、声は自信なげだ。

「まだそうと決まったわけじゃないよ」

「ここから先は、もう警察にまかせるしかないわ。あたしもうくよくよ考えるの、やめる」

ママはバッグにハンカチをしまって、パチンと口を閉めた。さっと椅子から立ち上がる。

「そう言われればなんか納得する気がする。初めは嫌がった与謝野さんを、市民ミュージカルに引っ張り込んだのは、桐田さんだもの。うちの店に来た時も、必要以上に与謝野直美の話題を出して、与謝野さんに絡んでいたわね」

人はわからないものよねえ、と呟いて彼女も出ていった。

さっきまで青ざめて震えていた百合子ママは、切り替えも早い。そうでなくては、人気のゲイバーのママなんかやってられないのかもしれない。

菫子もそうだといいのだけれど、と桜子は娘の顔をまた盗み見たが、さっきの不安げな言葉とはうらはらに、消沈したりはしていなかった。きつく唇を噛み締めてはいるが。これがこの子の強さだと信じるしかない。

いつまでも親が庇ってやることはできないというレイカの言葉を思い出していた。

初めの三件の事件現場から採取された遺留物から、与謝野のDNAが検出された。ある一定の時間被害者宅に留まっていたせいで、それが残されていたのだという。指紋を残すことは慎重に避けていたらしいが、それで与謝野の関与が明らかになった。

家宅捜索令状が出て、彼の一人暮らしの東京のマンションに捜索が入った。与謝野のパソコンから、母に対する鬱屈した思いを綴った文章が発見された。桐田が語ったように、幼い与謝野充は、母親にはかまわれなかった。それでも直美は演奏旅行には、充を必ず同行させた。彼のそばには常に母とピアノがあったのだ。旅先で直美は、地元のレストランやカフェ、場末の食堂、市場などに足を運んだ。充を連れていくこともあったし、ホテルに置いてきぼりにすることもあった。その時の直美の気分次第ということだ。

懇ろになった男と夜昼なく睦み合う時には、完全に母であることを忘れた。ピアニストとして活動する時は、さらにその傾向は高まったから、演奏旅行に連れていかれても悲惨なものだった。

だが充が一番苦痛だったのは、母が息子にピアノを弾かせなかったことだ。直美の子供なのだから、その素養は多分にあったはずだし、何より充はピアノが好きだった。ピアノを弾く母が好きだった。でも直美は、早い時期から彼には才能がないと言い、ピアノに触ることすら許さなかった。

ピアニストの道を諦めた充が、それでも音楽に関わっていたいと作曲を習うために音楽学校へ行こうとすると、烈火のごとく怒った。それで母子の間は決裂した。充は苦学をして音楽学校を卒業し、母とは別れて日本で暮らし始めた。

母はそんな息子には一度も会いに来ようとはせず、今まで通り、精力的に世界中でリサイタルや演奏会を開いた。相変わらず食通で知られ、年がいっても男と浮名を流した。充は複雑な思いでそんな母親を見ていた。

パソコンには、与謝野直美に関する情報記事や写真、多くの音源が残されていたという。彼はまだ寂しい少年のまま、年を重ねていたのだ。幼い頃の彼の母の記憶には、常に世界各国の料理がつながっていた。

「食物を口にするということ。それはただ単に栄養を摂るだけではなくて、人間の根源的な楽しみを蘇らせることだと思います」

桐田によって、無理やり引っ張り込まれた市民ミュージカルへアイデアを出した時のことについて、彼はそういうふうに挨拶した。あの言葉は、まだ充の心の中の大きな部分を偉大なるピアニスト、ナオミ・ヨサノが占めていることを如実に表していた。充にとっては、平凡な母でいてくれた方がどんなによかったかしれないが。

力強くピアノを弾きこなす母は、あまりに高邁で尊大だった。だからこそ充は、母とは正反対のひ弱で俗っぽい女を標的にしたのではあるまいか。

『聖者が街にやって来た』のストーリーができた時、充の前には今度の犯罪への道筋ができていたのだろうか。聖者は、充にとって母親そのものだったのかもしれない。

桐田は、与謝野充のオフィスへ押しかけてミュージカルの脚本を二人で仕上げたと言っていたが、その時に充の中で未だ燻（くすぶ）っている母に対する制御しきれない愛憎の念を感じ取ったということか。

そしてそれを利用した？　不確実で迂遠なやり方ではあるが。

桐田はなかなかつかまらなかった。別に逃げたというわけではない。海外公演が入っていて、それに同行していたのだ。ロンドンから戻って来るのを待たねばならなかった。彼のオフィスは、予定通り二週間ほどで日本に戻って来ると答えたそうだ。

純は、じりじりしながら待っていることだろう。与謝野充の意識は戻らない。病院のベッドで眠り続けている。ストリートギャングに襲われて、そんな状態に陥ったことが、殺人者にとって救いだったのか。それとも悲劇だったのか。そのせいで、少なくとも後の二件の殺人事件の容疑は晴れたわけだ。

桐田から話が聴けないので、警察は牧田涼子と高崎茉奈の背景を探り始めた。

エディブルフラワーのことに気がつき、事件解決の突破口を開いた桜子のところには、時折純がやって来ては、捜査の進み具合を話していく。

「すり寄って来るマスコミにリークして、いい気になっているどこかのお偉いさんより、有効な情報の流し方だ」と彼はうそぶいている。

やはり一樹はだんまりを決め込んでいるから、桜子や菫子から説いてもらいたいという下心もあるようだ。一樹の証言が重要性を帯びてきたのは、中村光代に「フライ」という危険ドラッグを与えた山岸の影が、殺された高崎茉奈の周囲にもちらついていたからだ。

なぜエリート研究員が殺されなければならなかったのか。捜査本部は、高崎茉奈の周辺を徹底的に洗った。すると、山岸が捜査線上に浮上してきた。彼のような類の男と茉奈のような優秀なリケジョがなぜ接点を持っているのか。そこがどんなに探ってもわからなかった。一樹から話を聴きたいと思うのは、当然のことだろう。

だが、思いもよらない方向から、二人をつなぐ線が見つかったという。純が興奮してやって来て、桜子に打ち明けたのだ。

「あいつだ。菫子をひどい目に遭わせた二宮晃。茉奈と肉体関係にあったＩＱ一五〇の極悪少年から証言が取れた。二宮は山岸のことを茉奈から聞いていた」

彼がすらすらと口にしたという話は、驚くべきものだった。高崎茉奈は、アメリカの大学生時代に知り合った中国系アメリカ人に頼まれて、日本での危険ドラッグの流通に手を貸していたのだという。ただ協力するだけではない。面白半分に、厚労省の摘発から逃れるためにドラッグの化学構造式を作り変えて中国側に伝えていた。それに従って、中国の友人は、自前の化学工場で危険ドラッグの素となる化学物質を製造して日本に流していたのだった。

茉奈は、いわば日本側のアドバイザーの役割を担っていた。その際に試薬を運んだり、テスターに試させたりする汚れ役を中国側が雇っていた。それが山岸だ。山岸が危険ドラッグの製造や流通、販売に関わったとして検挙された。バカ息子のために親が大金をはたいていい弁護士を雇った。

「もしかして……」

桜子にも先が見えてきた。

「そういうこと。それが牧田涼子だったんだ」

山岸を介して、牧田涼子と高崎茉奈がつながる。もし晃が口を割らなかったら、この細い線は永遠に見つからなかったかもしれない。

「奴は、嬉々としてこの話をしたよ。こっちが訊く前から話したくてうずうずしてたみたいに。この展開をあいつも面白がっている。謎が解けていくのに興奮して、ただ情報を流す道具にしないでくれと言いやがった。どんな結末になるのか教えると約束してくれだと」

自分が相当ヤバイことになってるのなんか、全然気にしてないんだ、と純はあきれていた。晃は傷害教唆の罪で正式に逮捕されたのだ。一人頭百万円の報酬をやると約束したことで、逃亡資金を提供しようとしたと認定されれば幇助罪も適用されるかもしれない。検察官により勾留が認められたので、今は少年鑑別所にいる。だが、彼の弁護士が晃と接見した上で、意見書を作成して裁判官に働きかけているから、検察官の勾留延長請求はされないらしい。

「逮捕された時点で、慶学館は退学処分になった。そんなこと、こたえてないな。あいつ。俺が面会に行って話を聴くのが、嬉しくてたまらないって感じだ。今までのありふれた生活には、飽き飽きしていたんだと」

「ああいう子には、刺激的なゲームなのかしら。恐ろしい殺人事件が」

憤りを感じた桜子は、純に当たった。水に浸していたオアシスを作業台の上に置いて、カッターで力まかせに切る。

「まあ、そう言うな。あいつの証言のおかげで事件の背景がわかったんだから」

純はひと呼吸置いた。

「晃が茉奈から聞いた話によると、山岸の弁護を引き受けた牧田は、エリート研究員の茉奈が国内での危険ドラッグの流通に関して、技術的な力を貸していると気がついた。それで、どうしたと思う？」

「そりゃあ、当然、彼女を告発するでしょうね。警察に」

「それがそうじゃないんだ。牧田は、茉奈の件を握り潰した。自分のところで」

「なぜ？」

驚いた。とても優秀な弁護士のすることとは思えない。次期多摩川市長を狙うような人物だったのに。

「茉奈には交換条件を出したそうだ。例の『フライ』を譲ってくれるようにと」

「死にたくなるクスリを？」

桜子は忙しく思考を巡らせた。

「牧田さんは誰かを殺したかったわけ？　まさか——」ぞっとする考えを口にした。「それって一樹君のお母さん？」

純は首を振った。

「いや、違うな。これは五年も前の話だそうだ。中村光代が死んだのは、ついこの間だろ？まだその時は山岸と出会ってもいない。だけどクスリに親しんでいた光代が、山岸からもらった『フライ』を試して飛び降り自殺をしたのは事実だろう。茉奈は晃に言ったそうだ。『フライ』を服用すると、虚無感や高揚感に襲われて、高いところから飛び降りたくなるんだそうだ」

高いところから飛び降りる？　どこかで聞いた気がする。たぶん百合子ママから。どんな話だったか。頭の中がこんがらがっている。

「じゃあ、誰を殺したかったの？　牧田さんは」

「それがわからん。そこまでは茉奈も晃にしゃべらなかったそうだ。『フライ』のことは、彼女にとっても厭わしい記憶なんだろうな」

「牧田さんと茉奈さんを殺したのは、その危険ドラッグの流通に関わっていた組織じゃないの？　大きな犯罪組織なんでしょ？　プロの殺し屋とかが」

「プロの殺し屋なら、花を置いて偽装するなんて回りくどいやり方はしない。さっさと仕事を済まして去っていくさ」

　純が素っ気なく言い放つ。

「山岸の行方を追ってるから、あいつはそのうち拘束できるだろ。それにあと三日したら、桐田が帰国する。成田から直接こっちに来てもらう。任意だけど、嫌とは言わせない。あの二人から事情聴取できたら事態は一気に動くぞ」

「警察は、まだ桐田さんにこだわっているんだ」

「まあな。ただ話を聴く価値はある。牧田涼子や高崎茉奈みたいなエリートだって、叩いたら埃が出た。桐田みたいな訳のわからん芸術家が、麻薬や危険ドラッグにはまり込んでいたって俺は驚かんね」

「また！　純の偏見！」

　純が下唇を突き出す仕草でそれに応えた。それから、はっと気がついたように、声を落とす。

「菫子は？」

「学校に決まってるでしょ？」

「ああ、そうか」

　バスケットの形に合わせて切断したオアシスを押し込む。桜子の手元を、純は眺めるともなく眺めていた。

「あの子の心配事は目下のところ、市民ミュージカルが開催されるかどうかよ」

「そうか」

「それが気になるほどに元気になったってこと。それはいいことなんだけど、でも……」

桜子は言い淀んだ。どうにも収まりの悪い気持ちを持て余している。

「じゃあな」

純は出ていった。桜子はムスカリを手に取って、オアシスに挿した。きゅっと締まった小粒の花が茎にたくさんついている。下を向いた紫の花びらを縁どる白が可愛らしい。ふとこの花の花言葉は「失意」だったと思い出して手が止まった。

小さな事柄が棘になって心を刺す。


菫子は、小ぶりなブーケを胸にぎゅっと抱いた。自分でアレンジしたものだ。

ヘリオスロマンチカという種類の優しい色合いのバラに、ハゴロモジャスミンとアネモネ、それと緑のアスパラガスを合わせた。バラとジャスミンの香りが匂いたつ。

街はもうクリスマス一色だ。湧新地区も駅の東に出ると、品のいいディスプレイが目立つようになる。レインボーシティゆうしんの正面には、色を抑えた大きなツリーが立っていて、親子連れが眺めていた。

三丁目の方は、夜になるとけばけばしくて安っぽい飾り付けが輝きを増す。どこかの店でパーティでもあったのか、三角の帽子を被った酔客が大声でしゃべりながら通り過ぎたりもする。駅を挟んだ街のギャップは、菫子にはもうお馴染みのものになった。

殺人はしばらく起こっていない。駅西の歓楽街はクリスマスムードに乗じて景気を取り戻そうと、躍起になっているようだ。

与謝野充が最初の三件の殺人を犯したというのは、確定的になった。マスコミはこぞって与謝野直美の息子が犯した重大な犯罪を報道している。中には、スイスの直美の自宅を訪問してコメントを取ろうとするところもあったが、直美は報道陣の前には姿を現さない。いくつかの演奏をキャンセルして、鳴りを潜めている。

与謝野の犯罪の原点には母親との確執があったとなれば、また大騒ぎが始まるだろうが、まだ警察が詳しいことを発表していないので、ただ高名なピアニストの息子が殺人犯だったという時点で報道は止まっている。与謝野が入院している病院からは、彼の脳損傷の具合からして、意識が戻ることはあまり期待できそうにないという発表があった。

彼は今、どんな夢を見ているのだろう。

才能がないのは決定的なことじゃないと、かつて与謝野は菫子に言った。決定的なことは、自分を見失うことだと。あの人はもう、自分が何なのかわからなくなってしまったのだ。目覚めることを拒否して眠り続けている。ストリートギャングたちに襲われたことが偶然ではなく、彼の人生にとっては必然だったのか。

菫子の連れ去り事件の加害者となった晃は、少年鑑別所での観護措置が終わり、自宅に戻っているらしい。弁護士が、晃が逃げたり証拠隠滅を図る可能性がないと主張して、認められた。今後は家庭裁判所で少年審判にかけられ、保護処分、保護的措置または刑事処分を科すかどうか、判断されるという。

だからといって、菫子に連絡が来るはずもない。乗松は、「もしそんなことがあれば、すぐに教えろ」と言ってくれたけれど。母や乗松が心配するほど、菫子は晃のことではダメージをもう受けてはいない。最初の衝撃が去ると、そうだったのかと納得した。唐突に別れを切り出されたことにも得心がいって、却ってすっきりした。次に湧いてきたのは、晃に対する憐憫（れんびん）の情だ。

付き合っている時にふと見せた晃の寂しそうな横顔を思い出す。あれが彼の本質だったのではないか。晃は何もかもに恵まれているようで、何も持っていなかった。どんなものも、彼の冷たく凍りついた心を動かすことはできなかった。それを自覚していたのだろう。寂しさの根源はそこにあったのか。

彼の家で、一緒に与謝野直美のピアノ演奏を聴いた時、突然菫子にキスをした。あの瞬間、晃の心は何かを感じたのではないか。与謝野直美の演奏は、彼の心の底で鏡面のように広がる冷たい湖に、ひとつの石を投じることになったのではないか。思いもかけず、湖の表面にさざ波が広がった。晃はうろたえ、あんな行動に出たのかもしれない。

だとすると、彼はまだ別の人生を歩き始めることができると思えた。冷血な犯罪者でもなく、敷かれたレールの先にある成功者でもなく。未知の領域に進んでいく晃を想像する。そして、晃の心を動かすほどの演奏をするピアニストが、自分の子供の心には、働きかけることができなかった不思議を思う。

世界は不可解なことばかりだ。

湧新一丁目の、少年たちに拉致された場所は慎重に避けて通った。あいつらが全員、逮捕されてこの街にもういないことはわかっているけれど、やっぱり嫌な記憶が蘇ってきて動悸が激しくなる。

この前、とうとう一樹をつかまえて話した。母親を弔って帰ってきたせいか、案外さっぱりした表情をしていた。だが、本当の心の中はわからない。親しみの表情は浮かべているのに、菫子の方に、もう一歩踏み込んでこないような感触を抱いた。この子はまだ何か隠していることがあるのか。ふとそんな気持ちにさせられた。

　湧新署の少年係の喜多も気にかけてくれて、児童心理カウンセラーとも話をつないでくれたらしいが、一樹は一度カウンセリングを受けたきりで逃げ続けているという。今まで育児放棄されていた彼は、助けの手が伸ばされると、するりと身をかわしてしまうのか。

　母を亡くした彼との距離の取り方は難しい。レイカも心配しているようだが、どうしようもない。

　気がついたら、美帆の家の前まで来ていた。タワーマンションの陰になるように広がった気持ちのいい住宅街。昔からの住人が家を構える地域だ。垣根が整えられ、小さな前庭に植え込みがある。多摩川からの風も感じられた。

　園芸用シクラメンの植わった鉢が置かれた玄関ポーチに立って、チャイムを鳴らした。

「はーい」

　美帆の元気な声がして、すぐにドアが開かれた。

　毎年、美帆の祖母の誕生日に呼ばれている。この家で同居する祖母は、菫子のことも本当の孫のように可愛がってくれる。彼女の名前がスミレさんというので、菫子にシンパシーを感じたのかもしれない。今年八十九歳になるスミレさんは、居間にちょこんと腰かけていた。

「スミレさん、お誕生日おめでとう！」

手作りのブーケを渡すと、スミレさんはにっこりと笑った。

「ありがとう、菫子ちゃん。いつも美帆がお世話になってるわね」

居間の隅のストーブの上でヤカンがしゅんしゅんと湯気を上げている。

「今日は来てくれてありがとう。楽しんでいってね」

スミレさんが皺くちゃの手で菫子の手を取った。温かい手のひらで包み込まれる。

「はい、ありがとうございます。しっかりお手伝いしますから」

「お、頼もしい言葉。当てにしてるからね」

早速美帆にキッチンに連れていかれた。美帆の母親も働いているので、下ごしらえだけしてある料理を、毎年美帆と菫子とで仕上げるのだ。

「今年は助っ人がいるからね」

キッチンには、美帆より年上に見える女性がエプロン姿で立っていた。

「従姉の友佳（ともか）ちゃん。こっちは菫子ちゃん。フラワーショップ小谷の娘さん」

美帆が引き合わせてくれた。

「あ、いつも美帆ちゃんから菫子ちゃんのことは聞いてるよ。市民ミュージカルに出るんでしょ？　見に行くからね」

「ああ、ありがとうございます」

曖昧に微笑んだ。

「そんな堅苦しい言葉、使わなくていいからね。友佳ちゃん、こう見えて無職だからね。毎年司法試験を落ち続けてるの。相当根性あるよ」

「うるさい」

そのネタで親戚中でいじられているのだと、友佳はおおらかに笑った。

美帆が母親からのメモを読み上げ、それぞれがやる仕事を振り分けた。菫子は茹でたエビと生ハムと野菜で、サラダを作り始める。美帆が冷蔵庫からドレッシングを取り出した。

「手を切らないでよ、友佳ちゃん。勉強ばっかりやってるから手際の悪いこと！」

美帆が、から揚げ用に鶏肉を切り分ける友佳の手元を覗いてからかう。

「ああもう！　気が散るじゃん」

「気が散るも何もないよ。ただ鶏肉を切るだけなのに」

二人の息の合ったやり取りに、声を出して笑ってしまう。

今日はお店の方はトキさんに応援を頼んである。忙しい時期ではあるが、毎年スミレさんの誕生日にはそうしている。

「もうそろそろ諦めて、花嫁修業でもしたら？」

「お断り！　私は絶対弁護士になるんだからね」

「あれ？　検察官じゃなかったっけ？」

「こないだはそう言ったけど、やっぱり私は弁護士。牧田先生みたいに家庭も仕事も両立させる、やり手の女弁護士になるんだから」

「牧田先生、殺されちゃったじゃん」

「だからなおさらよ。正義は必ず勝つ！」

美帆の鋭い突っ込みに、友佳が憤慨して鶏肉をぶった切る。

友佳は、目の前の俎板を睨みつけながら、牧田涼子にどれだけ憧れていたのか、熱く語りだした。

「弁護士だからってだけじゃないの。牧田先生の家族もすごく素敵なの。私の理想の家族像」

美帆はもう何も言わず、バラ寿司の具を煮ることに没頭している。

「国際弁護士をされているご主人は、たまにテレビに出演してるけど、照れることもなく奥さんへの愛を口にされている。それがほんとにスマートで、さすが、アメリカ生活が長かっただけあるって感じ」

大量の鶏肉を俎板の上に盛り上げて、友佳は唸った。

「えっと、これからどうするんだっけ」

「たれに漬けて下味付けるんだよ。友佳ちゃんは理想の結婚には程遠いね」

友佳が美帆の手からメモをひったくった。

「ショウガとニンニクのすりおろしね。よっしゃ」

美帆がぱっぱと醤油とミリンと酒を手渡した。美帆は料理もやり慣れている。

「息子さんっていうのが、ご主人に似てイケメンなのよ。ああ、あの二人がどんなに悲しんでいるかと思うと、心が痛むわ」

「さっさとやらないと鶏肉も傷むよ」

美帆の言葉を、友佳は無視する。

「息子さん、賢太さんっていう名前なんだけど、弁護士にはならずに建築家の勉強をしてるの。両親のために自分が設計した家を建ててあげたいんだって。賢太さん、大学に入ったばかりの頃、悪性リンパ腫に侵されてね、一時は命が危ないってとこまでいったらしい」

「それ、うちの学校新聞で読みました。そんなに大変だったんですか」

「そうなの！　可哀そうでしょ？」

美帆はうつむいて作業している。何度もこの話を聞かされてうんざりしているようだ。

「でも、よくなったんでしょ？」

「骨髄移植でね。ぎりぎりのところでドナーが見つかったんだって」

「よかったですね」

「そのドナーさんには感謝してもしきれないって牧田先生もインタビューの中でおっしゃってた。それはそうよね。たった一人の息子の命が助かったんだもの。もともと溺愛していた息子さんだったし」

親子の形もいろいろだ。野菜とドレッシングをボウルの中でかき混ぜながら、菫子は思う。

「美帆ちゃーん」

居間からスミレさんの呼ぶ声がして、美帆はキッチンを出ていった。足が少し悪いスミレさんは、家に誰かがいると甘えてすぐに呼んで用事を言いつけるそうだ。

「で、ね」

友佳が菫子に体を寄せるようにして話し続ける。

「骨髄バンクのドナー登録を呼びかけるキャンペーンにも先生は積極的に関わっていたの。自分の息子の命を救ってくれた医療をもっともっと知ってもらって、ドナー登録者を増やしたいって」

「素晴らしいですね」

「でしょう？　その意見に多くの人が賛同したの。私も骨髄バンクにドナー登録したんだ」

「へえ！　友佳さん、立派！」

「感化されやすいのよ」

戻ってきた美帆が背後から声を掛けた。

「いやあ、そんなことないですよ。それを聞くと、牧田先生が何で殺されなくちゃいけなかったのかって思いますよね」

「そうよね！　息子さんの病気がきっかけで政治にも興味を持って、市長選にも出る準備を始めてたっていうのに」

「悲劇ですよね」

「菫子ちゃん、よくわかってるじゃない。ちょっと待って。先生のインタビュー記事を持ってくるから。美帆ちゃん、この間私が持ってきた雑誌、どこ？」

「あたしの部屋に置いてあるよ。本棚の一番下の段」

友佳が出ていくと、美帆は、やれやれというふうな視線を送ってきた。

「ごめんね。あの人、ほんとに牧田さんにぞっこんだったの」

「いいよ。私も読んでみたい。牧田さんがどんな人だったか」

友佳は、何冊もの雑誌を抱えて戻ってきた。

「ちょっと、友佳ちゃん、料理の方はどうすんの？」

美帆の文句を聞き流して、友佳がダイニングテーブルの上に雑誌を広げる。かなり古いナンバーも含まれている。友佳が弁護士を志したのは、牧田の影響が多分にあると頷けるコレクションだ。

「これは九年前のもの。先生が初めてマスコミに取り上げられた時よ。横浜で法律事務所を開業された時に受けたインタビューね。それから、これは先生が書いたコラム。月に一回の連載だったの。先生が弁護士を目指したきっかけとか、ご主人との馴れ初めとか、子育てのこととか、プライベートなことも書いてある。それからこっちは――」

後の言葉は耳に入ってこなかった。

九年前のインタビュー記事に添えられた写真。牧田涼子が事務所のデスクの前に座って、穏やかに微笑んでいる写真から目が離せなかった。デスクの上には、フクロウをかたどったガラスのペーパーウェイトが置かれていた。フクロウの目に嵌め込まれたふたつのダイアモンドが、じっと菫子を見つめていた。

「さ・く・ら・こ・さーん」

陽気な声が入り口から響いてきた。

「あ、レイカちゃん。早いわね」

ダイヤモンドリリーをくるくる回して挿す方向を見極めながら、桜子は言った。

「ま、今書き入れ時だからね」

薄いブルーのスーツの上からコートを羽織ったレイカが店に入ってきた。ヒョウ柄の人工毛皮のコートだ。ここのところ、ずっとこの派手なコートを着て出勤している。足元は、ヘビ革のショートブーツだ。

「あ、もうナンテンが出てる。あら、葉牡丹も？　お正月だねー」

クリスマスが終わると、街は急にせわしなくなってくる。

「こっちもおんなじ。もう目が回るくらい忙しいわ」

「いいことよ。忙しいのは。お客さんに感謝、感謝」

レイカは手をすり合わせながら奥へ入ってきた。たったひとつきりの電気ストーブに手をかざす。指定席の丸椅子に腰を下ろした。作業場の隅には、クリスマスに売れ残ったポインセチアの花鉢をいくつか寄せて置いていた。

「今、あつーいココアを入れるね」

「ありがとう！　あったまるわー。今日は最低気温が氷点下だったってね」

「そうだね。朝、起きるの辛かったわ」

「桜子さんは市場へ行かなくちゃなんないもんね。あたしなんか、その頃ぬくぬくと布団の中だわ」

　レイカが桜子が差し出したマグカップから立ち昇る湯気を、幸せそうに眺めた。一口飲んだところで、外を見て顔をしかめた。

　通りを大股で渡ってくる乗松純の姿が見えたのだ。

「あの人、どうしてあんな辛気臭い顔をしてんのかしらね。ああいう人と向かい合ってご飯食べたって絶対まずいよね」

「かもね。一緒にご飯食べたことないからわかんないけど」

「え？　そうなの？　桜子さんとは古い付き合いだから、そういうことといっぺんくらいあると思ったけど」

「ないない。ま、ここへ来て愚痴をこぼすのが関の山だね」

「フラワーショップ小谷は、この街の憩いの場だよね。出勤前のオカマや仕事に疲れた刑事を癒す」

　純が開け放たれた入り口から入ってきた。

「おい、オカマ。何だ、そのジャングルが歩いてるような格好は」

「相変わらず表現力が貧しいわねえ。アニマル柄は今年のトレンドなの」

「ふん、そんな時代遅れみたいのがか？　今どき、大阪のおばちゃんだってそんなの着ないぞ。あれ？　オカマはおばちゃんか？」

憎まれ口を叩き合う二人を尻目に、桜子は入って来たお客さんに対応した。

女性客が花を選んで花束を仕立ててもらう間、店の奥で二人はだんまりを決め込んでいた。

薄紫のカンパニュラにピンクのルピナスと白いレースフラワーを合わせた花束を、女性客は気に入ったようだ。

「プレゼントですか？」

代金を受け取りながら桜子が訊くと、「そうなの」と四十年配の女性は顔をほころばせる。

「自分へのね。今日はとってもいいことがあったから」

「それはよかったですね。帰っていいところに活けてやってください」

女性は「そうするわ」と答えて去っていった。

「なんだろうね。いいことって」

ココアのカップをふうっと吹いてレイカが言った。

「さあね。どんなことかしら。お花を買って帰って一人でお祝いするのかな」

「待ってる人がいるかもよ」

「そうかもしれない。お花の行先や使われ方をあれこれ想像するのって楽しい」

「桜子さんは、生粋のお花屋さんだね」

美帆が配達から戻って来て、生花スタンドを幌付きの軽トラックに積み込んだ。ハート形をした蛍光色のバルーンがぎらぎらと光っている。

「あー、乗松さん、久しぶりじゃないですかぁ。ああ、あたしもお話に加わりたいけど、忙しくて悔しい。これから都内へ配達なんですよ。地下アイドルのライブがあって。また来てくださいねー」

軽トラックは勢いよく飛び出していく。

「あいつ、ちゃんと法定速度を守ってんだろうな」

「野暮なこと言わないの。年の瀬は誰だって急いでるんだから」

レイカが突っ込むと、「俺にもココア、淹れてくれよ」と言いつつ横目でレイカを睨んだ。

勝手にもうひとつ丸椅子を出してきて、どっかりと座る。

桜子はカップにココアパウダーを大盛りで二匙入れて、電気ケトルからお湯を注いだ。

「あんたね、顎で桜子さんを使うんじゃないよ。偉そうに」

「ふん、どこが偉そうなんだ」

「そういう態度がよ」

足を組んで、ふんぞり返った純をレイカは指さす。

「ここで亭主面するんじゃないよ」

桜子から渡されたカップを、純は危うく落としそうになった。

「誰が亭主面だ。オカマのおばちゃんに言われたくねえよな」

「ちょっと！　あたしのコートにこぼさないでよ」

「ただいまあ」

制服姿の菫子が入ってきた。

「あ、お帰り。菫子ちゃん」

「何？　また喧嘩してんの？　仲いいね。乗松さんとレイカさんって」

二人が抗議の声を上げるのを、桜子は含み笑いで聞いていた。

「ご飯、できてるから」

「うん。行く前に腹ごしらえしなくちゃ」

菫子が作業場の奥の引き戸を開けて、土間で靴を脱いだ。純とレイカが、ようやく言い合いをやめた。

「あ？　どこへ行くんだ？」

「ミュージカルの練習に決まってるでしょ」菫子が潑剌（はつらつ）とした声で言う。「また桐田先生が指導してくれるようになったの」

菫子は「じゃ、ね」とさっさと自宅に入った。階段を上がる軽やかな足音が聞こえる。

桐田は湧新署で事情聴取された結果、この一連の殺人事件には関わりがないと判断された。後の二件の事件の時の、確かなアリバイもあった。

少なくとも三人の女性を次々と殺したのが与謝野充だったと断定され、捜査本部長が動機や背景を説明した。与謝野は昏睡状態のまま、書類送検された。意識が戻る望みは薄い。彼が処罰を受けることはないというのが、おおかたの見方だ。

西川市長も文化振興事業団の鳥居会長も、ミュージカルの企画を続行するかどうか大いに悩んでいた。市民感情がそれを許さないというのが、二人の考えだった。実際、多摩川市役所には抗議のメールや電話が相当数届いているそうだ。

マスコミも騒ぎ立てた。犯人が昏睡状態、母の与謝野直美も特に会見を開くこともなく、ミュージカルを企画した多摩川市の取り組み自体を問題視するような記事が出た。出演者の中には辞退する者が現れた。ミュージカルの上演は、不可能との見方が強かった。

西川市長もその方向に心が動いていたようだ。自分の後継者に当て込んでいた牧田涼子が殺されたショックも大きかったのだろう。この一か月ほどで、市長は無気力になり、驚くほど老けた。ミュージカルどころではないことを物語っていた。

それを桐田は押し切った。自分が疑われたことで、市民ミュージカルに対する意欲が再燃したようだ。

「多摩川市の市民ミュージカルは絶対に成功させる」とマスコミを呼んで記者会見を開いた。

「こんなことでお蔵入りさせられてたまるか」と吼えた。

桐田の態度に抗議も殺到したが、応援する声も多かった。何より、大きな宣伝効果になった。したたかなプロの演出家の、計算ずくの行動だったのではないかと見る向きもあったが、桐田は動じなかった。闘争心を剝き出しにして次々にコメントを発表した。

——彼女は食べることには貪欲で、そうした自分の欲求には素直だった。

——聖者とは、生きる意欲そのもの。誰の中にもある本能を表している。

わざと与謝野が語った言葉を引用した。

今や、「花を愛でる殺人鬼」から「眠れる殺人鬼」と呼びならわされている与謝野充の効果は絶大だった。

ものも言えず、感情を表すこともかなわなくなった与謝野充でさえも、桐田は演出した。与謝野はしだいに母親から疎まれ、心を病んだアダルトチルドレンという見方をされるようになった。それでも、与謝野直美は何のアクションも起こしていない。

「とにかく桐田さんは、来年三月の市民ミュージカルを上演することに意欲的なの。市長さんたちは、まだ結論を出していないのに」

「ああいう奴らは世間体とか、県や国の意向とかを気にするからな」

「でもさ、菫子ちゃんにはよかったんじゃない？」

三人は口々に言い合う。ダイヤモンドリリーをバスケットの中のオアシスに挿し終え、桜子は頷いた。

「それはそうね。あの子、すごく張り切ってるもの」

保存庫の前でちょっと考え込んだ挙句、黄色いフリージアを取り出した。それに清楚な白のブバルディア。取り出しながら、鼻に当てて香りを胸いっぱいに吸い込んだ。

これからの展開に揺れる自分の心を励ますように。

「菫子ちゃんが言ってたけど、演劇部の親友が参加するようになったらしいね」

「そうなの」

取り出した花の茎を、盛花のバランスを見ながら短く水切りした。

「瑞穂ちゃん。与謝野さんの事件が起こって、出演を辞退する人が何人かいてね、それで追加のオーディションがあったのよ。それで瑞穂ちゃんも合格したってわけ。菫子が張り切っているのは、それも大きいわね」

「二宮晃を菫子に紹介したのは、その子なんだろ？」

「でも、瑞穂ちゃんはいい子よ」

思わず反論してしまう。ブバルディアの緑の茎を水の中でパチンと切り落とす。

「もう彼のことは吹っ切れてるわよ。うちでさんざん泣き喚いたから」

「ああ、ほんとにレイカちゃんのおかげよ」

心の底からそう思う。

「失恋を慰めるオカマか」

純がぼそりと呟き、レイカはきっと睨みつける。

「あの子はね、周りが思っているより強い子よ」

奥の引き戸を眺めながら、レイカは言った。

「聖者とは、生きる意欲そのもの。誰の中にもある本能を表している」与謝野の言葉を繰り返す。「あれは、菫子ちゃんのためにあるようなものよ。あたしはあの子の本能を信じてる」

それから勢いをつけて立ち上がった。空になったカップを桜子に返す。

「おごちそうさま」

桜子は純にちらりと視線を向ける。湧新署の刑事は、淡々とレイカを見上げている。

「もう行かなきゃ。またね、桜子さん」

レイカはカツカツカツとショートブーツのヒールを鳴らして店の入り口に向かった。ヒョウ柄のコートの裾が翻る。

「レイカちゃん」

桜子はその後ろ姿に声を掛けた。レイカが立ち止まる。

「あなたなの？　牧田涼子さんと高崎茉奈さんを殺したのは――」

レイカがゆっくりと振り返った。そのまま、バッグを開いてスマホを取り出す。ジュリアに電話をかけ、ママを呼んでもらっているようだ。桜子も、純も黙っていた。

「あ、ママ？　レイカ。今日はお店に出られそうもないわ。ごめんなさい。ええ……、ええ……。わかった。また連絡する」

短い会話の後、レイカはまた作業場に戻ってきた。

「そうよ。あたしが殺した。牧田涼子も高崎茉奈も」

しばらく誰も口をきかなかった。

純がカップに残った冷めたココアで喉を潤した。この男には確信があった。確証も持っている。レイカが犯人らしいと耳打ちされた時、桜子は全く信じなかった。レイカに問うても、笑って否定するばかりだと思っていた。

目の前に立った大柄なゲイを見上げた。何の表情も浮かべず、淡々と立っている親しい友人。まだ、ぷっと笑って「冗談に決まってるでしょ！」と言い出すのではないかと思ってしまう。

　でもレイカは、黙って真っすぐにこちらを見返すばかりだ。時間をかけてきっちりと施された化粧、小脇に抱えたクラッチバッグ、ネイルの先の小粒のストーン、がっちりした肩を包む派手なコート、ヘビ革のショートブーツ。

　純が顔を上げた。おもむろに口を開く。

「それに気がついたのは――、いや、そのきっかけを作ったのは、菫子なんだ」

「菫子ちゃん？」

　純が大きく頷いた。

「牧田涼子の昔のインタビューの記事に、ガラスのフクロウが一緒に写ってたのを菫子が見つけた。彼女のデスクの上に。あれ、ペーパーウェイトなんだろ？」

　仁王立ちになったままのレイカが大きく目を見開く。アイライナーでくっきりと縁どられた目を。

「同じものを、お前の部屋で見たことを思い出した。不思議に思った菫子は、ネットで検索してみた」

　桜子は、作りかけのアレンジメントフラワーを作業台の隅にそっと寄せる。花を活ける気には、到底ならなかった。奥の引き戸は動かない。菫子が出てくる気配はなかった。このやり取りを娘には聞かせたくない。

「羽の部分に金箔が貼ってあって、両目にダイアモンドが嵌め込まれているガラスのフクロウ。あれは、牧田涼子が卒業した秀榮(しゅうえい)女子大学の卒業生の中で、特に優れた功績を挙げた者に贈られる功績表彰の副賞なんだ」

レイカは何も答えない。純は言葉を継いだ。

「表彰される卒業生は多くはない。副賞であるペーパーウェイトも、その都度形が違う。開いた本だったり、木の葉だったり、クラシックカーだったり。動物もいろいろだ。鷹や熊や魚。名のあるガラス工芸家が手掛けるもので、ひとつとして同じものはない。あれは、牧田涼子だけが持っていたものなんだ」

「そうか」レイカは肩の力を抜いた。「菫子ちゃんが、ね」

「菫子は、あれがあんたの部屋に、随分前から置いてあったと言った。牧田涼子が殺されるずっと前からな。それをあんたは、ある男の形見だと言っていたと」

「それは――――」

レイカはふっと視線を保存庫に向けた。明るい光に照らし出されたバラやランやユリ、トルコギキョウやクリスマスローズが、悲しくレイカを見返した。

「それが、前島幸平の形見だったんだな」

純はとうとう山岸を捕まえた。山岸の話から導き出した推測は立てているのだろう。

　だが、それだけでは不充分なのだ。口を挟まず、レイカにしゃべらせる。桜子は山岸が自供した内容を聞かされてはいなかった。だからレイカの告白に耳を傾けるしかない。

　レイカは、さっきまで座っていた丸椅子を引き寄せて、腰を下ろす。険しい目をした刑事と相対した。

「幸平は、あたしと同じ児童養護施設で育ったの。そこを出てからも、あの子はずっとあたしを頼ってた。あの子は、生まれた時から養護施設で生活してた。だから、幸平にはアイデンティティーがなかった。優しくて脆くて危なっかしい子だった。年下だったから、あたしは幸平を弟だと思って面倒を見てた」

　そこでレイカは大きくため息をついた。

「あたしはオカマだから、さっさとそれを生かした職に就いたわ。そしたら幸平も夜の街で働き始めた。ホストとしてね。あたしは反対したんだけどね。ホストなんて見た目ほど楽な商売じゃないわ。幸平みたいな繊細な子には合わないって」

　そのことは、以前百合子ママからも聞かされている。確かママとレイカが六本木のゲイバーにいた時の話だ。

「幸平のところに、ある女が訪ねて来たの。あの子の母親だって名乗って」

　レイカは苦悶の表情で、吐き出すように言った。

「それが——それが牧田涼子だった」

「牧田涼子には、息子が一人しかいないだろ」

純が念を押す。レイカはふっと笑った。寂しげだが、憎しみも含まれた笑いだった。

「そうじゃない。牧田涼子は未婚で幸平を産んでいたの」

店の前の道路をパチンコ屋の街宣車が通る。騒音が通り過ぎるまで、レイカは口を閉じた。

「幸平は、大喜びだった。事情があって育てられなくてごめんなさいと言った母親をすぐに許した。そういうことを全部、あたしにだけは話してくれたの。口ではよかったねと言ったけど、今さら何よ、と思ったのは事実よ。でもそんなことあの子の前ではとても言えなかった。それぐらい狂喜してた。当然よね。今まで親というものを知らずに育ったんだから」

客が来て、店の前に陳列したミックスブーケをひとつ買っていった。

「あたしの懸念が的中したなって思ったのはね、牧田涼子が幸平を探し出した本当の理由を知ったからなの」

「本当の理由？」

「あの女弁護士は幸平を産み捨てた後、正式に結婚してもう一人息子をもうけたでしょ？その子が悪性リンパ腫に侵されて、深刻な状況にあったの。彼を助けるためには、骨髄移植が必要だった」

「それが目的？　幸平さんの骨髄液を提供してもらうのが？」

なんてこと、と口の中で呟く。

「兄弟ってことになるよね。幸平とその病気の息子は」

「だからか。親子間より兄弟間の方が白血球の型の適合率が高いんだっけ」

純が唸った。

「そう。親子間ではほとんど一致しないＨＬＡの適合率が兄弟間では四分の一にまで上がるんだって」

「だが、父親が違うんだろ？」

「幸平の父親はね――」それを口にするには、決意がいるといったふうに、レイカは大きく息を吸い込んだ。「今の旦那の弟だったの」

「うそ」

「信じられないでしょ」

純も力なく首を振った。

「旦那と婚約中に、そういう関係になったみたい。旦那はアメリカで暮らしていたから」

「そういうことを牧田さんがしゃべったの？」

「そうよ。よっぽど幸平の骨髄液が欲しかったんでしょうね。かき口説くようにそういういきさつを話したんだって」

「で、幸平さんはどうしたの？」

聞かなくても答えはわかっている気がした。

「もちろん、応じたわよ。大喜びで。自分に家族がいたことがわかっただけでなく、兄弟の命が救えるんだって言ってね」

レイカは「バカよ」と吐き捨てた。

結局、造血幹細胞移植という方法がとられたという。骨髄から幹細胞を移植して、正常な血液を補充するというものだ。完全にＨＬＡが一致しなくても、今は免疫抑制剤が飛躍的に進歩しているから、ドナーのリンパ球が患者の組織を免疫学的に攻撃する移植片対宿主病というものを抑制しやすくなっている。それでも非血縁者間ではＨＬＡ適合度が低いため、いわゆる拒絶反応はより強く出る。

「そのために、牧田さんはかつて産んだ子を必死で探したわけね」

「あの女――」レイカは唇を嚙んだ。「それだけのために幸平を利用したわけ。同じ息子なのに、正式な旦那の子を助けるだけのために」

エリート街道を突き進む今の夫とは違い、弟は社会をドロップアウトした感がある男だったそうだ。三流大学を中途退学した後は職を転々とし、合法と違法ぎりぎりの行為を繰り返して、家族の中でも鼻つまみ者だったらしい。よからぬ連中と付き合って、儲け話があれば飛びつき、失敗して親に尻ぬぐいをさせるのだから当然だろう。

二十代にして、人生の敗北者となってしまっていた。子供の頃から優秀な兄とずっと比べられていたから、卑屈になっていたのかもしれない。兄が手に入れるものは何でも欲しがった。美しい婚約者もしかりだ。兄が遠くに行ってしまった間、やがて義姉となる女に言い寄った。どうしたことか、涼子はそれに応じた。婚約者が離れてしまって寂しかったのか、それとも弟の発する孤独で廃頽的な雰囲気に魅了されたのか。とにかく関係を持ってしまった。

そして幸平を産んだ。妊娠したことを受け入れられず、迷っているうちに堕胎できる期間を過ぎてしまったという。そうなっても、涼子は婚約者を捨てる気は毛頭なかった。輝かしい未来は、そっちの方にあると初めからわかっていたのだ。こっそり産んだ男の子を養護施設に預けて知らん顔を決め込み、何食わぬ顔で帰国した婚約者と結婚した。失意の弟は酒浸りになり、数年後に自殺した。幸平の存在は忘れられた。

夫との子供が悪性リンパ腫に侵されるまでは。

幸平というもう一人の息子のことは、夫に知られるわけにはいかなかった。幸平は、策を弄した涼子によって、ドナーとして連れていかれ、検査の結果かなり高い確率でＨＬＡの一致をみる非血縁者として扱われた。事情を知らない夫も病気の本人も、この偶然の一致を諸手を挙げて喜んだ。

造血幹細胞移植がうまくいって、息子が回復したことで、涼子は幸平に感謝した。それでも、母と子の名乗りは上げられないと頭を下げた。それも幸平は受け入れた。

「その先が――」純は軽く咳払いをした。「山岸の自白につながるわけか」

「そういうことね、たぶん」

レイカが唇をおかしなふうに歪めて笑った。桜子は、不安げに二人を見比べた。この先、どんなふうに話がつながっていくのだろう。

「幸平は、それで満足していたの。親子として生きていけなくてもいいって。だけど、涼子が自分の母親だという証が欲しいって言ったの。金輪際、あなたの家族には関わらないから、思い出になるような、あなたの大事なものをひとつだけくださいって」

「それがあのガラスのフクロウか」

「あの子はそれを宝物のように大事にしてたわ」

レイカはまた「バカよね」と呟いた。

ショーウィンドウのガラス越しに見える空は、群青から藍色に、それから黒に変わっていった。店の中からいつも眺める風景だ。黒はただの黒ではなくて、青の重なりなんだと感じる一瞬。星が瞬き始めた。

サラリーマン風の中年男性が一人、ふらりと入ってきて、花束を注文した。黄色のチューリップにライラックとコデマリを合わせた優しい色合いの花束が出来上がるのを、レイカと純は黙って見つめていた。

「あの女は――」客が出ていくと、レイカは話を続けた。口調には、抑えきれない憎しみが混じる。「ずっと心穏やかではいられなかったんだ。いつ幸平が名乗り出てくるかと。幸平はそんなこと、絶対にしないのに。自分の人生が順調であればあるほど落ち着かなくなったのね。神奈川と東京とに離れているのにさ。それがよくわかった」

「そういうことか」

筋が呑み込めたように、純が唸った。桜子の背筋を冷たい何かが滑り落ちる。出来損ないの危険ドラッグ「フライ」の使い道――。

「幸平がおかしなクスリに手を出しているって気がついたのは、だいぶ経ってからだった。ずっとあの子にくっついていたわけじゃないからね。幸平の周辺に怪しげな男女がまとわりついていたの。それが山岸っていう半グレの男と、高崎茉奈だった」

罪を見逃してやる代わりに、交換条件として牧田涼子があの二人に要求したもの――死にたくなるクスリ。牧田涼子は自分の心配事をなくすために、実の息子を殺させたのだ。

「あの二人の男女が幸平をクスリ漬けにして、それであの子は頭がおかしくなって飛び降り自殺したんだと初めは思った」

でも違った。背後には、牧田涼子がいたのだ。やがてレイカはそれを知ることになる。

「百合子ママがこっちで店をやるって聞いた時、一緒について来たの。深い考えがあったわけじゃない。ただ牧田涼子が神奈川にいるのは知っていたから、ふと心が動いたの」

レイカは幸平の形見のガラス細工を携えて、幸平に関わった女たちの近くに移り住んだわけだ。運命の糸車は回り始めた。悲劇的な結末に向けて。

毎日ガラスのフクロウを見ながら、レイカは何を思っていたのか。

「ところがどう？　湧新で山岸に出くわしたの。あいつの顔は忘れられるもんじゃない。おかしなふうに引き攣れた頬っぺたをして、がりがりに痩せているもの。とっ捕まえて吐かせたの。柔道の技なんか、こんな時に使いたくはなかったけど仕方がない。締め上げたら、簡単にしゃべったわ」

牧田涼子と茉奈とが取引をしたこと。そのために「フライ」が使われたこと。茉奈は自分の身を守るために、積極的に関わった。危険ドラッグの常習者にしておいて、禁断症状が出たタイミングで「フライ」を与えるというやり方が、「フライ」の効果を最大限に上げるのだと、自分の手でそれをやり遂げた。幸平のホストクラブの客を装って、彼に近づいたのだ。

「山岸はその手伝いをやらされただけなんだって、必死で訴えたわ。たぶん、そうでしょうね。あんなバカには思いつきもしない残虐なやり方だもの」

山岸はベラベラとしゃべったそうだ。中国の大きな組織とつながっていた茉奈が、危険ドラッグの化学構造式の作り変えをやって、遊び半分で「フライ」を作り出したこと。彼女が多摩川市の製薬会社に勤めている専門職員だということも。そこでようやくレイカには、ことの真相が理解できた。

牧田は幸平を消したかった。わが子の命を救ってくれたもう一人の子供を、自分の保身のためにひねり潰した。ちっぽけな虫けらみたいに。誰も疑わない完全犯罪。母親は手を汚さずに息子を闇に葬った。

「お前は、復讐をやり遂げたわけか」

レイカが薄い笑いで答えた。そこには、やり遂げたという達成感はない。純が低く暗い声で続ける。

「山岸自身も危険ドラッグに溺れていた。去年あたりから一樹の母親と関係ができた。そのうち場末のアパートに転がり込んで、光代と二人で危険ドラッグをやり続けた。しまいに光代に『フライ』を与えて姿をくらました。年増の光代がすがりついてくるのが、鬱陶しくなったんだと言ってた」

桜子はとうとう立っていられなくなり、美帆が使う作業用の低い椅子を引っ張り出してきて、腰を下ろす。「フライ」のせいで一樹の母親は、幸平同様、高い屋上から飛び降りて死んでしまったということだ。

「一樹の母親の死に、山岸と『フライ』っていうクスリが関わっていることは、あんたの口から聞いたわね。『フライ』は高崎茉奈が作った危険ドラッグよ。あの女への殺意がはっきり形になったのは、その時」

純が喉の奥で「グウ」と呻いた。

ひどく疲れていた。だがここまできたら、最後まで聞かなければならない。

「何で、与謝野の犯行に気がついた？」

純が核心に切り込む。

「偶然よ」力なくレイカは答えた。「三番目の殺人があった夜、店が終わってから桐田さんと店の子とで食事に行った。その帰り、あの人と出くわしたの。彼は犯行を終えたばかりだったんでしょうね。暗がりを歩いていた私にぶつかりそうになった。ビルから飛び出してきたものだから。その時に――」

与謝野からは、お香の匂いがしたそうだ。

「忘れるもんですか。あの臭いお香だった。紫苑がぷんぷんさせていた匂い。あの女のところに行ったんだと思った。あの子、部屋の中もあの臭いお香を焚きしめているからね。何であんな女とそういう関係になるんだろうって、瞬間に思ったわよ。女と寝て、その匂いが移ったんだろうって」

与謝野の方もレイカを認めて、はっとした顔になったらしい。でも何も言わずに背を向けた。明らかに様子がおかしかった。

百合子ママの朗読を聞いている時の与謝野の微妙な心の動きに、レイカは気づいていた。微笑んだ表情の奥に巧妙に隠された別の感情。そういうものを読み取ることに、薄幸な人生を歩んできたレイカは長けていた。小さなかけらがつながって、ある種の予感、あるいは確信をレイカにもたらした。

紫苑の部屋がこのビルの中にあることも、部屋番号も知っていた。さんざんいがみ合った時に知った。同じビルに住むゲイがいて、あの匂いに閉口していると教えてくれたのだ。

レイカは紫苑の部屋へ行ってみた。ドアに鍵はかかっていなかった。紫苑は殺されていた。首の後ろをアイスピックで一突きされて。もう助からないのはわかった。こと切れたのはだいぶ前のようだった。アイスピックの付け根に、瑞々しいデンファレが一輪刺し貫かれてあった。一連の殺人を犯しているのが、与謝野なのだと確信した。

レイカは通報しなかった。

「その時は混乱して、その場から逃げるのが精いっぱいだった。数日は怖くて震え上がって、誰にも言えなかった」

その間、レイカの頭の中は目まぐるしく動いていた。そうこうしているうちに、与謝野が暴力事件に巻き込まれて、意識不明に陥った。

「神様がチャンスをくれたんだと思ったの」

桜子と純を真っすぐに見つめる。異様な目力を感じて、桜子は息を呑んだ。

「お前は、それを利用しようとしたんだ」

純が声を絞り出した。百戦錬磨の刑事も、慄(おのの)いているように見える。

「そうよ。与謝野先生はもう自分の意思を表せない状態だった。今、彼の殺人の手口を真似て殺しをやれば、絶対に『花を愛でる殺人鬼』の仕業にできるって。だって、誰もあの人が殺しの張本人だって気がついていなかったんだもの」

レイカは、まんまとふたつの殺人をやり遂げ、幸平の復讐をした。ただ首を絞めるだけのやり方で。凝った殺し方をする必要は、彼女にはなかった。ただ牧田涼子と高崎茉奈の命を奪えばよかったのだから。

「花を置けば、与謝野の犯行に見せかけられると思ったんだな」

「そう。意味はわかんないけど、それが肝心だと思ったの」

純が、ちらりと桜子を見た。お前が教えてやれと、その目は言っていた。

「あのね、レイカちゃん」声はかすれていた。「あの花の意味だけど――」

レイカは不安そうな視線を送ってくる。

「あれは、エディブルフラワーなの」

「エディブルフラワー？　何？　それ」

桜子はつっかえつっかえ説明した。こんな話をレイカにすることになるなんて、信じられない。自分の声が、どこか遠くでしゃべる他人の声のようだ。

すべてを聞き終えたレイカは、寂しく微笑んだ。

「そうか。知らなかった。そんなこと」

「でも、最後の殺人の時には、気がついたんじゃないの？」

今度は桜子の方が純に視線を送る。彼は黙ったきりだ。

「だってあなた、添えた花を置き換えに行ったんでしょ？　ダリアをプリムラに」

レイカは激しくかぶりを振った。

「いいえ！　あたしはそんなこと、してない。だって知らなかったんだもの。与謝野先生が被害者を料理に見立てているなんて。ただ花を置いてくればいいんだと思ってた。だから牧田涼子のところにはクレマチスを、高崎茉奈のところにはダリアを置いてきた。ほんとよ」

純が、身じろぎをして軽く咳払いをした。

「それをしたのは誰か、もうわかってる」

桜子とレイカは、同時に純を見やる。二人の視線を浴びて、大柄な刑事はちょっとだけ逡巡した。

「それをやったのは、一樹なんだ」

声が出ない。レイカも大きく目を見開いたきりだ。

「一樹から話が聴けた。というのが、奴のポケットから紫水晶のかけらが出てきたからなんだ」

「紫水晶……」

「お前が高崎茉奈を殺した時、玄関の靴箱の上から紫水晶の置物を落として割っただろ？あのかけらを一樹は拾ってた。あいつがあの現場にいた証拠だ。つい、そういうことをしてしまうんだ、あいつは。気になるもの、興味を引かれたものを持ってきてしまう癖がついているんだな」

「一樹君が何でそんなところに――」

「あいつはな、初めから知ってたんだ。深夜徘徊をして、家々の隙間に入り込み、ビルの外壁を器用によじ登っていろんな人々の生活を覗く。自分には与えられなかったありふれた生活をさ」

「じゃあ、殺人現場も？」

純は頷く。

「偶然目にしたんだろう。与謝野が殺しの犯人だってことはわからなかったと言ってた。ただ一樹は理解してた。犯人が残していく花に込められたメッセージを。あいつはあの花がエディブルフラワーだと知っていた」

洋食屋だった伯父にぴったりくっついて、料理するところを見たり、伯父の話を聞いていた一樹。彼にはその知識があったのだ。

「ああ……」

レイカが痛嘆の表情を浮かべる。

「お前が——」純は言葉を継いだ。「二件の殺しをしたということも、初めの殺人者の仕業に見せかけようとしていることも、あいつはわかってた」

レイカの喉がひゅっと鳴った。

「あたしがやったことを、一樹は見てたんだ」

「そうだろうな。あいつはどこにでも潜り込んで、窓やドアの隙間から人の家の中を覗いてたから。初めの三件の殺人者は一樹にとっては見知らぬ人だったけど、お前はすぐに見分けがついた。そして思ったんだ。お前には、どうしてもこの二人を殺す理由があったんだろうと」

「だから？」レイカが苦痛に顔を歪める。「だから一樹は、あたしの間違いを正してくれたの？」

「そういうことだ。あいつは母親を殺したクスリのことなんか知らない。茉奈を殺すことは、はからずも自分の復讐が遂げられたことになるんだが、そんなこと、あいつが企図したわけじゃない。ただ純粋にお前に捕まって欲しくなかったんだろう。クレマチスを置いたお前の間違いに気がついた奴は、完璧に初めの殺人者を真似るようにと、次の時にはダリアをプリムラに置き換えた」

哀しい復讐者と、それを助けようとした少年。二人の魂は、知らず知らず寄り添っていた。一樹が頑として警察の事情聴取に応じなかったのは、レイカを庇うため。一樹は見たことを誰にも言うまいと決めていたのだ。

だが、ふとしたことからポケットに入れたままにしてあった紫水晶のかけらに、純が気がついた。かけらには茉奈の指紋がついていた。水晶が割れた後、茉奈の部屋に行ったのだろうと詰め寄られ、とうとう一樹は、レイカのこと、自分が為した事後工作のことを泣きながら白状したのだという。

「一樹はあたしを守ってくれようとしたんだ。どんな気持ちで、あの子——」

レイカがハンカチを取り出して顔を覆う。涙を拭い、鼻を啜り上げた。桜子と純は、長い間黙ってそれを見ていた。

「行くか」

純がとうとう立ち上がった。

レイカが顔を上げる。念入りな化粧は、溢れた涙でひどいことになっていた。アイライナーは溶けて黒い筋になって頬を伝い、ハンカチでこすったアイシャドウは、目の周りで青い渦になっていた。

それでも気丈にレイカは立ち上がった。途端にまたしゃくり上げた。

「レイカちゃん」

何を言っていいのか、わからない。でもこのまま行かせたくない。

「桜子さん」それに覆い被せるようにレイカが言う。

「一樹に伝えて。あたしから、ごめんねって」

「うん」

それだけ言うのが精いっぱいで、言葉が続かないのが情けなかった。

純が山岸を探し出して徹底的に調べ上げると言った時、レイカが「遅いよ……」と呟いた、あの本当の意味が今やっとわかった。

——どん底を味わって、そこで見える景色が人を変えるってことがあるのよ。

純の後に続いてレイカは店を出ようとした。突然大きな音がして、後ろの引き戸が開く。

「レイカさん！」

菫子だった。振り返ると、悲壮な表情をした菫子が立っていた。さっきから、話を聞いていたのだとわかった。

「聖者は来るよ！」菫子は叫ぶ。「きっと来るから！　レイカさんのところにも」

菫子の目から大粒の涙がこぼれた。

レイカは肩越しに微笑んだ。崩れた化粧が歪む。もう泣いてはいない。

色とりどりの花に見送られながら、大柄なゲイは背筋を伸ばして店を出ていった。


チューリップ、ヒヤシンス、宿根スイートピー、ナデシコ、水仙。春を告げる花が揃った。

ラナンキュラスを見ると、レイカを思い出して胸が痛んだ。

レイカ——本名・窪田真治（くぼたしんじ）——は、二人の女性の殺人の罪で起訴された。すべてを素直に認めたレイカの取り調べはスムーズに進んだ。取り調べには、純も関わっていたのだろうが、彼ももう詳しいことをいちいち報告しに来たりはしなかった。もうすぐ裁判が始まることになっている。

ただ夕暮れ時になると、出勤前に寄ってくれていたレイカが現れるんじゃないかと、桜子はつい通りを見てしまう。週に一度、ジュリアに花を活けに行くのは変わりがない。

「レイカはさ、ああなるようになってたのよ。男みたいに虚勢も張れず、女みたいに媚びられず、オカマは因果な商売よね。でも、一番人間の本質に近いのかもしれない。他人の痛みを自分の身に移し替えてしまうんだ。悲しいけどね」

レイカが逮捕された時、百合子ママはそう言って嘆いた。一時は沈鬱な空気が漂っていたゲイバーも、明るさを取り戻した。

与謝野充は、まだ眠り続けている。母親が会いに来たという話は聞かない。もう意識が戻ることはないだろう。彼はこの世に戻ることを拒否しているのかもしれない。永遠に続く夢の中に逃避しているのだ。

通りの向こうから、ひょこひょことトキさんが歩いてくるのが見えた。

「こんなに早く来なくていいのに。まだ開演までは時間があるわ」

「まあ、いいさ。俺は何にもすることがないんだから。桜子さんも支度があるだろうから、早く行け行けってうちのがうるさいしね」

今日は、市民ミュージカル『聖者が街にやって来た』の初日の幕が開くのだ。桜子も美帆も市民ホールへ行くつもりなので、トキさんに店番を頼んだ。

連続殺人事件の意外な真相が明らかになった時、日本中が大騒ぎになった。マスコミは連日取材に来て、後追いのニュースを流した。フラワーショップ小谷の店主とその娘が、レイカと親しかったということがどこからか漏れ、一時は営業もままならないほど取材が殺到したこともあったが、すべて断った。

ひどい混乱ぶりだったが、そのせいで多摩川市主催の『聖者が街にやって来た』は注目された。三件の殺人を犯した与謝野充が、音楽監督として関わっていたミュージカルが上演されるのだ。桐田は取材に応じて、こんな状況だからこそ、ミュージカルをやり遂げる意味があるのだと訴えた。

「恐ろしいことが起こった土地ではありますが、僕は多摩川市の力を信じたい。ここで生活している人々の生きる力、変革していく力を。こういうことがあったからこそ、そのことを深く心に刻んで欲しいと思います。湧新は、新しい何かが湧き起こってくる街です」

ミュージカルのチケットは飛ぶように売れ、多摩川市の後、もしかしたら東京でも上演されるかもしれないという観測もある。

新しくできた市民ホールには、多くのマスコミが殺到していることだろう。

「菫子ちゃんには、どんな花束を持っていくんだい？」

トキさんが尋ねた。娘の晴れ舞台に用意したのは、小さなブーケだ。ハーブゼラニウム、マトリカリア、フランネルフラワー、シロフサスイセン、シレネ。白とグリーンの色合いの野の花を摘んできたようなブーケだ。菫子には、こういうのがふさわしいと思う。

一樹がいれば一緒に見に行けたのに。それだけは残念だった。伯母の富美子が、事件が解決した後、小料理屋を畳み、一樹を連れて生まれ故郷の甲府市へ帰っていった。年老いた両親の介護をするためだとは言っていたが、本当は、甥がレイカの事件で演じた役割を知ったせいだ。少年係の喜多がうまく取り計らってくれて、一樹の罪は問われなかったが、彼には、この街は合わないと判断したのだろう。

「あっちに行けば、あの子には落ち着いた暮らしをさせられると思うんだよ。祖父母も従弟たちもいるしね。ここにいたら、あの子は子供でいられないからね」

最後に言った富美子の言葉が胸に痛かった。それでも一樹の幸せのためには、こうするのが一番いいことなのだろう。肉親の愛情を取り戻し、自分の人生を歩き始めるには。もう一樹が夜の街を徘徊することはない。花を捧げる母もいないし、あの子だけに意味のあるものをこっそり持ちだしてくる必要もない。優しいゲイの友人を助けることも。

「おや、あんたのお友だちのくたびれた刑事さんが来たよ」

トキさんの声に顔を上げると、のっそりと店の中に純が入ってくるところだった。随分久しぶりだが、特に挨拶もない。この前来たのは、一か月以上前だ。連続殺人事件の書類作成に追われて、げっそりしていた。今日はまずまずの顔色だ。

何だって、私がこの男の顔色をいちいち気にしなくちゃいけないんだろう、と思い直した。

純が丸椅子に腰を下ろすか下ろさないかのうちに、美帆が配達から帰ってきた。

「あ、乗松さんも見に行くんですか？　『聖者が街にやって来た』」

「行くか。そんなもん。警察は忙しいんだ」

ほっとしたように純が憎まれ口を叩く。

「ふん、そんなこと言って。絶対一週間の上演期間中に見に行くくせに。教えてあげましょうか？　菫子ちゃんが出る日程」

「いいって」

うるさそうに純が言った。

「美帆ちゃん、今日はもう上がっていいよ。トキさんが来てくれたから」

「えっ？　ほんとですか？　やった！　友佳ちゃんと行く約束してるんです。思いっきりおしゃれして行かなくちゃ」

美帆はエプロンをはずして丸めると、大急ぎで店を飛び出していった。

「トキさん、注文のあった花束は全部作って保存庫に入れてあるから」

桜子の言葉に、トキさんはふんふんと鼻を鳴らして保存庫を覗いた。

「予定の配達は、もう美帆ちゃんがしてくれたけど、これ以降のは断ってね」

「わかった」

トキさんが作業場の方へ行ってしまうと、桜子は純のそばに立った。

「コーヒー、淹れようか？」

「いいって。行くんだろ？　市民ホールに」

「まだだいぶ時間があるから大丈夫。私も飲みたいから」

電気ケトルのスイッチを入れた。

くたびれた刑事とトキさんが言ったことを思い出して、微笑んだ。それほどひどくはないけど、颯爽ともしていない元同級生。

「寂しくなっちゃった。レイカちゃんが来なくなって」

誰にも言わないことをふと口にする。

「ふん」

返事は素っ気ない。その方がよかった。

「変わらないものもあるし、変わっていくものもあるんだね」

「まあな」

「純は？　変わる？」

「わからねえな。そんなこと」

「じゃあ、変わりたい？」

「難しいこと、訊くなよ」

ふたつのカップにコーヒーの粉を入れた。ケトルがコポンと鳴る。

「お前がさ、おんなじクラスになった時な、高二の時」

「うん」

「桜子なんて、おかしな名前だなあって思った。今どき、こんな名前の奴、いる？　って」

答えず、クスクス笑った。物珍しそうな顔をして、純は私のことを見たかもしれない。感情を隠せない人だから。

「でも、今はぴったりの名前だって思うよ。花屋の桜子」

それなら、「純」はどうだろう。純粋な感情の命じるままに、機関車みたいに突っ走る単純な男。不器用で拙(つたな)い生き方しかできないけど、それしか知らないし、変えようともしない。刑事という職は、この人にとってはおあつらえ向きなんだろう。憎しみで自分を駆り立てて。寂しい生き方とも思わずに。犯罪を為してしまったレイカとは、両極端にいるようで、二人は近しいところにいたのかもしれない。

「あのさ、二宮晃な。あいつ、大検受けて大学に行くんだと」

晃が保護観察処分になったのは、知っていた。頭のいい子だから、大検には難なく合格するだろう。もう、そう興味もなかった。

「そうなんだ」

「でさ、あいつが目指す大学ってどんなとこだと思う？」

「さあ」

「音大だとよ。音大のピアノ科を目指すらしい」

それにはちょっとびっくりだった。

「どうして？」

思わず訊いてしまった。

「だろ？　俺も不思議だったからそう訊いたんだ。そしたら――」純は首を傾げる。「あいつ、こう言ったんだ。『滅七の音に打ち勝つために』って。どういう意味だ？　滅七って」

ショーウィンドウ越しの空がだんだん暗くなってきた。刻々と変わっていく空の色を、桜子は黙って見ていた。黒がただの黒ではなくて、青の積み重ねだとわかる瞬間。いつまでも変わらないもののひとつだ。

湧新――新しいものが湧き上がってくる街。

一人一人にとっての聖者がやって来る街。

ピタンと水が落ちる音がする。このホテルの水道の栓は締まりが悪い。

もう一回ピタン——。

窓から宵闇が流れ込んできて、部屋に満ちる。窓の外を眺めてみる。もう何度目か知れない。何度見ても同じ風景。石造りの建物に石畳の道。時折、つば広の帽子を被った女たちやロバに曳かせた荷車が通る。荷車の上に高々と積まれた穀物の袋が左右に重々しく揺れている。

女たちは、異国の言葉でおしゃべりし、笑い合って去っていく。女の背中にくくり付けられた縞模様の袋から、子供が顔を出して、こちらを見ている。汚れた顔に、伸び放題の髪の毛。それでも母親の背でぬくぬくとしているのだ。

ピタン——。

きっと今晩も、母は戻って来ないだろう。腹が空いているのかどうか、もうよくわからない。締まりの悪い水道に寄っていって栓を開け、コップに半分だけ水を溜める。目の高さに持ち上げて、弱まった陽の光に当ててみる。いくぶん濁っている気がして、捨ててしまった。

突然、ドアが大きな音を立てて開く。

そこに母が立っている。

「さあ、レストランに行くわよ！　美味しいクイ・チャクタードを食べさせる店を見つけたのよ。クイって知ってる？　モルモットのことよ。モルモットのフライ。どんな味かしらね！　あなたには、牛の心臓の串焼きを注文してあげる。さあ、早くしなさい、ミツル」

「ママ！」

大急ぎで母のところに駆けだしていく。母の幻が消えないうちに。

幸せな夢は延々と続き、彼は安寧の息を吐く。


舞台袖は、暗闇に沈んでいる。

菫子はじっとたたずんで、舞台で演じる人々を見ている。さっきまで、喉から飛び出す勢いで大暴れしていた心臓は、今は慎ましい鼓動を刻んでいる。大きく息を吸い込み、目を閉じる。すっと気持ちが落ち着いた。

途端に、舞台上で響き渡るセリフも歌も、大勢の観客の気配も消え去る。菫子のすぐそばで息を潜めているであろう次の出演者たちすらも、意識の外に去っていく。

裸足の足の下に感じる、ルキアの大地。大地と同じように冷たく乾いた空気。

込み上げてくるものを、静かに待った。いつだって人を動かすものは、感情だ。怒り、悲しみ、歓喜、失意、高揚――。

「誰だって？」

「マージさ」

「そんな名前、聞いたことがない！」

「ほんの子供だよ。ジンゴは何だってそんな子を――」

ルキアの人々が噂し合っている。

舞台袖で、菫子はポンと軽く跳び上がった。客席からは見えないとわかっているけど、ゴムまりみたいに弾む。そのままの勢いで、舞台に飛び出す。

スポットライトが彼女を浮かび上がらせた。

薄い裂き布を何枚も縫いとじた衣装が、ライトの中でふんわりと逆立った気がした。まるで自分の皮膚のように柔らかく、しなやかに。

ライトの真ん中、ルキアの少女は足を踏ん張る。そして笑いながら叫ぶ。

「あたしはマージ。ルキアで生まれて育ったの。あたしはこの街が大好き！　他の街は知らないけど、でもきっとここが一番だよ」

主要参考文献

『危険ドラッグ 半グレの闇稼業』溝口敦／KADOKAWA
『危険ドラッグの基礎知識』船田正彦／講談社
『知ってるようで知らない ミュージカルおもしろ雑学事典』石原隆司／ヤマハミュージックメディア
『地域批評シリーズ⑤ これでいいのか神奈川県川崎市』岡島慎二編／マイクロマガジン社
『ピアニストが見たピアニスト 名演奏家の秘密とは』青柳いづみこ／白水社
『ピアノ曲読本』音楽之友社
『美食の世界地図 料理の最新潮流を訪ねて』山本益博／竹書房
『迷宮レストラン クレオパトラから樋口一葉まで』河合真理／日本放送出版協会
『メディカルノート』(https://medicalnote.jp/)
『ルポ 川崎』磯部涼／サイゾー

解　説

門賀美央子（もんがみおこ）

二〇一七年に『愚者の毒』で第七〇回日本推理作家協会賞長編部門を受賞して以来、快進撃を続けている宇佐美まこと。毎年数点の長編作品をコンスタントに発表し、昨年上梓した『展望塔のラプンツェル』は第三十三回山本周五郎賞にノミネートされた。残念ながら受賞は逃したが、今後も様々な賞レースで名前を見ることになるだろう。

一見、小説家として順調にキャリアを積んでいるように見える著者だが、実は二〇〇六年に第一回「幽」怪談文学賞短編部門大賞を受賞してからブレイクするまでに十一年の歳月があった。受賞翌年に『るんびにの子供』、その翌年に怪談短篇集『虹色の童話』、翌々年にホラー小説『入らずの森』（傑作中の傑作なので、未読の方はぜひ）を上梓して以降は単著発表の機会になかなか恵まれず、伏竜のように力を蓄えることを余儀なくされていたのだ。だが、その間もただ指をくわえて依頼を待っていたわけではなかった。腐ることなく、いつ日の目を見るかわからない作品を営々と書き続けていたという。

私がこの話を聞いたのはインタビュー取材の折だったが、「なるほど、宇佐美さんは生まれついての小説家なのだな」と深く納得する思いがしたものだった。

これまで私は複数の文学賞に一次選考者（いわゆる下読み）として関わってきた。最終選考の場に立ち会うこともしばしばある。おかげで優れた才能が現れる幸せな瞬間を幾度となく目撃してきたのだが、その度に強く感じたのは、受賞はゴールではなくスタートであるという当たり前の事実だった。

文学賞応募者には「小説家になりたい」人と、「小説を書きたい」あるいは「小説を書かずにおれない」人がいる。あくまで私感ベースの話だが、応募者のかなりの割合を前者が占めているように思う。このタイプが受賞し、デビューを果たすと、「小説家になった」事実にひとまず満足し、注文が来るまで一休みに入ってしまうことが少なくないのだ。だが、昨今の出版事情では、よほどの話題性があればこそ、新人賞を獲っただけの作家に各社がこぞって発注する事態はまず起こらない。期待と異なる成り行きに失望したのか、結局筆を折り、そのまま消えていく書き手を残念ながら数多見てきた。

しかし、後者の一群は注文がなくとも黙って書き続ける。彼らは内なる衝動に従って物語を紡ぐのであり、出版や受賞は派生した結果に過ぎないからだ。

そうした人々こそが生粋（きっすい）の小説家であり、宇佐美氏はまさにその一人なのである。

宇佐美氏は受賞後、堰を切ったように新作を発表し続けているわけだが、あのハイペースを可能としているのが長年温めていたストックの数々だ。本作と同年に出された『熟れた月』と『少女たちは夜歩く』は、それらを下敷きに大幅に加筆改変した作品だったという。

ところが、本作は少々事情が異なり、依頼を受けてから構想を練ったそうなのだ。

二〇一九年一月に出た「ダ・ヴィンチ」誌二月号のインタビューで、著者は次のように語っている。

「ミステリーを対象とする大変な賞をいただいたからには、やはり一度は謎解き要素がしっかりある作品を書いておかなければ、と思いまして（笑）」

ミステリーを対象とする大変な賞、というのはもちろん推協賞のことだ。日本ミステリーの本丸が認めた作品である以上、『愚者の毒』がミステリーに分類されるのは間違いない。

だが、本格ミステリーのようにトリック破りや犯人探しが主眼になっているのではなく、複雑に絡む人間模様が最大の謎となる、いわゆる「広義のミステリー」に属する作品だった。この点については選考会の机上でも議論はあったそうだが、選考委員の一人が、ミステリーも小説である以上、これほど重厚で複雑な人間ドラマの上に成り立つ謎を構築できる力量を無視するわけにはいかないというようなことを強く主張し、それが決定打となって受賞に至ったと仄聞（そくぶん）している。そんな経緯があったので、宇佐美氏としては正統派のミステリー、つまり犯人探しを主眼とする作品に一度は挑戦したかったらしい。

それゆえ、本作にはいわゆる本格ミステリーらしい仕掛けが縦横に巡らされることになった。

物語の舞台となるのは神奈川県多摩川市。東京の近郊都市として近年企業誘致や再開発が進み、タワーマンションが乱立して人口が急増した新興都市だ。言うまでもなく架空の市だが、首都圏に住む向きならばモデルになった地区がなんとなく頭に浮かぶのではないだろうか。

元々は下町の空気漂う庶民的な街だったところに比較的富裕な新住民が流入し、街全体の雰囲気が急激に変化する中、「湧新（ゆうしん）」と呼ばれる繁華街は昔ながらの歓楽街の雰囲気を色濃く残している。

そんな地域で連続殺人事件が発生するとなると、行きずりの通り魔のような無秩序な犯行を想像してしまうが、豈図らんや、起こったのは劇場タイプの謎めいた事件だった。

被害者は全員女性。

第一の犠牲者は水を張ったバスタブに浸かった状態で見つかった。水面には水とパンジーが浮かんでいた。

第二の犠牲者はロープで複雑な形に縛られていた。その結び目にはマリーゴールドが添えられていた。

第三の犠牲者はうなじをアイスピックで一突きにされていた。体はデンファレで飾られていた。

第四と第五の犠牲者は絞殺。現場にはそれぞれクレマチスとダリアが置かれていた。

死体の側に置かれた意味ありげな花。娯楽小説の設定としてはとても魅力的だ。だが、仕掛けはそれだけではない。ある種の見立て殺人でもあることが、最初から仄めかされている。

第一章から第四章まで、物語は意味ありげな食にまつわるエッセイと殺人シーンを経た後、本筋パートに入っていくパターンが繰り返される。

エッセイは、世界的ピアニストにして美食家としても有名な与謝野直美の手に成るもの、という設定だ。食の愉楽を官能的に表現した一連の文章は作中作にしておくのがもったいないほど。それだけに、続く殺人シーンの無機質で冷たい描写が一層際立つ。

口福(こうふく)を呼ぶ食材と同じ手法で「処理」される死体。

生の歓びに満ちた世界と、死に凍り付く世界。

もっとも遠いように見えて、どこかリンクする二つの次元を通って、物語はようやく日常という地点に着地する。三つの世界の落差が、読み手を一気に物語へと引き込むのだ。

一方、著者の本領とも言うべき人間ドラマの部分も手が込んでいる。

全章を通して物語の牽引(けんいん)役を務めるのは湧新地区で花屋を営む小谷桜子の娘・菫子だが、彼女だけでなく、登場する人物の一人ひとりに「オリジナルの人生」が用意されている。

著者は、どんな登場人物にでも、その人物にしか果たせない役割と、役割を必然にする（あるいはさせてしまう）背景をきっちり用意する。単なる捨て駒やモブとしてぞんざいに扱われるキャラクターは誰一人としていない。

本格ミステリーは、時として謎解きに注力するあまり〝人間〟が描けていないと評されることがある。元々そこを志向するジャンルではないと言ってしまえばそれまでなのだが、やはり登場人物に魂が宿っている方が、物語がより一層躍動するのは間違いない。

ありがたいことに、私はこれまで何度も宇佐美氏にインタビューをする機会を得てきた。そして、その都度「私は人間を描きたいんです」という強い想いを聞いた。

デビュー作となった「るんびにの子供」はミステリーではなく怪談として書かれた作品だ

が、氏は最初に怪談小説を志した理由をこう説明している。

「私はざっくりと切り取ったものを掲げて『ほら！』と切り口を見せたいのです。誰もが持っている暗い感情――憎しみ、嫉妬、怨恨、狂気、憤怒、嫌悪感、猜疑心――はやがて異界のものと呼応しあい、混じり合い、奇怪な音楽を奏で始めます。ある時を境にして、日常は非日常に、現実は幻に、正は邪に、くるりと反転するのです。」（「東雅夫の幻妖ブックブログ【ホラーな作家たち】第2回　宇佐美まこと」二〇一〇年六月二十五日更新分より引用）

この志は、ジャンルが変わってもまったくぶれていない。本格ミステリーとして、芝居がかった謎を真ん中に据えながらも、メインは湧新地区に集う人々の生き様なのだ。

父なし子ながらも母の愛情に守られて青春を謳歌する女子高生、万能すぎて心の芯が冷めた男子高生、乱暴だが内なる熱い炎を宿す刑事、過酷な子供時代を送ってきたがゆえに人の痛みに敏感な女装のゲイ、薬物中毒の母に育児放棄された少年。

他にも現代的な事情を抱える人物たちが登場するが、みな何らかの欠損を抱えている。ある者は欠損を優しさや強さに変え、ある者は他者を傷つけることで埋めようとする。

そんな彼らが「呼応しあい、混じり合」う街で奏でられる「奇怪な音楽」が、この作品な

のだ。
それぞれが奏でるパートが重なりあって迎える結末の意味、作中ミュージカル「聖者が街にやって来た」に込められたメッセージ、そして街にやって来た「聖者」とは。
何より宇佐美氏が書こうとしている「人間」とはいかなるものなのか。
華やかな謎と意外な展開を楽しみながら、そんなことにも思いを巡らせてみていただければと思う。

――書評家

この作品は二〇一八年十二月小社より刊行されたものです。

聖者が街にやって来た

宇佐美まこと

令和2年12月10日　初版発行

発行人――石原正康
編集人――高部真人
発行所――株式会社幻冬舎
〒151-0051東京都渋谷区千駄ヶ谷4-9-7
電話　03(5411)6222(営業)
　　　03(5411)6211(編集)
　振替00120-8-767643
印刷・製本―株式会社　光邦
装丁者――高橋雅之

幻冬舎文庫

ISBN978-4-344-43037-2　C0193　う-21-1

幻冬舎ホームページアドレス　https://www.gentosha.co.jp/
この本に関するご意見・ご感想をメールでお寄せいただく場合は、
comment@gentosha.co.jpまで。